江 南 旧 闻 录

故园归梦长

朱学东 著

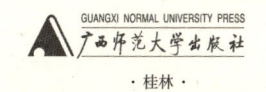

广西师范大学出版社
·桂林·

故园归梦长
GUYUAN GUIMENG CHANG

图书在版编目（CIP）数据

故园归梦长 / 朱学东著. --桂林：广西师范大学出版社，2020.11（2022.4重印）
（江南旧闻录）
ISBN 978-7-5598-3191-0

Ⅰ．①故… Ⅱ．①朱… Ⅲ．①散文集－中国－当代 Ⅳ．①I267

中国版本图书馆 CIP 数据核字（2020）第 167316 号

广西师范大学出版社出版发行
（广西桂林市五里店路9号　邮政编码：541004）
网址：http://www.bbtpress.com
出版人：黄轩庄
全国新华书店经销
湛江南华印务有限公司印刷
（广东省湛江市霞山区绿塘路61号　邮政编码：524002）
开本：880 mm×1 230 mm　1/32
印张：13.75　字数：262 千
2020 年 11 月第 1 版　2022 年 4 月第 2 次印刷
印数：8 001~11 000 册　定价：68.00 元
如发现印装质量问题，影响阅读，请与出版社发行部门联系调换。

每只往来的云雀都是我的故知[1]

> 玫瑰颤动,恍若昔日;恍若昔日,骄傲的百合随风摇曳;每只往来的云雀都是我故知。
>
> ——魏尔伦《三年之后》

我离开故乡已经进入第三十一个年头了。但我每年春节都要回家。

每一年回家,我都会耳闻目睹故乡新的变化和新的进步。但我对故乡的新貌,却一直有着一种心理上的不适。不是我不欢迎故乡的新变化,每个人,哪怕是最守旧的人,都会欢迎向上的新变化,希望生活变得更加富裕安康。这是故乡祖祖辈辈人代代相传的期盼。

---

[1] 本文原刊发于《中国青年》杂志,2016 年曾被江苏省多个城市作为高考模拟试卷阅读理解试题,包括笔者的母校江苏省前黄中学。

只是，如今故乡的这种新变化，太过彻底了。熟悉的生活场景不见了。河道填埋的填埋，污染的污染，空气里还常常飘荡着异味；肥沃的土地上不再种植熟悉的水稻、小麦，而是"种上"了厂房和纵横交错的水泥公路；鸦雀争鸣、鸡犬相闻的生活，被隆隆的机器声和汽车声盖过……繁华热闹是故乡的新生活。"格式化"，我曾经借用这样一个词来描述故乡的这种新变化。格式化意味着清零，与旧生活割袍断义，义无反顾，勇往直前。

故乡对新生活的向往，就像三十余年前，我为了摆脱乡下贫困且艰难的生活，发愤读书考大学的心情一样。为的是逃离旧生活的轨迹。但是，当我真的逃离故乡，远走他乡，学习、工作、生活多年之后，我才明白，物理形态的故乡可以发生格式化似的改变，上班下班灯红酒绿的生活状态也可以迥异于故乡的兄弟姐妹，但是，关于故乡，关于成长的记忆，关于亲人间的嘘寒问暖，却是永远无法被格式化掉的。

年岁渐长，关于故乡的旧时景象却越来越清晰，眼睛睁闭之间，关于故乡的记忆，就像电影一般回放，不会有一丝岁月的窒碍。于是，有了我笔下源源不断的江南旧闻，为自己，也为父母兄弟及故乡的朋友们，重构了关于旧故乡的集体记忆。

"你怎么会把故乡旧事记得那么清晰？"许多朋友问过我这个问题。我不知道。我只知道，当我想起故乡，想起远在故乡的父母兄弟的时候，这些影像就如大河奔腾，汹涌而至。这就是故乡。故乡的大地有一种特别的神性,无论是希腊神话里赋予大力神安泰力量的大地母亲,还是荷尔德林对故乡的叙说,就像里尔克《民歌》里那土豆地里的呓语,都讲述过故乡大地的神性……于我而言,这块大地同样也曾赋予我力量,赋予我温暖和安全。这也是我每年春节都想方设法拖家带口挤上拥挤的南行列车或飞机,回家过年的动力所在。

虽然如今沟通方便,亲友间电话、邮件、短信、微信,甚至视频交流,同样可以表达真挚的情意,但这一切只是偷懒人的拜访,永远无法取代自小打闹一起长大的兄弟间推杯换盏里的亲情,永远无法取代年老力衰的父母看自己孩子时透着笑意和爱意的眼光——我们是在这样熟悉而温暖的眼光下长大成人的。

亲人间的相聚,不是虚头巴脑的客套,而是一种真切的相互确认:我们是亲人,我们在一起,哪怕平时为了生计我们天各一方,但该回家的时候,我们都会回家。回家才是我们的价值判断,与生活困顿或富裕没有关系。

故乡的变化依然在继续,新的家园让我感到陌生,熟悉的场景正在快速消失。我们与故乡的纽带正在被一丝丝割断。每年春节,我都会在故乡的大地上徒步漫行,努力追寻那些曾经熟悉的场景,触摸已经陌生的世界。虽然许多东西消失了,许多场景改变了,但那熟悉的乡音,熟悉的绿植,熟悉的鸟鸣,依然顽强地阻击着最后变化的到来:

> 一切都似曾相识,甚至擦肩而过的问候
> 也充满情谊,每一张笑靥都充满亲缘。
>
> ——荷尔德林《归乡——致亲人》

所谓对生身之地的感觉,无论古今中外,普天之下,莫不如此吧!但是,得有家可归。我不在乎千篇一律的新故乡,那林立的高楼厂房对我无足轻重。我只在乎故乡除了有可以依恋的亲人,可以归巢的祖居,可以凭吊的祖坟,还有清澈的河流,高远的天空,还有那些榉树、翠竹、白头翁、黄雀……

每一只往来的云雀都是我的故知!

没有了这一切,就再也不会有乡愁。

朱学东

2016年1月31日

目　录

燕笋之思 003

糟扣肉 008

猪吊筋 012

如意菜 015

扒财菜 018

故乡的肉圆 021

河豚的配菜 026

河豚之哀 030

"黄汤"与吃河豚 033

蚕豆的N种吃法 036

故乡的回芽蚕豆 041

老黄瓜炖排骨 045

肉圆粉丝汤 049

故乡的鱼冻 053

青菜帮笃白肉豆腐 057

故乡的糖圆 061

青蒜烧咸鱼 064

蚕豆，美味全在简单 068

"进　家"　075

谢宅子子　079

请圈头　082

做隔夜　085

江南七月半旧俗　090

八月廿四的团子　097

故乡的冬至

　　——若要富，冬至隔夜胡葱

　　笃豆腐　101

每逢佳节思月饼　106

乌米饭　110

端阳忆旧　114

毛脚女婿"张端阳"　119

故乡的河，只在记忆中流淌　125

故乡的烂泥路　131

碧水青天是故乡　136

冬日的井水

　　——"故乡的水井"系列1　142

夏日的水井

　　——"故乡的水井"系列2　145

春日的井水

　　——"故乡的水井"系列3　149

秋日的水井

　　——"故乡的水井"系列4　152

故乡的水井

　　——"故乡的水井"系列5　155

蚕豆开花时　161

故乡的雾　164

落雪狗欢喜　167

秋收之后，江南故乡原野图景　171

钓田鸡 177

搓草绳 182

战备沟边 186

种蚕豆 190

浴锅新事 194

摸鱼佬 198

割麦少年 203

一棵青豆里的乡村中国 208

山芋梗项链 211

饥饿的记忆 214

剥豆瓣
——美食、游戏与骂人 219

稻草鱼 223

吊　水 226

寒冬里的盐水瓶 229

河泥船上的童年 232

垄泥鳅 237

放黄鳝 241

灰　斗 247

耙　榔 251

脚炉煨东西 255

旧时江南乡下牛泡澡 260

难忘竹鱼竿 264

劈豆瓣 268

"偷"桃子的童年 271

煨山芋 276

上水鱼 281

下水鱼 286

一把草秸里的中国 290

扳麻雀
——"落雪天捕雀"系列1 295

掏麻雀
——"落雪天捕雀"系列2 299

赶麻雀
——"落雪天捕雀"系列3 303

油　树 309

蠑素子 313

百脚猪草 317

八角茅藜 321

白乌龟 325

戆　鹅 329

鹁鸪鸪 332

"苦喔苦喔"叫唤的苦恶鸟 335

淡　竹
　　——"故乡的竹子"系列1 340

刚　竹
　　——"故乡的竹子"系列2 344

凤仙花 347

故乡的黄豆鸟 351

故乡的楝树 355

角落鼠与猫头鹰 359

面条草 362

水葫芦 366

消失的水浮莲 371

野荸荠 375

偷荸荠 379

荸荠往事 384

香　橼 389

野甘蔗 393

我爱青红番茄 397

嘉庆子 401

鲦鱼记忆 405

忝占鳌头的鳊鱼 409

鳑鲏鱼 413

痴虎鱼 418

代 跋：

我们每一个人，
其实都是安泰俄斯 423

燕笋之思

燕笋是故乡旧物。之所以称为燕笋,按《广群芳谱·竹谱五·竹笋》:"燕笋,钱塘多生,其色紫苞,当燕至时生,故俗谓燕笋。"

燕笋不只是浙江钱塘多生,我的故乡常州乡下旧时也多,虽经工业化尤其是乡镇印染化工业的摧残,其间大片死绝,如今已经又有栽种并存活。

燕竹是故乡栽种的三种竹子里比较粗大的一种竹子。我们小时候夏天在竹园里玩耍乘凉,搭草绳吊床,爬竹子,在不同的竹子间跳跃,都是在燕竹园里。

不过,燕竹虽然比淡竹粗大,却不成器,柔韧性较差,做篾席、竹篮之类,都不能用燕竹,连锄头柄都不能做,只能用来做晾晒衣物的竹竿。但燕竹笋却是故乡最鲜美的竹笋。

每年冬天,大人通常都会挑些地里的土,堆高燕竹园,然后在燕竹园周围用蒺藜、荆棘围上,等着春天到来,燕子回来,燕笋就会钻出地面。

我记忆中的燕竹,是故乡发笋最早的竹子。春天到来后,天气回暖,小孩们尤其关切燕竹园里的地裂开没。竹园被荆棘围着,不能进去踩踏,而竹园边上,容易见太阳的地方,往往是燕笋最早破土而出的地方。一场春雨过后,燕笋悄悄地拱开了地面,孩童们天亮后就会发现,竹园周边裂了很多缝隙,一个个褐色的燕笋顶着青色的小尖钻出了地面。白天,阳光温暖打过,燕子也下江南了。笋冒尖了!

这个时候,冬笋已经过季,福建流通过来的毛竹笋,已经吃了一段时日了。晚上春雨淅沥,凌晨醒来,在挨着竹园的房子里,静心的人甚至可以听见春雨下燕笋出土拔节的声音。陆游《访野人家》诗云:

> 山入柴门窄,桥通野路长。
> 群童挑燕笋,幼妇采鸡桑。
> 淳古非今俗,留连到夕阳。
> 盘餐敢辞饱,满箸药苗香。

燕竹无甚大用,基本也就只能发笋当菜了。陆游说的挑燕笋很贴切。我们割草用小铲子,也叫挑草。挑燕笋时,用小铲子,顺着竹笋,插进地面,寸劲一挑,铲子插进笋根,"喀嚓"清脆一声,笋就与竹鞭两分,拎出来一看,笋的根部白中泛黄,鲜嫩。

一把燕笋放篮子里,长短粗细差不多,笋壳颜色即如《广群芳谱》里说的那般,"其色紫苞"。剥掉层层笋壳,里面白黄滑嫩,颇让人有我见犹怜之感。毛笋之类,剥尽笋壳,也绝无此感觉。当然,笋壳可以扔羊圈里,羊会吃,也可以垫羊圈。

燕笋是我吃过的笋里味道最为鲜美的,它没有其他品类的笋特有的一丝苦涩味。远古时期,笋便是宴客佳品。《诗经·大雅·韩奕》有"其蔌维何?维笋及蒲",言韩侯初立,得周宣王厚赐,取香蒲与竹笋之嫩苗为菜蔬以饯之。可见笋之珍贵。

我小时候,燕笋可以配烧许多菜,荤素百搭,皆为地方名菜。通常人家吃的油焖春笋,名虽盛,略俗,我也不甚喜欢。比如白居易,喜欢蒸食,他在《食笋》中写道:

　　　　置之炊甑中,与饭同时熟。
　　　　紫箨坼故锦,素肌擘新玉。
　　　　每日遂加餐,经时不思肉。
　　　　久为京洛客,此味常不足。
　　　　且食勿踟蹰,南风吹作竹。

笋吃多了,肉都不想了,这也算是白居易的南方之思,且是素食之思。

可以用燕笋炒水腌菜。把燕笋中剖,切丁,与剁碎的水腌菜一起放油翻炒，虽然简单家常，却是美味。此与咸肉一起烧同理，腌菜有咸鲜味，而燕笋有新鲜味，两种鲜味相遇汇融，绝对的人间美味。

也可以用燕笋炒新韭。把剥好的燕笋切片丝，用开水先焯一下，因为笋肉厚，而韭菜下锅色变即熟，不易一起熟。开水焯过后，先把燕笋片丝入油锅翻炒，然后放入韭菜，翻炒，加些盐即可。其实新韭菜、老韭菜都可以，之所以说新韭，无非是取其嫩意，嫩鲜配笋鲜，自然是好东西。

燕笋炖鸡蛋羹，也是绝味。

相传康熙喜吃春笋，每年春天都要吃江南春笋。李煦在扬州、两淮巡盐御史任上，曾给康熙帝上呈《奏为恭进新出燕来笋事》的奏折，通过恭进燕来笋，"尽臣煦一点敬心"。

1765年，乾隆皇帝第四次下江南。在各种江南时蔬中，他食用最多的便是燕笋，其菜谱中有春笋糟鸡、燕笋糟肉、春笋爆炒鸡等。可见，燕笋荤烧，味道更赞。我至今不能忘记故乡燕笋煨炖咸肉或咸骨头、炖鸡、炖鸭的味道，鲜味犹胜。

乾隆时乡邑前辈大诗人黄仲则，曾客寓法源寺，作《摸鱼儿·雪夜和少云，时同寓法源寺》词，其云："江乡风味，渐燕笋登盘，刀鱼上箸，忆着已心醉。"旧都雪夜，诗人的心里，却是春日暖阳、桃红柳绿、燕笋破土、刀鱼翔游的故乡春色，于是沉醉于江南故乡春日之味，且唯燕笋、刀鱼；想着想着，已然心醉。此可谓黄仲则燕笋、刀鱼之思，堪比张季鹰莼鲈之思。

苏东坡在给友人李公择的诗中，曾有这样的叙说：

久客厌虏馔，枵然思南烹。
故人知我意，千里寄竹萌。
骈头玉婴儿，一一脱锦绷。
庖人应未识，旅人眼先明。
我家拙厨膳，彘肉芼芜菁。
送与江南客，烧煮配香粳。

这可谓东坡先生的南烹之思，思的也是江南竹笋之味。

好在，如今交通方便，我辈虽客居北京，春日早发午至，当可一解燕笋之思，再不用像苏东坡那样"千里寄竹萌"了，更比困顿旧都的黄仲则徒念燕笋之思，不知幸福了多少。

2016.4.5

糟 扣 肉

故乡的朋友好奇问我,为什么"江南旧闻录"系列没写糟扣肉?一句相问,酒糟香味伴随着肥肉肉香,迅速控制了我的感官,口舌生津了。

糟扣肉是常州名菜,江南苏锡常地区都有,色泽酱红,酥烂入味,肥而不腻,香糯可口,通常是春节请客的应景菜。我没有写糟扣肉,是因为我家已经很久没做这道菜了。家里虽然每年都做米酒,但酒糟都吊烧酒了。弟弟虽然跟人学过做菜,但因为家里这些年基本不做这道菜,弟弟怕做不好了。我也不会做。

糟扣肉其实是道不是家常菜的家常菜。所谓家常菜,是说做糟扣肉的各种原料,五花肉、酒糟、糖、盐、酱油和生姜,都是普通食材。酒糟乡下冬天几乎家家都有,肉切厚片或块都行,做法各家虽有不同,但也是大同小异,属于通常的蒸菜。不过,其味道的好坏取决于大厨对食材和调味品的掌控。如果想做出像今天普通人家或饭店里吃的糟扣肉,则还要讲究蒸的火候。

但过去人民公社时,糟扣肉却远非一道寻常家常菜,是农村过新年餐桌上的"硬菜""大菜"。

有多硬、多大?

那个年代做糟扣肉是件大事。

首先是平常没肉吃,吃不起肉。一年不见荤,过年时无论多艰难,每家都会买上一小刀肉,回家做菜,就像杨白劳过新年,再穷也要给喜儿买根红头绳,图个喜庆吉利,也是一年辛劳到头,农民的自我犒劳打赏。

其次,农家过去过年做的这道糟扣肉,除夕做好,摆在餐桌正中间,碗里码放得整整齐齐的五花肉皮,呈圆丘形,色泽酱红,酒糟香味混杂着难得的肉香味,随着热气飘散在屋里,恨不得立即伸筷子。

但是,在孩子眼巴巴的注视下,它就摆在桌子中间,热气散了,糟扣肉凉了,飘散的香味也渐渐淡了,没人会去动一筷子。偶尔孩子忍不住把筷子伸向这碗糟扣肉,边上的大人会以更快的速度,打住孩子的筷子,不让孩子去碰它。

那碗饭桌上的糟扣肉,它就摆在那,一动未动,原来碗里浅浅却浓郁的肉汤,渐渐凝固,泛出白色——那也是我喜欢的猪油色。吃完年夜饭,大人收拾桌上的残羹冷炙,这盘糟扣肉也就被收了起来,放在了竹橱里,还得用插销插好,防止晚上被馋嘴的猫偷了。一碗糟扣肉,就这样从旧年到了新年。

新年亲戚来串门吃年饭了,这碗没动过的凝固着猪油的糟扣肉就从竹橱里被端了出来,放在饭锅上一蒸,重又被端上了待客的八仙桌,照例居中摆放。这时的糟扣肉,油汤汪汪——蒸饭时热气和水进入了,汤汁比第一次多了些,但酒糟和肉香味更浓郁了些。家人照例不动这碗糟扣肉,连来吃年饭的客人也基本不会动。如果客人里有特别的尊长,主家会主动用筷子给尊客夹一块,但嘴馋的孩子基本只能以绝望的眼光盯着。送走客人,主家用筷子把这碗少了一块肉的糟扣肉小心翼翼地重新码放一下,让人看不出有人动过。条件好的人家,则会补进一块。

一顿,两顿……一天,两天……每次新年有客来,这碗看似完整的糟扣肉依然每次被端上桌子,客人走后依然被端下放竹橱里。主客之间,不失热情,却有着特别的默契,都很少会去动这碗糟扣肉。这碗糟扣肉越蒸越烂,汤汁由浓郁而渐淡,但每次从竹橱里端出时,依然凝固着一层诱人的猪油白色。直到正月十五,新春拜年最后一天过去后,这碗糟扣肉才会真正成为家里人的美味。

这个时候,糟扣肉已被蒸过很多次,虽然外形看似完整,但已经很难用筷子夹起了。吃到嘴里,无论肥瘦,都是入口即化。不仅是糟扣肉,那些被一次次蒸过的酒糟,还有那些油汪汪的肉汤,都是拌饭时无法言喻的美味。

母亲告诉我,我们西朱西人家做糟扣肉,都是坚持到正月十五后才吃,而西朱东人家,最节约的,要到清明节后才动它!这样一道菜,又岂是家常菜!

分田到户之后,家家冬天做米酒杀年猪,糟扣肉不再是稀罕物,再也不会像过去似的,一直要到正月十五甚至清明才敢吃,真正成了家常菜。不过,随着荤菜泛滥,糟扣肉也渐渐地从家里的餐桌上撤了下去。

糟扣肉这个冬季的当季食品,是可以当礼物送的。过去说媒拉纤成功后,给媒婆的谢仪中,通常也有一碗糟扣肉。

除夕夜酒桌上,我跟弟弟提起糟扣肉,弟弟说他一大厨同学,糟扣肉做得好,随即拨打了同学电话,让他新年送份糟扣肉过来,给我尝尝。

初一下午时,弟弟的大厨同学即带了两份糟扣肉送了过来,我很不好意思。

2016.2.27

猪 吊 筋

故乡老一辈知道猪吊筋的人不少，但像我这般年纪的，知道猪吊筋是什么的人其实没几个。我问了一圈故乡的朋友，没有一个人给我的答案是正确的。也难怪，猪吊筋虽然过去过年时常被提及，但时过境迁，如今大家只对这个名字有些印象，最多对当时获取猪吊筋的场景还有记忆。

但我们兄弟不这样。我们都知道猪吊筋是什么，谁让父亲曾是杀猪佬呢。这猪吊筋，其实就是公猪的生殖器。

猪还在幼仔时，通常要去势，由专业人士用小刀把猪劁了，也就是把猪的睾丸或卵巢阉了，这跟古时阉人做太监类似。猪若不去势，就是种猪、母猪。不去势的猪能长个三四百斤，个儿大肉骚，且易泛滥成灾，这在物产不丰的年代，也是致命的灾祸。据说劁猪这个手艺，是很古老的手艺。

公猪去势之后，生殖器还存在，但却短小。人们通常把牛的生殖器叫牛鞭，因为那玩艺儿相对长且大，而去势后的猪生殖器，则叫猪吊筋，其实就是猪鞭。不过，"吊筋"两字，倒也形象。过去冬天杀年猪时，杀猪佬把猪杀死，烧水褪掉猪的长毛后，通常拿一张梯子，靠墙架着，然后用铁钩扎进猪小腿，把猪倒挂在梯子上，下面放个大盆，用刀给猪开膛破肚。这一过程中，杀猪佬会熟练地用杀猪刀一插、一撩、一挖，从猪尾巴和膀胱处割下猪吊筋，顺手往梯子上一搭，然后再去操持那些猪下水。

杀完猪，结完账，杀猪佬离开时，顺手把梯子上搭着的这根猪吊筋带走了，主家不吭一声。这是约定俗成的规矩。

今天的人爱吃牛鞭一类的东西，视其为大补之物。但过去爱吃猪吊筋的人不多，因它有些腥臊。不过，在困穷缺少荤物的年代，猪吊筋也还算得上是一种美味。

过去吃猪吊筋，去除它的外皮，好生洗刷后，都是切条块炖着吃。猪吊筋与其他部位的肉不同，它是炒不熟、炒不烂的。虽然洗了很多遍，烧猪吊筋时腥臊味依然很重，所以需要放很多酒，好在冬天米酒已经做好。

米酒是去腥的至宝，放多之后，酒香味盖过了腥臊味，随着火势，渐渐渗入锅里的猪吊筋，肉香酒香开始溢出。炖煮的时间要长。不过，即便是经炖煮之后的猪吊筋，吃起来仍然会有叽嘎叽嘎的声音，颇费牙齿，常常吃得腮帮子酸疼。不过，猪吊筋更多不是作为短缺时代的美味而被关注，它更多被当作一种秘方，也被认为是大补之物。

故乡水多，过去很多人早春便光脚下地干活，累积了凉气，到年岁长了后，小腿上青筋便显露纠缠，时常抽筋酸疼，方言俗称"胖缠筋"，其实是静脉曲张。过去乡下缺少医疗资源，老辈人讲吃了猪吊筋，能治"胖缠筋"，所以，许多人常找杀猪佬取猪吊筋，作为"胖缠筋"的食疗之方。不过，这只是一种传说，其实猪吊筋对治疗"胖缠筋"毫无作用。

猪吊筋的另一种作用，我是将信将疑的。老辈人讲，猪吊筋能治肾亏，小孩尿床，吃几根猪吊筋就好了。许多有小孩尿床的人家，每年冬天也是到处找杀猪佬取猪吊筋，回家炖了给孩子吃。后来许多尿床的孩子确实不再尿床了。但我不知道，这是吃了猪吊筋这种"大补"的秘方之功，还是因为随着发育和营养供给，在成长过程中自动痊愈的。可能还是后者吧。

现在故乡农村也很少杀年猪了，也不知道还有没有人把猪吊筋当成大补秘方收集。不过，如今各种补药发达，猪吊筋这种最传统的秘方，想来市场不大了。

这不，如今能说得清猪吊筋是什么的人都不多了。

2016.3.12

如 意 菜

　　江南的除夕年夜饭，必得有一道菜，菜名如意菜。祖辈相传，吃了如意菜，新年万事如意。这如意菜，听起来高大上，实际上合了中国饮食文化的传统，其实就是一道最普通的家常菜：豆芽菜！

　　豆芽菜是故乡人都喜欢的一道家常菜，利索爽口。豆芽菜有黄豆芽和绿豆芽之分，但能够在除夕之夜被端上那顿一年中最盛大豪华宴席的豆芽菜，只有黄豆芽才有资格，也只有黄豆芽才能真正被称为如意菜。平素虽也有称绿豆芽为如意菜，但多少有些山寨的味道，因为只有黄豆芽与如意这种器物最形似。

　　如意是中国的一种传统器物。最早的如意其实就是痒痒挠，用它来挠背上痒痒，俗称"不求人"。后来痒痒挠逐渐演化，逐渐艺术化，有了更精致的形状，材质也逐渐高贵化，越来越与富贵相结缘，成了菩萨手中物，庙堂大人怀中宝。有了吉祥如意之意，也就登堂入室了。这黄豆芽形，与登堂入室的如意形似（切记，这与不求人的痒痒挠已是两回事），取其形，故称之为"如意菜"。

豆芽无土而生，不涉污秽，干干净净，晶莹透亮，冰肌玉质，取其意，"清清白白，事事和顺"。农耕时代，靠天吃饭，风调雨顺、勤劳方能有稳定的生活。所以，先祖们总是把自己对美好生活的期待，寄托于一切象征美好的物事上，凡事要讨口彩，讨吉利，以避凶趋吉，这是"如意菜"等名字的根源所在。谁能拒绝这种美好的向往呢？所以一代代传下来，即便在最艰难的年代，这如意菜仍在私下相传，一直到如今。

我依然记得小时候，那时还是人民公社时期，除夕吃年夜饭时，我们并不喜欢吃寡淡的如意菜，好不容易年夜饭荤物多，我们的注意力都集中在难得可以放开打牙祭的荤菜上。此时，祖母会给我们兄弟碗上夹一筷子如意菜，一边夹菜，一边念叨"吃了如意菜，新年新数全如意"之类的话。

农村生活条件改善后，旧的传统习俗也迅速恢复了生命力，包括如意菜。后来如意菜也几经改造，比如放些百叶丝（豆制品）、肉丝之类，以中和豆芽过于寡淡的味道。

如今物质条件丰富，我们从小时候对大鱼大肉的疯狂追捧，到现在多少有些厌腻了。但除夕夜的饭桌上，各道菜肴虽有改造，依然恪守着传统的寓意和寄托。而我们吃多了大鱼大肉的嘴，终于自觉地追逐起黄豆芽之类味道寡淡一些的菜品，以中和酒肉。我想，用黄豆芽做的如意菜，到这个年代，才算是实至名归了。

　　父母总是让我们自己喜欢吃什么自己选，不再像祖父母那样，总是在饭桌上给孩子们夹菜了，但也会提醒大家，什么菜都要吃一点，因为每一道菜，不仅味道不同，更有不同的寓意和寄托。而我，这个无神论者，则会比父母严格，甚至会像当年祖母一样，动手给自己的孩子夹那些充满传统寓意的菜，并会告诉她这菜的象征。没有人教我，全部来自自觉。

　　或许，生活和传统，就是这样一代代延续下去的。

2016.2.27

扒 财 菜

吃年夜饭时，弟弟用筷子夹了一块冷荤猪蹄给我家太座①。太座已经吃了不少，且她本来对荤货少要求，觉得吃不下了。

"嫂子，你必须吃。你看看，这不是一般的猪蹄，这是前蹄，你做茶叶生意，一定要吃，吃了发财。"弟弟劝导我太座。父亲也在一边帮腔。我也劝太座吃了，告诉她，这是一番心意，这叫"扒财菜"，做生意的人最适合吃。太座勉为其难地啃了两口，说"朱学东你吃吧，你吃了就相当于我吃了"。其实我已经吃了一块，但依然毫不犹豫地夹了过来。

这就是传统江南年夜饭饭桌上，必得有的一道菜：扒财菜。扒财，方言音近"扒柴"。我小时候，人民公社，烧饭缺柴草，用扒篱，一种竹片编成形近扫把的农具，来扒集地上散落的零

---

① 国民党军官会在上级的职务后加"座"以示尊敬，现在也有人以"太座"这一略带调侃的称谓来称呼自己的老婆。此处"太座"一词指作者的太太，后文同。

碎稻草、麦秸、树枝之类。其动作为先伸出扒篱，然后贴地往近身拖拉，把散落的稻草之类拖拉堆集到身边。此为扒。扒财，顾名思义，即有扒集搜罗财富之意。

农耕时代，尤其是人民公社时期，故乡虽是物华天宝之地，却非常穷困。发财，过上富足的生活，是世代的梦想，甚至把这个心意追求，托寄到菜肴之中，这年三十的扒财菜，即是此种寓意。因此，讨口彩的扒财菜，既是农民的中国梦的具体象征，也是穷怕了的结果。

扒财菜是什么菜，许多人并不知道。其实，说来简单，就是一道猪蹄。乡下人家，过去都爱吃猪蹄。但是，并不是所有的猪蹄都能做年夜饭桌上的扒财菜。猪有四只脚，只有前脚的猪蹄，才能作成扒财菜。猪的后蹄，好往后踢，猪的前蹄，则是喜欢往后刨，往身边刨，这需要对猪生活习性的仔细观察才能发现。不过，乡下都养猪，这个是简单的常识。过去农村年长的人，哪怕是吃公粮的，没有养猪的经验，也知道年夜饭吃扒财菜，要专门取前蹄，过去老说法总是口耳相传。不过，如今年轻一代，年夜饭喜欢吃猪蹄的很多，但知道扒财菜的不多，知道扒财菜要用猪前蹄的也就更少了。

尽管故乡乡下早已摆脱了吃不饱饭的困境，但除夕夜年夜饭桌上的猪蹄，依然是必不可少的。它可以做冷荤，也可以与萝卜一起炖，还可以和肉圆子一起烧。前猪蹄数量有限，买前蹄通常要提前。做菜时也会剁成多块，让家里人都能吃到，尤其是当家的劳动力们,吃了猪前蹄,招财进宝,新年发大财。无论是否附会,这种心态,世代流传下来了。

  不是猪蹄有多好吃,基本材质在那,怎么做还是猪蹄。我之所以喜欢除夕的扒财菜,一来是本身对猪蹄的喜欢,猪蹄无论冷热,我都喜欢,尽管我的门牙早已磕坏。这是困穷时代的遗绪。二来是年三十家里只烧猪前蹄当扒财菜。父母兄弟还保留着老派的传统。至于我吃扒财菜,主要还是为了让父母兄弟心安,顺了他们的意,自己也心安。至于发不发财,对于我这个无神论者来说,其实与吃扒财菜无关,只与勤劳、智慧和机会有关,随缘而已。

  但是,我想,这些扒财菜的传统,在我和弟弟这一代人身上,应该还能留下。至于到我女儿一代,她们应该无论如何都难以理解了,即便从知识层面了解了这种民俗传统,也不会明白这种附着农耕文明身上的习俗内里的灵魂了。

  这是时代之变。

2016.2.13

故乡的肉圆

老兄自故乡来,带了些故乡传统美食过来,其中一道是肉圆子。故乡人在京开的酒店做出来佐酒的肉圆,对此我摇摇头,只能用差强人意来点评。老兄跟我解释,说肉圆冰冻过,所以味道差了些。这个解释和理由,对别人说得过去,但对于我这样的"饕餮"来说,却说不过去。尽管这肉圆是坐着高铁关山千里而来,我仍然忍不住对老兄直言:肉圆的肉太紧了,姜味也过重,尤为关键的是,做肉圆时米酒放得太少了!老兄承认,做肉圆时放米酒是绝配,也是肉圆至味的关键。小时候故乡做肉圆的场景,就像电影一般回放在眼前。

我小时候的冬天,随着春节临近,最穷寒之家,都会想方设法,弄点肉,做成肉圆,以待新年到来。因为肉圆是除夕夜宴上必有的菜品,在除夕之夜,肉圆不只是一道美味的菜品,更是江南乡村农耕文化的一种自我想象、自我期许——吃了肉圆,团团圆圆,万事圆满,它寓意着吉利和对美好生活的期待。

冬天天冷,我记忆中做肉圆一般都在午饭之后。把年猪的肉,挑选一块,如今据说前胛肉最佳,但过去一般会选择五花肉。不过,今天看来,五花肉太过肥腻,但在那个饥饿缺油的年代,肥腻是一种口福啊。好在那个时候的猪,没有速生饲料,没有激素,肉质鲜美是没得说的。

洗净之后,把肉块切成肥瘦相间的小一些的条块,然后放刀板上剁成肉末。剁肉末的功夫有讲究。《鲁提辖拳打镇关西》里,鲁智深消遣郑屠,剁十斤精肉,十斤肥肉,消耗了郑屠不少体力,这是花和尚粗中带细的精明。不过,以郑屠手法之熟练,这二十斤肉,也整整让郑屠剁了一个早晨,可见剁肉之不易。

剁肉馅首先是个体力活。家里剁肉馅,早年是祖母,后来是父亲,最后是我和大弟弟。祖母和母亲虽然刀法熟练,但毕竟是女人,气力有限。父亲气大力沉,但毛快,剁完,母亲也常要简单加工下,补几刀。

及后我和弟弟剁,却是没长性,熬不住,一会儿便觉手酸软,掌震疼,毕竟剁馅很枯燥。不过,我们见过那些乡村大厨"做隔夜"(故乡一种旧俗,为办酒漏夜提前准备食材,详见《做隔夜》),双手各持一把磨得发亮的菜刀,剁馅时上下翻飞,眼花缭乱,生猛而快捷。后来我们便学这个,虽然一开始把握不住节奏,但这个活,熟练就行。弟弟后来跟着大厨当下手,受了点拨,加上练习,也是刀法了得,承包了家里所有的剁馅活,从剁青菜馅到猪肉馅。

馅不一定非要精细,但总之不能太粗大。剁好后,把肉馅放置到一个脸盆里,撒上些盐、味精、淀粉(少许)、切碎的姜末(少许),关键是要倒上米酒——米酒既有去腥之用,也有发酵之功,更有提味之能。所谓一方水土一方风物,米酒拌馅也是一种绝好的体现。这些料放好——多少合适,全靠做肉圆的人的鼻子和感觉,毕竟生肉不能品尝。但我自有记忆起,家里做的肉圆子,从未做坏过,这全仗祖母、母亲和弟弟他们代代相传的直觉和手艺——然后拌匀,放那儿醒一醒。过了一会儿,锅里加上清水,烧开,用手把肉馅搓成肉圆,大小自便。通常我家的肉圆,直径差不多有三四厘米大小(后来是用调羹做)。

做肉圆时,通常边上会放上半碗自家酿制的米酒,搓圆子时往手掌心点些米酒,一来加味,二来也可防止肉圆粘手。做好的肉圆一粒粒先后放置进烧开的锅里,待色变,稍候,估摸着熟了,捞出来,放在盆子里,晾凉。这样的动作不断重复,盆里的肉圆越来越多,锅里的清水上漂着一层密密的油花了。

我们兄弟小时候嘴馋,长辈做肉圆时,年龄小的趴灶台上围观,年龄大的就坐灶窠膛烧火,还时不时站起来看长辈做肉圆,都是眼巴巴的可怜样。待做得差不多的时候,长辈会用筷子给我们兄弟仨每人夹一粒肉圆,解馋。当然,少不得提醒我们,小心烫着。冬天,刚出锅不久的肉圆,别看表面凉得快,但内里还是烫的。

肉圆外面凉下来后,长辈会用筷子把肉圆一粒粒夹着放进一个小瓮头。盛满后,用勺子盛上一些煮肉圆的水,倒进瓮头,大概是原汤存原物吧。然后把瓮头放进厨房的竹橱里,关上竹橱门,插好竹销,防止猫偷食。当然自家小孩也可能会偷食,这个竹销是防不住的。不过,冬天瓮头里的肉圆子凉得快,很快瓮头里的汤水就会凝固,上面一层雪白,是猪油凝固后的颜色。小孩要是偷食,那个印记太明显了。所以大家都不敢,更何况,兄弟仨都相互监督着呢。

存储起来的肉圆,到了除夕才会第一次上桌子,通常和猪蹄或肉骨头放一起炖,吃了好过年,好迎接新的一年。新春到来后,家里来客人,肉圆总是少不了的一份硬菜。不过,这个时候的肉圆,通常是单独盛碗,当然也有跟猪蹄一起烧的。肉圆是新春故乡农村家家户户宴请亲戚朋友的当家菜,也是喜庆宴席上必不可少的一道菜品。也可以用肉圆烧薯粉汤,作为待客的点心;还可以和大头青一起烧。精细人家,甚至都能吃到暮春天热放不住时。

后来生活改善了,人们做肉圆时讲究放些荸荠,或者蟹粉。但我一直不是很喜欢放了荸荠的肉圆。至于放蟹粉,我走南闯北,在各种招牌淮扬风味菜馆包括常州宾馆里的蟹粉狮子头,从来没有赢得过我的心。这蟹粉狮子头总有股脱不了的螃蟹的腥味,我不喜。

我特别喜欢吃肉圆子，松软可口鲜美的肉圆，一直是我春节回家的挚爱。一碗米饭，三五粒肉圆至今仍是常态。

2016.2.28

河豚的配菜

河豚有毒，烧河豚很讲究，配菜自然也讲究了。江南故乡，如今烧河豚流行的配菜，莫过于金花菜。2009年前，按食品卫生法，售卖河豚属于违法行为，以至于河豚上市时，在京好这一口的同乡，曾以金花菜为邀吃河豚的暗语。

金花菜是什么？金花菜是苜蓿的一种，与苜蓿的另一种荷花郎当绿肥饲料不同，金花菜在故乡一直是一种蔬菜。在江南故乡，金花菜常用名有地盘青、秧草、草头，因其花色为金黄色，与荷花郎的紫色不同，故名金花菜。

金花菜菜期长，烧河豚配金花菜衬底，我虽非大厨，但以"饕餮"之心想来，无非三个原因：一是金花菜鲜嫩，二是可以解腻，三来金花菜属粗纤维，容易消化，属于清热解毒之菜。烧毒名在外的河豚，也算是将遇良才了。

前些日子，一个朋友去我江南故乡，吃了河豚，在朋友圈发了张红烧河豚的照片，配菜用的是笋。用笋配河豚，现在也常见。笋在故乡也是时鲜之物，河豚鲜美，双鲜相合，算是双雄会，鲜上加鲜。

金花菜和鲜笋烧河豚，无论是红烧、白烧，都在江南流行。在福建、广东沿海，却是喜欢萝卜烧汤。我在《南风窗》任上时，乡友在港供职，途经羊城，拉我去虎门食河豚，其实就是海鲅鱼，烧法就是萝卜加河豚，虽然鲜美，我却不甚喜欢，总觉得比故乡的河豚差远了。

不过，无论是金花菜还是鲜笋，都是新造之法。古时烧河豚的配料，却有些出乎我们这些食客的意料。苏东坡曾客寓并最后归葬于我常州故乡，其在常州时好食河豚，有首诗名动天下：

竹外桃花三两枝，春江水暖鸭先知。
蒌蒿满地芦芽短，正是河豚欲上时。

这首诗里，东坡提到的蒌蒿、芦芽，正是古时烧河豚的配料。宋人严有翼，著有《艺苑雌黄》，其人最不喜欢东坡诗，袁枚《随园诗话》说他"诋东坡诗，误以葱为韭，以长桑君为仓公，以摸金校尉为摸金中郎。所用典故，被其捃摘，几无完肤。然七百年来，人知有东坡，不知有严有翼"。不过，严有翼也好食河豚，也曾有《戏题河豚诗》：

蒌蒿短短荻芽肥，正是河豚欲上时。
甘美远胜西子乳，吴王当日未曾知。

严有翼对烧河豚用配菜有研究。《艺苑雌黄》载："河豚，水族之奇味，世传其杀人。余守丹阳宣城，见土人户户食之。但用菘菜、蒌蒿、荻芽三物煮之，亦未见死者。"这个记录，后来被李时珍写进了《本草纲目》，传了下来。

严有翼所记烧河豚的菘菜、蒌蒿、荻芽，皆是江南故乡旧物。菘菜即黄芽菜，白菜的一个品种，在江南故乡属于甜口蔬菜，春节回家常吃。我生长于北方的太座很奇怪这白菜竟然一炒就烂，不放糖都是甜口的！不过，黄芽菜烧河豚，我从未见过，更不用说吃过了。故乡许多朋友也不知，前黄中学的师妹告诉我，在靖江，至今仍有黄芽菜烧河豚的做法。想来这真是古法了。蒌蒿即藜蒿，是春季应景时鲜，有各种烧法，皆受追捧，《诗经》里有载："呦呦鹿鸣，食野之蒿。"宋人诗里，藜蒿烧河豚的说法颇多，不过如今我也没吃过一次。荻芽、芦芽，即芦笋，芦苇春天的嫩芽。小时候故乡乡下烧酒席，桌上常有罐装芦笋，是晒干后的芦笋。

还有一种是秃菜。李时珍《本草纲目》说河豚"宜荻笋、蒌蒿、秃菜"。秃菜就是野菠菜。野菠菜烧河豚，我也没见识过。这些古法烧河豚，如今不知故乡哪里还留存。

宋人江少虞说烧河豚"脔其肉，杂芦蒿、荻芽，瀹而为羹",是烧河豚汤,还有说莼菜也可以烧河豚,这些我皆未曾见识过,真是愧对食客之名头。

2016.4.1

河豚之哀

清明前,正是吃河豚的时间。

明人吕毖从明朝宦官刘若愚所著《酌中志》部分内容中编选出《明宫史》,其中谈到皇家旧例:"清明之前……食河豚、饮芦芽汤以解热。"这个说法,与苏东坡那首《惠崇春江晚景》里所描述的,是一样的江南风情。

前两天在北京常州宾馆吃了一次河豚,做法自然很不错,味道照例鲜美,配着金花菜,是江南地道正宗的红烧做法。不过,我主要吃了河豚皮和肝,以及金花菜,还是留下了不少河豚肉,多少有些愧对河豚之大名、大厨之水平、请客者之盛情。

不是我不爱吃河豚。2015 年春节,春雨淅沥中,我们曾专门开车跑到扬中吃河豚,这是我第一次食河豚生鱼片,鲜嫩之至,大爱,以至于我喝了不少酒。2009 年前,食品卫生法禁止生产和销售河豚,所以,在此之前,在北京吃河豚还是冒着违法的危险的。

我曾经写过一篇《拼死吃河豚》，讲的是吃河豚的故事。文中不仅讲述了当年在北京违法吃河豚的盛景（以金花菜或灰黄鱼之名，召集在京故乡同好吃河豚，席间有极强的仪式感），还讲叙了有趣可叹的吃河豚文化。江少虞《宋朝事实类苑》卷六一之《鱼》写南人之爱河豚："岁有被毒而死者。南人嗜之不已。"但如今，我吃河豚的兴致却已大减。无他，最初的期待不再了。

吃河豚期待不再，原因很多。其一是如今河豚经营已经产业化，河豚养殖业发达。这是毁掉我对河豚之爱的元凶（不过，话说回来，若无产业化，河豚恐怕早就绝种了）。河豚原是野生之物，野生河豚之鲜美，与其毒性媲美。

正如风景独在险峻处，河豚有毒才鲜，不毒不鲜。所以才有"南人嗜之不已"的拼死吃河豚一说。传说旧时请客吃河豚，其他菜肴都是东主请客，唯有河豚一道菜，大家都要掏钱，哪怕一文一毛，以示出了钱的，是自愿的行为，为的是避免因为吃河豚中毒引发难堪纠纷。这反过来说明河豚之毒性以及其诱人之处。

养殖的河豚，毒性非常非常小，这些年基本没有听说过吃河豚中毒的了。我想除了如今收拾烹饪水平提高之外，更在于养殖。养殖的河豚少了毒性，鲜美之味自然也减了许多。此其一。产业化的养殖，使过往河豚从达官贵人、文人雅士的盘中餐，从附庸风雅的珍飨，成了寻常百姓的普及食物。

想想，因 2009 年前的食品卫生法，在北京吃河豚一度还是个违法的私人行为，吃河豚要冒着中毒的危险，还要冒着违法的危险，所以过去吃河豚，常托金花菜或灰黄鱼之名。北京也只有有限几家江南菜馆和淮扬风味菜馆私下卖河豚，主要也是卖给故乡熟客。

旧时吃河豚，一桌能有两三条，已是很不错了。吃河豚时，大师傅依着旧例，在食客动箸之前，要先行品尝，因为河豚毒性发作快，大师傅品过之后，食客才会动筷子。这有极强的仪式感在里面。如今满大街都是卖河豚的了，饭桌之上，通常都是每人一条，再没有几人共食一条时大师傅还来试毒的盛景了。如今的食客，既失去违禁的兴奋，也失去了那种拼死一搏的期待。盛名之下，其实难副。此其二。

河豚本是应季的鲜物，春江水暖，河豚上时，其传统配菜里的芦蒿、荻芽、金花菜，也是时令鲜货。每年这个时候，人们都会对河豚充满念想，纵使巨毒，也隔不断这念想。

但是，河豚养殖的产业化，使河豚从应季的时令鲜物，变成了一年四季都能吃到的东西，多则滥，人们品尝的期待自然下降了。有一年春节回家，同学跟我说，吃河豚吃得都想吐了，才卖 70 多块钱一条！这还没到吃河豚的季节呢。

再也没有念兹在兹的河豚了。

2016.4.1

"黄汤"与吃河豚

又到吃河豚的季节。

每每想到河豚,我总是不由自主地想起"黄汤"两字,脸上总会不由自主地露出"诡异"的笑容。这个笑容,小丫也曾有过——某年一起吃饭,我点了份河豚,因为读过我写的《拼死吃河豚》,小丫便对我怪异地笑了起来,我自然明白这笑背后的戏谑之意。

无论笑得诡异抑或怪异,其实都跟"黄汤"有关。"黄汤"何物?江南故乡说"黄汤",在不同场合,通常有两种意思。乡下男人喝酒去了,村妇不高兴,说"灌黄汤"去了。喝多了,村妇骂骂咧咧,"黄汤灌多了"。这第一种黄汤是指酒。何以把酒称为"黄汤"?大约是故乡多黄酒之故。另一种,可就不洁了。

过去河豚是野生的,其肝脏、眼睛、卵巢等都有强烈的毒性。江少虞《宋朝事实类苑》卷六一之《鱼卵杀人》载:"河豚鱼有大毒，肝与卵，人食之必死。每至暮春柳花坠，此鱼大肥，江淮人以为时珍，更相赠遗。脔其肉，杂芦蒿、荻芽，瀹而为羹。或不甚熟，亦能害人，岁有被毒而死者。南人嗜之不已。"

因为味道鲜美，南人前赴后继，嗜之不已，所以吃河豚要拼死搏死。为了一口的鲜美，愿赌上性命，这是何等的爱。食客可以不顾性命，但大厨却要保自己的招牌。经的事多了，人们也总结出了解毒的妙方。这妙方除了处理河豚时要十分小心，处理得干净之外，更重要的是万一席间发生河豚中毒，你得有解毒之方。这个解毒之方，过去医学不发达时，最重要的解毒法就是灌"黄汤"。这个"黄汤"，可不是黄酒了，而是臭不可闻的粪汤！

我在《拼死吃河豚》一文中，讲到自古相传，江南人吃河豚时，总是要备一桶粪，稀释后放在附近。河豚性毒，发作快，一旦食客舌头发麻，有中毒迹象，立即灌粪，通过臭不可闻的"黄汤"，让食客把吃下的东西吐出，即可解毒。

这灌"黄汤"以利呕吐，功效上有些类似于今天医学上的洗胃，法子虽土，效果却著，所以代代相传。连远离河豚产地居于内河地区的我的祖父，生前也给我讲过几次拼死吃河豚，吃河豚附近要放桶稀释的粪汤的经历。

用"黄汤"解毒，古已有之。唐朝药王孙思邈，对如何解河豚之毒，给出过这样一个偏方："凡中其毒，以芦根汁和蓝靛饮之，陈粪清亦可。"芦根汁解河豚之毒，大约是传自汉代张仲景的《金匮要略》："芦根煮汁，服之即解。"而孙思邈说"陈粪清亦可"——药王之意，粪要陈年的，多陈，不知道，但依我乡下生活的经验，谁家粪坑里有陈年的粪啊，这主家该多懒啊。所以陈年的粪，只能刮自粪坑边沿，此其一；其二，药王爷提到粪汤要"清"，就是要稀释，要不然，怎么灌得下啊！我写着都感觉有些恶心了。只是不知药王的"妙方"是总结自民间实践，还是自己探索"品尝"出来的。

明人吕毖从明朝宦官刘若愚所著的《酌中志》部分内容中编选出《明宫史》，谈到皇家旧例时说："清明之前……食河豚、饮芦芽汤以解热。"清明前吃河豚也是皇室惯例，但万一中毒，喝陈年清粪，大约是亵渎天潢贵胄的，所以估计也就是"饮芦芽汤以解热"，煮芦根汁解毒而已，只是不知功效如何。

至于芦根、蓝靛解毒之说，如今多已不传。我小时候种过芦苇，挖过苇根、芦芽，却从未听说这玩意儿煮汁可以解河豚之毒。世所不传，大约是功效不著之故，否则，那些两宋名士，为何也要用陈年清粪解河豚之毒呢？

真够可以的，一群文人墨客拼死都要食的美味，却与臭不可闻的陈年"黄汤"并列，也算是美食界罕见的一朵奇葩了。好在，现代医学发达，吃河豚终于不用与"黄汤"为伍了。

2016.3.31

蚕豆的 N 种吃法

我小时候，非常爱吃蚕豆。爱吃蚕豆的缘故，除了蚕豆本味鲜美，可能也跟蚕豆随手可得，有近水楼台之便有关。

小时候的江南乡下，虽是鱼米之乡，但生活艰苦，小孩解馋之物，除了本地所产，别无他物。而蚕豆，就是本地所产的特色之物。

蚕豆有多少种吃法？这个问题源于早年读孔乙己之问：茴香豆的茴字有多少种写法？孔乙己爱吃的茴香豆，我也爱吃，那就是蚕豆做的。但是，说实话，蚕豆有多少种吃法，我掰着手指都没有算清。只能先估摸着扒拉几种吃法，有点脚踩西瓜皮，滑到哪算哪的况味。

自蚕豆开始成形起，它便被乡下小孩列入"饕餮"清单中。

生吃鲜嫩的新蚕豆，是蚕豆的第一种吃法。吃法很简单，摘下豆荚，剥开，把蚕豆扔进嘴里。尽管其时蚕豆还未长大，常常只是一咬一泡水，但它在孩子的口中，已是不可多得的美味。从蚕豆荚才鼓胀起来,到蚕豆还是青的,但生吃有些老涩时的一段时期,都可以生吃。

不过,生吃新蚕豆,一次不能太多,多了容易得青紫病(食物中毒的一种)。

嫩蚕豆的第二种吃法,不再是生食,而是蒸煮后食用。用来蒸煮的青蚕豆,已经不适合生吃。这青蚕豆蒸煮食用,是江南最常见的吃法,既可给小孩当零食,也可当一日三餐的菜品。我最喜这种吃法,简单明了,原汁原味。

不过,即便是蒸煮青蚕豆,也有许多样吃法。

吃法中第一种就是野炊。通常就是就地取材,摘了蚕豆荚剥好蚕豆,在田埂上挖个坑,弄个锅或大河蚌壳,茅草烧火蒸煮。像迅哥《社戏》里在船上偷煮蚕豆,已是非常奢华的了。

第二种,带个空饭盒或搪瓷缸,里边滴上两滴油,撒几粒盐,上学路上,顺手摘豆,一路摘一路剥,路上便把搪瓷缸饭盒装满了,到学校蒸锅上一蒸,这就是午餐的菜。我们这一代人上中学时几乎人人都干过这"顺手牵豆"之事。

以上提到的嫩蚕豆吃法,都是小孩最爱干的事,还美其名曰:消灭"大青虫"。大青虫是故乡一种害虫,也常被小孩用来比喻蚕豆。这说法多少美化了小孩们的"不法行为",不过,就如《社戏》里写的一样,乡下旧俗,小孩不懂事,偷食蚕豆,原也不算大事。但是大人明理之人,这么做却有失身份了。这种生活背后都有乡村生活公认的法则,这算是传统时代最后的余绪。

至于如今饭店里常见的油浸蚕豆、葱油蚕豆做法，大抵是蒸煮之道的变种，这种吃法，我不太喜欢，但生活在异乡，实在想吃蚕豆时，聊堪冲抵一解乡愁。

第三种青蚕豆的吃法，是当炒菜的配菜。比如，把青蚕豆弄成豆瓣，可以用来炒腌菜、雪菜、韭菜之类，这种做法也颇常见。

第五种当然是嫩蚕豆瓣烧汤，烧蛋汤和其他汤，用嫩蚕豆瓣配，相当好。

嫩蚕豆、青蚕豆的主要吃法，大抵是上述几种，其他具体做法，依个人喜好，会有变化，但万变不离其宗，都只能算变种。

蚕豆老了之后，豆荚变黑了，蚕豆也变硬了，非常硬。蚕豆的个头也收缩了，不再像青蚕豆那么大，浓缩是精华吧。此时，蚕豆的颜色也已从青色，变成淡黄色、黄褐色。这个时候，蚕豆在江南，又有新的吃法。

第一种，最常见的吃法，就是炒蚕豆。故乡曾有俗语说："炒蚕豆炒蚕豆，骨碌骨碌翻跟斗。"炒蚕豆一般是用来哄小孩，或者招待来宾的零食。但这蚕豆很硬，号称铁蚕豆，需要牙口好。不过，过去乡下人牙口普遍较好，可能跟多吃蚕豆练就一口钢牙很有关系。我祖母70余岁时，还能吃炒蚕豆。但我的牙口，却可能是因为吃炒蚕豆没吃好，后来有了隐裂，让我难受。

条件好时，会融化些糖精或盐水，撒在翻炒时的蚕豆上，这让蚕豆变得有了甜咸口。

第二种，也常见，是做软蚕豆，就是炒蚕豆时，多放些水，咕嘟笃着，做熟了的蚕豆是硬中带软，连皮也是软的，这主要是用来早晚饭时就着喝粥，那也是美味。当然，放在竹橱里的软蚕豆，也要"提防家贼"，比如我们这样的小孩，常会趁大人不注意，偷抓几粒当零食。

第三种，是僵挤豆，做法跟软蚕豆类似，不过不会放这么多水，蚕豆皮一般不会像软蚕豆般破裂，也不会像软蚕豆似的湿漉漉，它是干的。僵挤豆比较形象地体现了这种豆的外形：蚕豆皮僵硬地收缩挤在一起，不再像原来似的光滑。僵挤豆可以依各种口味调味，或甜或咸，茴香豆其实是我们常说的僵挤豆的一种。

第四种，开花豆。我小时候喜欢的开花豆，是爆炒米时，在米里掺一把蚕豆，这样爆出来的开花豆，松脆可口，对于那个时候的我来说，简直是天上美味；若是爆炒米时能放些糖精水，那更是神仙不换。吃爆炒米时，我总是喜欢在一大堆炒米里翻腾有限的开花豆。现在开花豆都有售卖的，不过太过油腻了。

第五种，豆瓣烧菜。把老蚕豆用竹刀劈开，然后放水里浸泡，等到皮可以剥下时，把蚕豆皮剥掉，留下光溜溜的豆瓣，老豆瓣跟嫩豆瓣不同，主要用来烧汤，如老黄瓜排骨豆瓣汤，冬瓜排骨豆瓣汤，等等，都是乡野美味。当然也可以烧其他。

第六种，回芽豆。把老蚕豆浸泡水里，等它发芽，便是回芽豆。回芽豆可以烧菜，也可以烧咸粥。过去常说东西回芽了不能吃，容易中毒，但回芽蚕豆，却是故乡的特色风味。我很喜欢回芽豆，少不更事时，还去偷人家种的蚕豆种呢。

第七种，烧咸粥。故乡烧咸粥会放许多菜，其中必不可少的一种是蚕豆或回芽蚕豆。

第八种，煨蚕豆。冬天老人和孩子捧着脚炉晒太阳时，一大乐趣，就是将老蚕豆埋在脚炉发烫的灰里，等着噼啪声响，蚕豆皮破或变灰黑，就可以夹出来食用。我小时候的冬天，乡下村村落落，都会见到老人和孩子煨蚕豆的场景。

蚕豆的做法当然不只我匆促勾勒的这几种，但是，无论哪种做法，只要是蚕豆，都会让我怀想起故乡旧事，回想起自己的童年和少年时代。

2016.5

故乡的回芽蚕豆

今年农历八月廿四前,我正好在故乡。故乡旧俗,八月廿四吃咸汤团子。母亲按旧俗提前一天给我做了咸汤团子,里边放了不少回芽蚕豆,这也是旧俗。

回芽蚕豆曾经是我特别喜欢的一种菜肴,其实就是发了芽的蚕豆。小时候常吃,这些年客居北京,难得再吃。

发回芽蚕豆很简单,把老蚕豆泡清水里即可。不过,一定是老蚕豆哦。老蚕豆坚硬得很,故乡常用它来形容年纪大的人牙口好:"还能吃蚕豆呢。"也只有老蚕豆才能泡制回芽蚕豆。

老蚕豆的壳很硬,也很光滑,浸泡清水一段时间之后,蚕豆壳先是慢慢起皱,然后蚕豆慢慢膨胀起来,把坚硬的蚕豆壳也撑开了。清水变成了褐色,那是老蚕豆的颜色。把水倒掉一部分,再过一段时间,它们的顶上慢慢隆起,渐渐地,一个白芽胚钻了出来,蚕豆发芽了!

蚕豆从浸泡到发小芽,也就两天左右吧,如果盖上些东西,温度高一些,更快些。我依稀记得,小时候冬天发回芽蚕豆,把蚕豆放脸盆里,再把脸盆搁灶台上——灶台上做饭后有余温啊,然后在盆上盖一块破棉布,同样是为了保温。

蚕豆浸泡之后,我和弟弟们经常会去掀开破棉布,看盆里的蚕豆发芽没有。紧张,高兴,急不可耐,各种心情都有,尽管我们从来没见到胚芽是什么时候、怎么钻出来的,我们见到的只是发了芽的蚕豆。

回芽蚕豆浸泡好后,有很多种做法。除了前面说过的八月廿四做咸汤团子时要放回芽蚕豆外,我家用得最多的地方,就是冬天熬咸粥。

小时候特别喜欢吃放了咸骨头的咸粥,里边五谷杂粮,什么都有,回芽蚕豆也会放很多。我很喜欢咸粥里的回芽蚕豆,一入口,舌头翻滚,牙齿一嗑,噗,把壳吐出来,只剩下蚕豆瓣,再无老蚕豆的坚硬,只有酥软可口,唇齿留香。后来虽然每年春节都回去,但家里浸泡回芽蚕豆少了,熬咸粥多直接用蚕豆,虽然照样很好吃,但总觉得不如回芽蚕豆好。

回芽蚕豆还有很多其他做法。比如,五香回芽蚕豆,烧其他菜时用回芽蚕豆当配菜啊,等等。反正,其他我不知道,只要碰到回芽蚕豆,我总是很喜欢。过去常说发芽的东西不能吃,容易中毒,比如土豆、红薯,但不知道为什么人们吃回芽蚕豆就没事。

与回芽蚕豆最深的记忆,不是看老蚕豆发芽,不是吃咸粥时不停地噗噗吐皮，也不是五香回芽蚕豆，而是偷蚕豆种。故乡秋收之后，会在田埂上以及路边田角边任何一小块空地上，都种上蚕豆。蚕豆种得很浅，简单地在田埂上或路边泥地上铲条浅坑，把老蚕豆播下，然后撒上草灰——草灰是钾肥，薄薄地覆盖上泥，就行了，基本不费心、不费工、不费钱，但来年收获却颇丰。

不过，蚕豆种最大的敌人，不是田鼠，而是顽童和馋嘴的学生。虽说穷人的孩子早当家，但我们小时候缺吃少穿的，孩子顽劣的天性加上对饥饿的恐惧，其实都会干些坏事，虽然明知不对，但仍然控制不住要去，偷蚕豆种就是一种。

割草的时候，在田埂上，往往趁人不注意，用镰刀或者手，迅速扒拉开松软的泥土——种蚕豆是要把土翻开的，所以土质松软，而且因为撒了草灰，纵使已经下过雨，哪有蚕豆种还是一目了然。扒拉开土，发芽的蚕豆正在土下生长，一划拉，一把，不管草土，往篮子里一扔，然后用手把泥土盖上，把"犯罪现场"遮盖掉，换个地方，继续扒拉。偷了发芽的蚕豆种，回家还轻易不敢跟家里人说，会挨揍的。把蚕豆种偷了，这一片明年就绝收啊，这跟偷蚕豆不同，所以家里管得也严，因为你偷了别人家的，别人也会偷你家的。但事实上，我这个年龄段的男孩，差不多都应该干过这种坏事。

偷了不能拿回家，怎么解馋？弄个河蚌壳，在田埂上挖个灶膛，河蚌壳当锅，烧着吃，野炊！过去这样烧的，不仅有回芽蚕豆，还有黄豆等。好在那时没啥污染，也不怕脏。

  当然，今天的孩子，再也不用去偷回芽蚕豆了。现在集市上很多卖的，连北京的菜市场也有回芽蚕豆了……

2015.11.14

老黄瓜炖排骨

一般人只知道冬瓜炖排骨是美味，其实我还是中学生的时候，在我江南故乡农村，老黄瓜炖排骨，是夏天相比冬瓜排骨汤毫不逊色的绝味。老黄瓜炖排骨？对。城里人连老黄瓜都没见过，也没听说过这道菜，更不用说吃过了。但这是一道地地道道的农家菜。

我小时候在农村，家里菜园里总会种上一两畦黄瓜。种黄瓜的目的有二，一来是满足小孩的口腹之欲，黄瓜是乡下小孩生吃的主要零食；二来是家里做菜，用它凉拌、热炒、做汤都可以。

但是，老黄瓜不在当菜的盘算里。

过去农村，生活条件还是比较艰苦，怎么能让黄瓜无缘无故老了呢！就是小孩也不会等到黄瓜老，就把它们消灭了啊。所以，最初吃老黄瓜的，也不是特别多。但我们家有老黄瓜。

我祖父每年春天都会弄些菜秧去卖，所以到夏天，黄瓜快要过季的时候，总会选一些留种。留种的黄瓜，自然粗大，品相好，挂在藤上，很是威风显眼。待它们色泽由绿慢慢变淡黄的时候，藤架上嫩绿的黄瓜越来越少，叶子也越来越稀疏。待到颜色金黄时，黄瓜藤早已没了当初的丰茂，稀稀拉拉地吊在架子上，叶子也几乎掉光了，只有几根金黄的老黄瓜，显眼地吊挂在藤架上，或一头耷拉在地上。这个时候的黄瓜，再也不用担心村里贪嘴的小孩们偷了。生吃老黄瓜，会索然无味的。更何况这个季节，农村的其他瓜果上来了。

老黄瓜熟透之后，摘回家去，剖开，把瓜瓤和籽挖出晾晒，剩下的老黄瓜，生吃无味，扔了可惜。通常，家里也会选一些肉厚的老黄瓜，用刨子去皮，切块，做汤。不过，就像冬瓜一样，如果单纯用黄瓜做汤，味道有些寡淡，但在农村，条件不好时，这种寡淡也能将就。

那个时候，若要调味，大多只能以其他素食相补。乡下多储藏老蚕豆，把老蚕豆劈开，泡好，剥掉蚕豆皮，用豆瓣来炖老黄瓜汤，也是过去常吃的。

分田到户之后，农村的经济情况迅速好转，吃肉啃骨头也已经不那么难了，于是，老黄瓜和冬瓜一样，咸鱼翻身，竟然成就了一道难忘的美味。

老黄瓜和冬瓜一样，最适合与骨头一起炖汤。做法非常简单。先把排骨洗净，放水煮开，去掉血水，加姜末料酒清水，煮开，然后把洗净切块的老黄瓜放进锅里，加些盐，煮开。这时,老黄瓜特有的清香夹杂着排骨的肉香,随着热气透出锅沿,开始弥漫在灶间了。你恨不得拿把勺子开锅一勺,但是,且慢,还得慢火炖一会儿,得让两种材料的味道合二为一,让黄瓜香渗进肉香,让排骨香渗进黄瓜的味道,你中有我,我中有你,更重要的是,两种材料的精华,最后都会融入汤里。炖好停火后,最好再盖锅焖一会儿,压住锅中飘浮的味道。吃饭的时候,把黄瓜排骨连汤盛大碗里,上桌。一汤匙下去,真正的解渴生津,满嘴清香,还激发食欲。

老黄瓜炖排骨,最好吃的是汤,精华都在汤里。热汤是热汤的味道,放凉了吃又有凉吃的味道,都是绝味。自然,排骨和老黄瓜块也好吃。那个时候,我们兄弟最渴望的就是能够一人端一海碗(盛菜的大碗)老黄瓜排骨汤。后来家里条件越来越好,老黄瓜炖排骨,跟冬瓜炖排骨一样,成了每年夏天的一道重要菜肴,我们兄弟也终于实现了一人一海碗的梦想。

老黄瓜不仅炖排骨是美味,炖鸡、鸭也是美味。无论鸡、鸭,一定得带上骨头炖,最香。当然,最鲜的是老黄瓜炖河虾、河蟹,那个鲜啊。不过,我不太喜欢这种做法,因为虾、蟹腥。

老黄瓜炖排骨的味道绝不下于冬瓜炖排骨。冬瓜炖排骨是流行口味,谁家都可以做,而且吃的时间长,如今更是一年四季都能吃上,吃多了难免生腻,容易吃到也少了渴望。但是,老黄瓜炖排骨却不同。一来是老黄瓜难得,二来是只有当季才能吃上,而且最多也就几顿,这容易让人产生期待。而且,与冬瓜不同,老黄瓜不去皮也可以。更何况其口感独特,颇有私家菜不传之秘的诱惑。

如今黄瓜虽然一年四季也可吃到,但都是大棚里的,大多没了黄瓜应有的味道。老黄瓜更不用说了,大棚里的老黄瓜,稀松软绵,一点不厚实,只能扔掉或喂猪。那些吃惯了没有黄瓜味的黄瓜的城里人,又怎能想象这自然的阳光雨露下长大变老的老黄瓜的味道!

只是,现在老家恐怕弄老黄瓜炖排骨的人也越来越少了。

(补记:写完文章,故乡朋友告诉我,老黄瓜炖排骨,现在不是旧闻,而是满大街都是,菜市场都有专门卖老黄瓜的了,这是我没有想到的。)

2015.7.11

肉圆粉丝汤

肉圆粉丝汤,是故乡一道冬日美味。不过,肉圆粉丝汤,可以视为其官名。它有一个很土的名字,即"肉圆束粉汤"[常武(常州武进)方言],是用肉丸子和粉丝一起煮成的一道菜。方言"束粉",其实是薯粉,是用山芋亦即白薯粉做成的粉丝,呈透亮的灰褐色。故乡过去都种山芋(白薯),而少红薯,这白薯做粉丝的过程,是另一则江南旧闻。过去请师傅用白薯做完粉丝后,都要一把盘成一圈,晒干后收起来放置,随吃随取。

把猪肉做成肉圆子也是故乡的旧俗,至今流传。每年冬天杀了年猪或者为过年买了猪肉后,都要用五花肉做肉圆子。我走遍大江南北,所有饭店里吃到的所谓淮扬菜里的狮子头,无论有无蟹粉,都无常武地区任何一个农家做的简单肉圆子得我心。做肉圆子的故事,也是另一则江南旧闻。故乡旧习,做好肉圆子后,通常用碗或瓮罐储存(故乡的肉圆子是熟后存放的),还要带些汤。故乡冬天很冷,储存之后,可以吃很长时间，相比薯粉丝，这是另一种随吃随取。

此处单表故乡的肉圆粉丝汤。肉圆粉丝汤的做法非常简单，粉丝肉圆都是现成的料。把粉丝圈放碗里，和存放肉圆的瓮罐一起放灶台上。往铁锅里倒上适量清水，起火把水烧开，然后放入晒干的粉丝圈——如今在北京吃火锅或用粉丝做菜，都习惯用开水焯过，据说是为了方便熟，我很奇怪这种做法。我们做粉丝汤，最多就是用凉水把粉丝清一下，而大多数情况是直接把粉丝圈下锅，自家做的、晒的粉丝，脏不到哪儿去。放多少粉丝圈，根据实际需要，一般一圈能煮一碗。

过去老家做白薯粉丝，真材实料。这白薯粉丝色泽虽是有些灰褐，却透着鲜亮，没有杂质，这是上品的标志。这种白薯粉丝，煮熟后绵柔筋道，我这些年在一些好的火锅店吃到过类似感觉的薯粉或土豆粉。

差不多八成熟时，用勺子挖几粒肉圆放进锅里。冬天瓮罐里第一层肉圆出瓮时，上面一层是白色的凝固的猪油，下面有肉汤凝固成的肉冻，形似初中地理课上带着光环的土星图。至于放几粒肉圆合适，取决于要做的粉丝汤数量。再次开锅时，便可以出锅了。出锅时，在盛放粉丝汤的碗里放上些酱油，味道会很独特。如果再撒上一些青蒜末，那味道就更美了。

单纯的肉圆粉丝汤即是美味。有时快出锅时放上几张青菜叶——故乡的青菜霜打之后有自己非常独特的味道，和肉圆粉丝一混搭，那是真正的色香味俱全了。当然也可以放几棵菠菜，不过菠菜虽然鲜美，但有一种其他青菜所没有的独特的土涩味，从大众口味而言，可能不那么容易被接受。

故乡的肉圆粉丝汤相当长一段时间是作为待客的点心的，无论是上点心（上午十点多）还是下点心（下午两三点），能够给来客煮一碗肉圆粉丝汤，绝对是特别的礼遇。人民公社时期，如果去走亲戚，亲戚给煮上一碗肉圆粉丝汤，哪怕里边只有一粒肉圆，也是绝对的奢侈。有时候家里来客了，看到客人在吃这碗点心，我们兄弟们只能眼巴巴地流口水。多么想自己也能吃上这样一碗啊。

人民公社以后，分田到户，农村的经济状况迅速好转。这肉圆粉丝汤不再是省下来给客人独享的，我们不用再小小年纪就有此"识大体"的"大局观"了，可以放开吃肉圆粉丝汤了。一碗粉丝汤里，三四粒肉圆子常见。走亲戚，这点心也是常吃。我吃怕了潽鸡蛋，但却从来没有吃厌过肉圆粉丝汤！

不过，随着生活方式的改变，故乡的肉圆粉丝汤也发生了变化。先是白薯种得越来越少了，接着是自己加工做白薯粉丝的人家也越来越少，能够蒸白薯粉丝的师傅也渐渐凋零了——我认识的唯一一个，就是我的一位堂姑父，他去世后我们村似乎再也没有人家蒸过粉丝，而集市上卖粉丝的越来越多，但质量一年比一年差。

至于我在北方饭馆吃到的那种粉丝丸子汤，无论品相还是口感，都能让我生敬畏之心。但我依然喜欢吃粉丝，喜欢吃肉圆，也能接受故乡现在肉圆粉丝汤的做法，但我再也没有吃到过记忆中那纯正的肉圆粉丝汤。

每到冬天，我都会怀念小时候吃到的肉圆粉丝汤。

2016.1.24

故乡的鱼冻

鱼冻是我儿时江南故乡的一种美味。吃鱼冻的旧俗，故乡至今犹存。甚至，经过加工改造后愈益精致化的鱼冻，堂而皇之地登上了大饭店宴客的酒席，成了必点凉菜，一年四季都有。比如北京朝阳门外的常州宾馆，那里的鱼冻就是常州人在京呼朋唤友必点的凉菜。

在北京，尽管我也喜欢吃常州宾馆的鱼冻，不过，那过于精致的做法，并没有太多得我欢心，我总是喜欢对常州宾馆这道菜指指点点。这背后的情绪，其实是味蕾挑逗的乡愁。

我小时候特别喜欢吃家里的鱼冻。那时，鱼冻的做法，粗砺简单，毫无精致感，但是味道之鲜美，至今难忘，也是至今各大饭店所做鱼冻永远难以赶上的。

小的时候，江南的乡下，只有到了冬天才能吃上鱼冻。因为鱼冻首先是季节性食物。所谓"冻"，乃是天寒的产物，天冷了，菜肴的汤汁才能凝固成冻。因为只有到了冬天才能吃上，所以我小时候特别期待吃鱼冻。我至今没有忘记的一件事,来自于小时候我与我们村里一位朱老师的聊天,时间大概在20世纪70年代末80年代初。

我跟朱老师说,我不喜欢吃鱼,我就喜欢冬天吃鱼冻。我在1985年到北京上大学之前,确实不喜欢吃鱼,因为一年四季有不少鱼落在我们手中、口腹中——其实冬天也就比其他人家稍多点饭鱼,还常舍不得吃得卖钱。因为我父亲是打鱼的大师傅,兼之我们兄弟也是捉钓鱼的好手,我们家一年四季不会缺鱼吃,却也应了"砍柴富打鱼穷"的古训,毕竟吃鱼耗油盐酱醋,这些都是要花钱买的,现金确实十分稀缺。即便如此,鱼还是吃腻了,不过,唯一不腻的,是鱼冻。但除了冬天,没得鱼冻吃。那个时候,我连冰箱都还没听说过。朱老师笑着说,那不简单啊,你把鱼给我,我给你做鱼冻,鱼留给我们就行。

彼时乡村生活已经渐有改观,但鱼肉上桌,也还只是偶尔为之,就算朱老师是公办教师城镇户口,钱比我们多,吃鱼也不多。朱老师是化学老师,在彼时的我眼中,颇多神奇。比如,他会用一张布来爆米花而不用爆米花机,他会调药水做皮蛋而不是像传统那样在鸡蛋上裹上砻糠泥做,甚至,我吃田鼠肉也是跟他吃的。但尽管他满口保票,说不是冬天也可以吃到鱼冻,我还是半信半疑。

其实,后来不用神奇的化学朱老师,我们自己夏天也可以做鱼冻了,全靠冰箱,那是后话。不过冰箱里做出来的鱼冻,鲜美又如何能够跟儿时家里天寒地冻时自然做成的鱼冻相提并论!

故乡的冬天有两种情况下会做鱼冻吃,鱼冻做法也特别简单。故乡秋冬时,灌溉的沟沟渠渠里,水或干或浅了,有时只剩一汪水,但别小瞧,这些沟渠里,只要有一汪水,就有鱼虾,小鲫鱼、窜条、鳑鲏、泥鳅、糠虾什么都有,捞回家洗净,用少许油一爆,然后加水,加入切碎的水腌菜,烧开即可盛碗里,搁厨房的竹橱里。一夜之后,汤汁凝固,鱼冻便成,面上是平滑的半透明的胶质状鱼冻,下面鱼虾和水腌菜末交杂。用筷子掘出一块,塞进嘴里。哇,鱼冻入口即化,小鱼虾和水腌菜末稍一咀嚼,鲜味透过吃者的表情流露出来,如此美味,如此快意!小鱼虾做鱼冻,一般用水腌菜为好。

那个时候,鱼塘还是属于生产队统一管理的,冬天打鱼相对比较麻烦,一般是要过年过节时,请打鱼师傅打了鱼,以鲢鱼为主,兼有草鱼、鳊鱼等,通过拈阄把鱼分给各家各户。分到鱼的人家,回去捣饬干净之后,都会趁新鲜烧鱼。

那时故乡冬天烧鱼,除了水腌菜,有两样配菜最好,即青蒜和青菜。其中青蒜,又是烧鱼必需之物,无论红烧、白烧。鱼切块,过油后加入姜、糖、盐、料酒、水,若红烧,再加入酱油,待到差不多时,放入切好的蒜段,稍微过一会儿便可出锅。通常还把青菜切成不太细小的碎块,加进去,偶尔也会把青菜换成水腌菜。

这鱼不是专为做鱼冻的,鱼冻只是这种烧鱼法的副产品。

故乡过去中午饭是正餐,一般中午一顿饭下来,鱼肉大致消灭殆尽,剩下些骨头和鱼汤,以及青蒜等蔬菜没吃干净,剩下了,放竹橱里,到晚饭时,剩下的鱼汤和蔬菜凝固在一起,就成了鱼冻!晚上烧的,则一夜之后,同样有了鱼冻。我特别喜欢吃青蒜鱼冻或者青菜鱼冻。两者相比,青蒜鱼冻显得奢侈些,味道也更好一些,毕竟蒜是去腥味的,也可调味。这种鱼冻,跟今日那些大饭店的鱼冻相比,其鲜美不知要好过多少倍。毕竟,过去那些鱼冻都是当季食物,鱼鲜菜鲜,自然成冻的。

我记得小时候冬天灶台上铁锅烧鱼时,掌勺的奶奶或母亲,通常会切一篮青菜倒在锅里烧鱼。虽然我家那时人多,但一般一顿绝对是吃不完的,所以第二顿或第二天的鱼冻,成了我们兄弟抢食的至宝。我前两年春节回家跟父母聊天,问母亲,烧鱼为什么放那么多青菜?母亲回答说,还不是因为穷嘛。家里这么多人,难得开荤,多放点菜,可以多吃几顿,反正冬天也放不坏。

我问母亲,现在烧鱼为什么不放青菜了?她说:"过去你爸捉鱼回来,鱼都要卖的,现在鱼都吃不完,都是新鲜的,谁愿意杂七杂八混在一起烧啊,搞弗清爽。还不如就放点大蒜(青蒜)烧烧,吃不完第二天的鱼冻也比青菜鱼冻好吃。"

其实就像我,嘴也刁了,如今冬天回家,爱吃的鱼冻,一定是带有青蒜的。

2015.11.25

青菜帮笃白肉豆腐

每到北京的冬天,我一直怀念故乡冬天的青菜帮笃白肉豆腐。每每想起,总是口舌生津。

可惜,几十年了,故乡已没人做青菜帮笃白肉豆腐了。

故乡冬天有一种青菜,叫大头青,个大叶肥,菜根上面是白色厚实的菜帮子,再往上是肥美深绿的菜叶,菜叶上经脉清晰分明。

大头青是故乡冬日有名的美味,极易栽种,产量也高。冬日土地不长虫,无须打药。经霜之后,下锅翻炒即烂,带着天然的菜香和甜味,这种甜味,完全不是糖能够调出来的。青菜帮笃白肉豆腐,我只吃过,从来没目睹其制作过程。根据当年吃过之后记忆的回味,我推想其做法其实很简单。以我今日之厨艺,完全可以轻而易举做出来。

我勾勒的青菜帮笃白肉豆腐,全部来自对记忆中味道的场景还原:把大头青的菜帮子切成稍大的块,豆腐也切块,把五花肉切成小片。先把肉下锅煮,再加豆腐,再加青菜帮,加水,盖上锅盖烧煮。故乡做菜,常言"笃",比如胡葱笃豆腐,故乡旧俗,"若要富,冬至隔夜胡葱笃豆腐"。菜肴名中带"笃",有两重含义。其一是做菜的方法,当动词使,所谓"笃",不过就是"炖煮"的意思。其二是象声词。笃之本意中,便有马行顿迟时蹄铁与地面碰撞发出的声音之意。用在故乡菜品中,其实就是菜炖煮之时,锅开了,热汤沸腾,锅中发出的声音。故乡常用"锅里笃笃滇"(方言音)来描述锅里煮开了之意。

所以,青菜帮子笃白肉豆腐,也就是把青菜帮和带肥的五花肉和豆腐混在锅里一起乱炖而已。不过,故乡冬日青菜随处可见,虽价廉但物美,故乡的石磨豆腐也是上上之品,加上那个年代难得的荤腥(注水肉、激素、瘦肉精是市场经济的产物),加点盐一炖煮,便是人民公社时期集体会餐的一道典型的硬菜。舀在海碗里,白菜帮为主,几块豆腐,漂着几片肥肉片,有汤水油花,已成那个年代的绝味。

我对青菜帮子笃白肉豆腐的记忆,几乎全部来自人民公社时期生产队的会餐。那个时候,年景好的话,秋收之后,冬日来临,全村人同时也是同一生产队的人会聚一次餐,打点鱼,杀头猪,也算是难得的打牙祭。

鱼是生产队河里打上的,猪是生产队养的。打上的鱼、杀好的猪,留下会餐所需,其他的都分给村里每一户一点。我们村当时只有十二三户人家,会餐便在生产队的仓库里(旧时的祠堂）举行，掌勺的是村里的几位主妇，热闹得很。我们小孩们不能上桌，便端着碗盛点菜，到处乱窜。外面寒风凛冽，室内热气腾腾，声浪逐天。谁不喜欢吃好吃饱啊。那才是难得的真正能够放开吃的一次，有吃人民公社大食堂的遗风。我当时最爱的便是青菜帮笃白肉豆腐，连汤带水，一次吃好几碗。

那个时候，提前做好的青菜帮笃白肉豆腐，便装在挑水的水桶里，摆在灶台边。每次我都找我同村一位娘娘（方言，伯母之意）讨要，她是我们村在其他大队小学教语文的小朱老师的夫人，烧菜好，通常都是村里会餐掌勺的大师傅。她们家跟我们家交好，每次她都直接从桶里给我盛，总是偏心我，舀给我时，肉片总是要多些，虽然总数也没几片。

小时候一到秋收，我总盼着队里的大会餐，可以敞开肚皮吃一顿，尤其还有青菜帮子笃白肉豆腐啊。这么简单的要求，其实在那个火红的年代，是奢望。那个年代，谁家自己舍得这样吃啊，按老人的说法，这样吃还不要吃败家了！

后来分田之后，村里再也不聚餐了。最初家里也还做过青菜帮笃白肉豆腐，很快，这个菜便从餐桌上消失了。物产真正丰饶了，再也不用为吃肉发愁了。

后来工作后回家，曾经问我拜过烧菜师傅的弟弟，现在还有人烧青菜帮笃白肉豆腐吗？弟弟横了我一眼，说，赤佬，发痴啊，现在谁还喜欢吃那种菜啊。我讪讪然。如今每次回家，都有吃不完的美味佳肴，不受人待见的青菜帮笃白肉豆腐，自然也退居于记忆中了。

还想它,那是儿时的味蕾在作怪使坏。

2013.12.18

故乡的糖圆

元宵节是中国重要的传统节日,元宵节一过,年也就过完了。

元宵自然是元宵节的当家主食,也久有历史。不过,对于中国人来说,元宵只是个总称,南方人、北方人对于元宵的做法和称呼都是不太一样的。

我的故乡常武地区,俗称元宵为"糖圆"。必须特别强调的是,"糖圆"与"汤圆"是两种完全不同的东西。虽然,在由常州乡贤发明的汉语拼音的发音上,糖、汤都发"tang"音,不过是一声和二声之分,但对于常武地区的人来讲,"糖"的声母实际上在方言中是"d",而非"t",是完全不同的音。这不仅仅是一种方言发音的差异,事实上也是两种完全不同的食材和它们各自代表的风俗之间的差别。

在我的故乡,糖圆是没有馅的,个小,直径不到一厘米,颜色可以是五彩的(黑褐等暗色除外,颜色通常来自各种蔬菜的叶汁);汤圆则个大,比团子小,带馅,馅通常由芝麻、豆沙或者米粉和糖混杂做成。

过去做糖圆也有讲究。通常在正月十四,由家里的女人们来做,俗称搓糖圆。有些情形跟过年前做团子差不多,也是全家女性和孩子聚集在一起的集体活动。准备好江米粉,倒在小竹匾或大笤箩里,把烧好的开水倒在米粉里,水适量——记住,一定要是开水,水不开,米粉的黏性揉不出来。然后开始揉米粉,跟北方人揉面一般,不停地揉,粉末状的米粉渐渐被揉压在一起,成了一个粉面疙瘩,周围只有散落的碎屑,再一点点把碎屑也揉进米粉团里。揉好后,盖上干净的毛巾或布,让米粉团醒一会儿。等米粉团醒好后,继续揉,然后从米粉团中捏掐出一个个小米粉团,再把小米粉团搓成拇指粗细的长条,然后再掐出一个个更小的团,把小团搓成比小拇指还细的细条,再掐摘成一个个细疙瘩,便可搓糖圆了。

过去搓糖圆,为了省事,人们通常搓好五六条甚至更多的细米粉条,码好后,拿菜刀切成细块,然后把细块搓圆便可,比掐摘快捷方便。大人搓糖圆,通常一个手掌里放上五六个细米粉疙瘩,一把便可搓成五六个小糖圆。小孩常见样学样,但手掌小,往往搓圆了这个却挤扁了那个,最后只好老老实实地一粒粒搓,最多两三粒一起搓。

糖圆的原料只有米粉,最多加些五颜六色的蔬菜汁着色。吃糖圆时,通常要加些红糖、黄糖或白糖,以使碗里的糖圆味道甜美。江南人口味偏甜,在过去物质匮乏时代,甜更是幸福生活的象征。这便是故乡元宵的糖圆，今天想来，多少有些乏味。在旧时，正月十五吃碗甜糖圆，却是件大事，一定要吃，吃了生活才会甜美圆满。其实故乡的糖圆不仅在元宵节吃，它还是其他一些场合必不可少的物品。它是吉祥之物，代表着生活甜蜜。

故乡乡下办喜酒，糖圆是一道必不可少的菜，类似甜点，每桌一份。今年过年，我们村几户人家按惯例请亲朋好友餐聚，糖圆仍是一道必须有的菜。乡下造新房，上梁之日，主妇的娘家，必得提前准备一木盆糖圆，上覆万年青，送到造房的主家。若主妇父母过世早，则由其兄弟姐妹置办，若这些也没有，则找表兄弟姐妹甚至干亲来办，必得由代表娘家的力量来置办。这既是乡俗，也是主妇的面子。

如今儿女们新买了房，办进家仪式时也得准备煮糖圆。去年在故乡新置一套小房，母亲特别交代弟媳去买了糖圆，进家后煮了放些红糖分食，寓意着未来日子甜甜圆圆，幸福美满。

与过去元宵节或其他喜庆日子所用糖圆都是手搓（办喜事时自家来不及做，通常都请邻居家的女人或亲戚来一起帮忙搓糖圆）不一样，如今的糖圆都是机制的了，街上店里都有卖的，连我父母过元宵节时的元宵都是买的，也不再自己搓了。

工业化和现代化的影响无孔不入，传统的生活方式已渐行渐远了。

2014.2.12

青蒜烧咸鱼

咸鱼是过去故乡春天青黄不接时常见的菜肴，打鱼人家尤其常见。

按旧俗，每年过春节前，农村有河养鱼的都要打鱼分鱼，没河的也要买鱼过年，取年年有余之吉兆。每每都会多买，一来到春节时买，价格太高，二来故乡冬天天寒，多买了也易于存放，不易坏。于是，故乡的冬日，有了两类咸鱼。一类是把鱼洗净切块，鱼块大小适中，用盐腌制，存储在瓮头瓦罐里。腌鱼之盐，过去以粗粝之盐为好。另一类同样把鱼洗净切块，不过体积通常比放瓮头里腌制的鱼块要大许多，抹上些许细盐，沥干，在太阳下晾晒，或者挂在屋檐下任风吹拂，通常也称风干鱼。切块的风干鱼，通常是大鱼，比如大青鱼（青鱼是故乡过年时吃的体型最大的淡水鱼）、大草鱼，或者大鲢鱼，以青鱼品质最好。青鱼肉质鲜美，鱼刺大且少，腌制风干后，鱼刺更易剔除，食用更方便。

有时也常常用整条鱼来晾晒风干鱼，看主家爱好。一般大鱼，通常还是切块晾晒，毕竟，风干之后，将鱼剁开要费事些。无论是腌制的咸鱼，还是风干的咸鱼，过了春节，天气渐暖却尚未热起来，新鲜的大鱼大肉舍不得或买不起时，咸鱼、咸肉便开始登上餐桌，成为旧时春天当家的荤菜。不过，天热之后，咸鱼也就少了，放不住，容易坏。

故乡做咸鱼，主流的做法，便是蒸。洗净之后，放在饭锅上，加葱和姜，蒸熟。出锅后，味略咸，肉质不仅有鱼肉的鲜美，还有腌制风干后特有的香味，吃起来肉丝分明，嚼在嘴里，按故乡方言，说有"硬香"，肉质"硬质质"（常武地区方言，"硬"发"昂"音，意近硬梆梆，但不若硬梆梆意思生硬，更柔软些，扎实）。

咸鱼蒸后，既可下饭，也可拿在手上撕咬着吃，它更适合男人下酒。若是两三人对酌，本地产米酒或黄酒，一碗蒸咸鱼，最是般配。

我很喜欢吃咸鱼。父亲过去打鱼，现在弟弟的朋友多有鱼塘、湖面，春节前送鱼的朋友多。过去祖母在时，最喜将多余的鱼腌制，如今母亲虽也腌制，但弟弟更喜欢晾晒风干，方便。所以，咸鱼、风干鱼都是不少的，且多以大青鱼为主。每年春节时院子里的竹竿上，都是一排排的风干鱼，独成风景。

我家吃咸鱼，多以红烧为主，蒸的不多。用青蒜蒜段红烧咸鱼，是我家餐桌上阳春三月的美味。取腌制或风干的咸鱼，先用清水洗，然后用淘米水浸泡，把鱼泡软（风干鱼犹是），把陈年的咸味泡淡，这是红烧咸鱼必得做的。实在没有淘米水，清水泡也凑合。咸鱼一定要先泡好，否则就会咸得有些"齁"，那就破坏了咸鱼的美味了。待鱼块泡软后，切成自己喜欢大小的块状（最好顺着鱼肉的纹路切块），沥干。

烹制时，先加油，烧热，加姜，把沥干后的鱼块倒入，爆炒，然后倒入料酒，最好是自家酿的米酒。倒进时，酒水接触汤锅发出"刺哩哩"的声音，油汤四溅。然后加入酱油，可以根据偏好，色重或色淡，味重或味淡，再加适量白糖——故乡红烧荤菜，必放糖，不是烧糖色，而为调味。然后盖锅焖一小会儿。揭开锅盖，把切成蒜段的青蒜，白的、青的，一起倒入锅中。稍加翻炒，蒜段便近熟，咸鱼的鱼香味和咸香味，混杂着青蒜特有的蒜香味，扑鼻而来。出锅，红的、白的、绿的，色泽鲜艳，一看便诱惑着食客的味蕾。

我尤其喜欢咸青鱼肚子上的软档肉，腌过晒过后，味道更好。一碗青蒜红烧咸鱼，一碗白米饭，一壶老酒，没有家酿米酒、黄酒，白酒或啤酒也凑合。吃在嘴里，香在舌尖，美在心里。生在打鱼人家，平素我对鲜鱼不甚喜欢，但咸鱼却能让我再次着迷。这是我的大爱。

我每年春节假期后返京，都会不顾太座反对，从故乡带些咸鱼回来。太座老北京，不甚喜食鱼，更不喜咸鱼，总觉放在厨房有腥味。今年我自故乡带了几大块青鱼肉来，我不在家，太座只听我说过青蒜红烧咸鱼，过去也吃过我做的，但自己不会做，电话问故乡朋友，没想到故乡几个朋友只知蒸咸鱼，不知有红烧，结果浪费了。

虽然故乡也有十里不同俗的情况，但我还是很奇怪那几位朋友竟然不知红烧咸鱼。前不久一位故乡友人来京，聊起来，他们老家也爱青蒜红烧咸鱼，我找到了同好，谈得意兴飞扬，恨不得立马面前就有一份青蒜红烧咸鱼。

2014.4

蚕豆,美味全在简单

蚕豆是江南传统美食。

蚕豆有各种各样的做法,无论老嫩,做出来都是美味。但只有一种做法做出来的蚕豆,是我心中永远无法超越的至味。这种做法,不需要大师圣手,也不需要任何调料,任一村妇、乡村孩子,都会做,做出来就是绝味,就是最简单的蒸煮。

暮春,江南的蚕豆已经成形,路边,田地里,到处可以看见青油油、沉甸甸的一串串蚕豆,我们也称它为"青虫"。其实这个时候,许多还比较嫩的蚕豆,早已在顽童的嬉闹中被消灭了。

早上去自家地里拔几株蚕豆回来,在晒场上或院子里,把蚕豆采下来,剥开,一粒粒长着黑眼睛的青绿明亮的蚕豆便从豆荚里转到了盆里。这个时候的蚕豆,经过冬藏,汲取了土地里的养分,享受了春日暖阳的温暖,和煦春风的拂荡,也沐浴了潇潇春雨的甘霖,听惯了布谷鸟的鸣叫,正好是它一生中最美好的年华，嫩一分则稚，水多无肉；老一分则拙，肉老粉多。它饱满、甘甜、清爽、鲜嫩，所有的精华正集中在身上，熟食味道最好。这是简单加工而成美味的基础。所谓材质好。这种天生丽质，正是大自然的馈赠。

剥好的蚕豆，在盆里挨挨挤挤的，倒进锅里，骨碌碌地打着滚，加一些清水，烧开煮熟即可。放在饭锅上蒸也行。煮熟的蚕豆，其味之鲜美，都是来自蚕豆自身的。甘甜，满嘴生香，趁热吃最好。我记得小时候蒸煮蚕豆之后，都喜欢用碗盛着吃。也可以一把抓在手里吃，当然也可以用竹签插着送进嘴里。总觉得吃不够，一直吃到蚕豆有些老，只好留下做老蚕豆。

当然，吃青蚕豆的时候，也可以玩着吃，用针线把蚕豆串在线上，就像念珠一样，挂在脖子上当项圈，想吃就吃一粒。通常，这种蚕豆项圈，持续不了多久的。

另一种玩着吃，有些兴师动众。我们小时候，喜欢在田埂上掘个小坑做锅底膛，上面放个河蚌的蚌壳，当锅，蚌壳里装一些从河里盛的水，随手在田埂上摘些"大青虫"，剥掉豆荚，把青蚕豆扔进蚌壳里，然后找一些干枯的树枝、草屑，点着了，慢慢地煮着，就像过家家一样，也能吃上鲜嫩的蚕豆。对于顽童来说，这个时候的蚕豆味道，胜过一切。

这个胜过一切的味道，鲁迅先生在《社戏》里早就写过："待到母亲叫我回去吃晚饭的时候，桌上便有一大碗煮熟了的罗汉豆，就是六一公公送给母亲和我吃的。听说他还对母亲极口夸奖我，说'小小年纪便有见识，将来一定要中状元。姑奶奶，你的福气是可以写包票的了'。但我吃了豆，却并没有昨夜的豆那么好。"

虽说都是一样的蚕豆，少年迅哥儿的嘴里，觉得味道不若昨夜，那是因为昨夜的蚕豆，就是一群看戏回来的少年，在河岸边地里偷摘然后在船上偷着简单煮了的。

当然还有上学路上，在搪瓷缸里滴上几滴油，放上几粒盐，一大早迎着晨曦，踩着露水，一边走一边顺手摘剥路边的蚕豆。不管谁家的，摘剥好放进搪瓷缸里的，就是自己的。到学校，与米饭放食堂蒸锅上，当午餐的菜肴，谁没干过！小孩子上学路上，摘几缸蚕豆，在乡下，又怎会有心理负担呢？故乡最后的春色，全在这一粒粒青蚕豆里边。

如今乡下，暮春时分，依然与以前一样蒸煮青蚕豆吃，但小孩一人端一碗青蚕豆食用的场景也大抵没了。至于上学路上顺手摘蚕豆的少年，以及在田埂上挖灶用蚌壳当锅烧煮青蚕豆时冒出的青烟，大抵都是永远见不到了。

如今各地的淮扬、上海本帮及浙江风味的菜馆里，依然有一道名菜（葱油蚕豆，或者油浸蚕豆），虽说有名，我一般不甚喜欢，但偶尔也借此聊解乡愁。它太过油腻，消解了蚕豆本有的鲜美。大抵是因为不是当季的青蚕豆，而是保鲜食品，所以要靠调料来掩饰。后来朋友告诉我，说不是保鲜蚕豆，而是大棚栽种的蚕豆，我讶异得很。原谅我的孤陋寡闻，我不知道如今蚕豆竟然都可以大棚栽种了。

从汲取天地精华的自然之物，摇身而成工业化的成果，虽然随时可以吃到新鲜的，但却失去了自然之味，也带走了岁月流淌的期待。这样一种工业化结出的果实里，怎么会有江南故乡春的味道。

我依然怀想暮春时分，父母手种结果的大青虫蚕豆。

2016.3.17

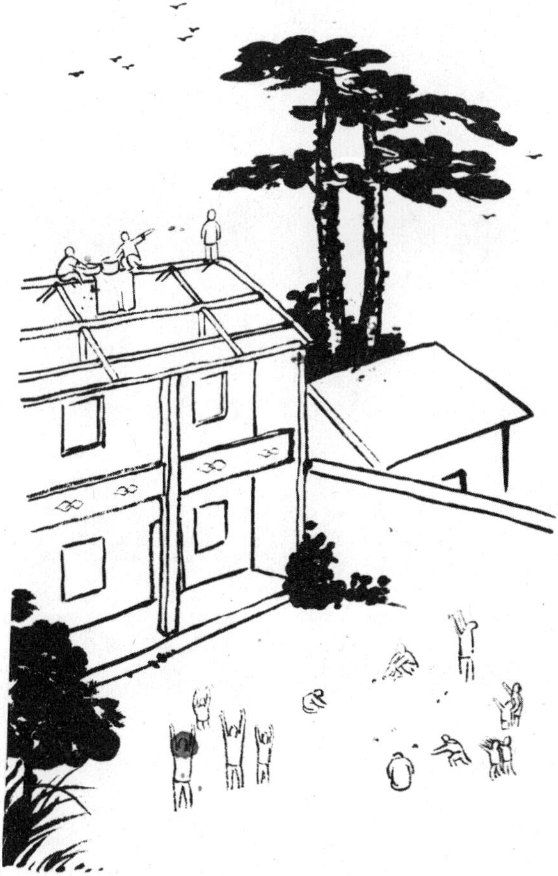

"进　家"

"你自己把筛子和'垫出'合在一起，把它们滚进家门就行。这是家里当家的要做的事。"10月2日晌午，在离老家十多公里的湖塘那套新装修好的房子门前，打开门，我问母亲怎么个说法，母亲这样交代我。"垫出"是簸箕的常武地区方言音。这是故乡"进家"（"家"方言音"gō"）亦即乔迁新居时的旧俗。

在过去，"进家"是件大事，造了新房，即便是苦寒人家，也要举行隆重盛大的仪式。

毕竟，茅屋草房是家，穷家破舍也是家，安居才能乐业，这是中国人的传统。依着母亲的说法，由我把筛子、笪箩一类竹制的圆形器物滚进新居。这一举动有两层含义。进家时滚筛子、笪箩一类器物的，通常是当家的，在家一言九鼎，更兼有养家糊口带好全家之责。我们在故乡新买的房子，母亲自然认为我当仁不让，应该是当家做主的人。

当家的把筛子、笸箩这些竹制品滚进新居，也寓意着财源滚滚进家门的吉兆。故乡旧俗，过去造了房子，进家的时候，需要准备好一些新的家居物品，这些家居物品于今日城里人而言，恍如天方夜谭。一类物品包括上面提到的笸箩、筛子、簸箕，以及箩筐等竹制器物。

并不是所有的竹制器物都需要在进家时搬进去，选择什么样的器物，是有讲究的。比如笸箩，过去主要是用来磨米粉的，小石磨放在笸箩里，磨出的米粉就撒落在笸箩里，用甜黍穗子做的掸子一扫，便可收拢。当然笸箩也可以用来晒米、晒麦、晒豆子、青菜、萝卜，等等。筛子可以用来筛米、麦、豆子等，也可以晾晒上述那些农产品，平时还可以用来盛放馄饨、面条等东西。

箩筐和簸箕主要用来运送这些米、麦、豆、芝麻等东西，箩筐用来挑量大路远的，簸箕用在短途量小的运送上，尤其是从晒场运到箩筐里用。在农业社会，米、麦、豆子、芝麻、青菜、萝卜之类的农产品，是农家的主要收成，是一年养家糊口的保证。这些传统的农具进了新家，象征着年年丰裕，全家衣食无忧。

进家时，还有一类必备物品。比如梯子之类，木制或竹制的都可以，也是农家主要的生活用具和生产工具，搬进新家，寓意日后生活节节攀高。再如算盘和秤，象征着精打细算，会过日子，一般由女主人拿着进家，也寓意男女分工，女主内，内当家。还有如铜勺、火叉之类灶间锅台用品，通常也是乡下进家时的必备之物。铜勺是灶台上拿来舀粥和汤水的用具，火叉是灶膛里用来拨拉柴火的工具，它们进新家，象征着生活红红火火。

当然，进家的时候，还得放爆竹，象征生活热热闹闹，红红火火。过去乡下进家时，主妇的娘家人，必得置办礼品相送，比如笡笱、碗盏、火叉、糖圆等，这些都是内当家所用，所以都得由娘家人置办。

有些人家进家，也请客，主家还得准备小礼物，送给亲戚朋友和村里邻舍。不过，这样的习俗，通常是在新房上梁时更广泛、更盛行。对于这样的习俗，我只是依稀记得了。其实故乡农村，很多地方也不如从前讲究了。毕竟星移斗转，移风易俗，时代变了，习俗也相应地更新变易了。

今年年初，我在故乡买了套小房子，装修好后，在家聊起天来，父母和师妹便给我介绍了这些故乡新居进家的习俗。那晚父母和师妹所讲，连我都觉耳目一新了。

我的岳父母和母亲都比较守旧传统，此番我在故乡的新居进家，岳母特意请人看了所谓黄道吉日，母亲也交代了一些讲究，我虽不愿意麻烦，也不信这些，但不好拂了老人的心意，只好顺着他们的意思，略加改造，来一次"新旧混搭"的"进家"仪式。

黄道吉日是岳母选的，为十月二日中午。此前，母亲给我们准备了一面新筛子和一个新簸箕——按过去习俗，都得由我太座的娘家人准备（不过，他们是北京人，不知这一习俗，只好有劳我母亲安排了）。筐箩之类，体积略大，不像在乡下家里，也就不备了；箩筐、火叉、铜勺，楼房更用不着，秤之类也是如此，现在都用燃气和计算器了嘛。

楼房里用不到梯子，父亲建议我们去买两根甘蔗；糖圆是弟弟提前预定了的；岳父母还特意去买了些猪肉、鸡、鱼啥的，以示心意。而爆竹，那就算了，我也不喜这些物事。长长的两根甘蔗，放在阳台上，甘蔗有节，既代替了梯子之功，也有蔗甜味美，象征着日后生活节节高。而煮熟的糖圆，放点红糖，表示未来日子甜甜圆圆，幸福美满。进家的时候，正好附近酒店办喜事，爆竹声震耳，太座说，我们借光，这也算是给我们庆贺的了。这些，都是顺了老人的意，也合了传统。大家都高兴。

不过，除了这些传统的物事和寓意之外，我犹豫一下，带了四本书、三瓶酒，加上此前从北京寄回的茶具和茶叶，倒也有些新意，象征着我今后的生活方向：

三本关于传统文化的书，一本谈乐府，一本谈元曲，还有一本字帖。我想，读书、码字，是未来我在此居留的一种生活方式吧。酒茶既是生活的必备，也是朋友相聚相交的媒介，我未来有机会回到故乡时，自然少不得以酒会友、以茶会友。

所以，这一次乔迁新居的"进家"，也算是新旧习惯的混搭了。

2013.10.11

谢宅子子

又近旧历新年,父母早已准备好了过年所需诸物。

其中,一屉蒸笼里的小团子让我灵光一现,我拍了张照片,发在了微信和微博上,问朋友为何物。答案从汤圆、糖圆到醪糟,很少有人猜对的。

其实,这不过是一笼米粉搓的小团子,没馅,体型比故乡正月十五的元宵略粗大,比故乡带馅的汤圆略细小,俗称"细团子子",官名"谢宅子子"。

所谓"谢宅",就是祭谢宅神。造房时打地基最为重要,万丈高楼平地起,地基是根本。谢宅主要就是祭谢地基主,以求平安。所以在故乡乡下,谢宅是至为重要的一种习俗。

谢宅之物,首推谢宅子子。虽然不过是普通米粉所做,但却很有讲究。按故乡旧俗,谢宅子子通常在年前做团子时一起做好,一般要做两笼,一笼里要用米粉捏条龙形物代龙,置于正中,四周还捏了一圈碗,里边放上更小的两粒谢宅子子;另一笼里要用米粉捏只鸭子。

我小时候跟着祖母、母亲、堂姑她们做团子,也很喜欢搓细团子子。把米粉搓揉到韧性好后,摘成一个个疙瘩,然后把疙瘩搓成细长条,掐成比拇指盖略大见方的块,然后搓圆便成。

搓细团子子时,大人通常一掌能搓上三五个,又圆又快,小孩们总想学大人,但常常弄巧成拙,总是搓不好。毕竟手掌没长开,还小。于是只好规规矩矩地一粒粒搓。后来也有偷懒人家,用筛子滚出细团子子来。不过,这种细团子子不够瓷实韧性,吃起来口感不好。

谢宅时,在方桌之上,放上一笼谢宅子子,龙盘中央,下面放上另一笼,鸭踞其中,旧俗称"天龙地鸭"。除了谢宅子子和天龙地鸭,还要配上荤素菜各一份。荤菜即猪头一个,盛放在脸盆里,放在桌子边地上,配一把菜刀,刀刃上撒上一些盐,放在盆里的猪头边。素菜及豆腐百叶,放在桌上。自然少不得水酒。

祭谢地基主,通常在午后或傍晚,要点上香烛,烧上纸叠的元宝,以示虔敬之意。谢宅时间通常跟逢春有关。母亲告诉我,若逢春早,谢宅即在早逢春时进行,若逢春晚,即在大年三十傍晚进行。通常都在大年三十傍晚谢宅。比如今年我家的谢宅,也将在年三十进行。母亲告诉我,谢宅很重要,摆放供品都很讲究,若错了,反而不好。她给我举了一家熟人的例子,我只好姑妄听之。

这是乡下老人的信仰。祭谢过地基主，谢宅子子的任务并未到此结束，它们还将在相当长的时间里，成为主家的早餐。

米粉黏性大，一笼谢宅子子蒸好，凉下之后，容易粘连，待干结后拎起，常常成群接串，像葡萄般一嘟噜，蔚为壮观。过去过年，老家用米粉所做食物，包括团子、年糕和谢宅子子等，带馅的团子有萝卜丝肉馅、青菜馅、豆沙馅、芝麻馅，甚至米粉、糖、猪油馅等等，一次性做很多，存放着吃整整一个春节。

一般顺序是先吃带馅的，带馅的不容易存放久，到最后才是无馅的谢宅子子和年糕。

过去没有空调，好在过去故乡过年极冷，熟食不易坏。不过，米粉所做食物，冷了之后发硬，易开裂，所以，常把米粉团子之类存放在水缸或水桶里，用井水浸泡着过冬，吃时便捞出一些来煮着吃。

通常都是最后才吃完谢宅子子，一直要吃到农历一月将尽。谢宅子子没馅，过去通常和米粉汤（糊粥）一起煮，煮熟后食用，黏糊糊的带着米粉香味，若是配上水腌菜，绝赞。

父亲说，"那个时候，能吃上就不错了，什么都是美味啊"。母亲说，"现在也就清水煮煮了，我也懒得搅糊粥了"。

2014.1.27

请 圈 头

请圈（方言音为"juān"）头，是故乡旧俗。请圈头，其实就是祭祀猪之神，祈求养猪圈圈兴旺。

说旧俗，是如今农村很少人家在做了。即便是我家，自2011年后，父母再也没有搞过。

家里不再养猪后，请圈头就失去了存在的意义。过去农村家家户户都养猪，养猪也是农家一项重要的收入。所以，确保养猪顺利、猪不生病，是旧年将逝之际，农民对新年的期盼。

每年旧历腊月二十八，或者大年三十傍晚，养猪人家家家户户都要行请圈头之礼。

不过，请圈头大有讲究。最虔诚的请圈头人家，是养母猪的人家。母猪生猪仔，保佑母猪和猪仔平安，意味着来年家道兴旺；或者，猪圈不空圈，买了大猪杀了年猪之后又捉了小猪养着的人家，也会很认真地请圈头。一般过年空圈或者猪比较大了的人家，则通常不请。

请圈头时，家里要先焐好（炖好）一个猪头。把焐好的猪头盛放在大脸盆里，端到猪圈头，搁放在地上。另外，主家要备好生的豆腐、百叶，放在碗里，排在猪头边上。脸盆和碗前面，摆上三个或六个酒盅，里边都要倒上酒。点上香，然后在猪圈前烧化一些纸叠的元宝，以孝敬司掌养猪的神仙，祈求保佑，让猪长得又快又好，千万不要让猪得病。请圈头礼毕，便把酒水、豆腐、百叶倒进猪食槽，喂猪。然后把猪头端回。

小的时候，我家猪舍和我家隔一间生产队的仓库。年三十的傍晚，常见祖父很虔诚地在前端着猪头，祖母一手提着一只淘米的竹篮，里边放着装豆腐、百叶的碗和酒盅，一手端着一个篾做的簸箕，里边装着叠好的元宝，跟在祖父身后，悄没声息地到猪舍里，在猪圈前请圈头，礼毕，锁上门回家。

后来造了楼房，家里地大，楼房一层右后侧一间屋子，父母拿它来养猪，请圈头就在屋里，方便多了。父母当家后，请圈头都由父母来做了。他们依然如祖父母一般虔诚。父亲跟我说，过去养牛时也请圈头，也是用猪头。

我有时喜欢钻牛角尖，常常疑惑于请圈头这个旧俗的仪轨。自然，中国过去是农业社会，靠天吃饭，虔敬的仪式都很功利，都与祈求上天保佑有关，请圈头也是其中一种。不过，我纳闷的是，请圈头的时候，端着的竟然是猪头。把焐熟的猪头放在猪圈之外，而猪圈里一群小猪或母猪乱动，这个场景，多少有些说不清楚——用猪头敬献于猪圈之外，似有某种向神灵示威的味道。但养猪人家,年年岁岁,皆是如此。直到家里不再养猪。

不过,想来故乡那些养猪大户或养猪场,还是会请圈头的。

2014.1.30

做 隔 夜

做隔夜是故乡旧俗。但在大转折时代农业社会遗存的习俗中，做隔夜还算是故乡乡村少见的至今尚盛的旧俗。不过，旧俗虽盛，却也可见新时代乡村的求经济实惠的变化。按最简单的现代说法，做隔夜就是备菜，类似饭店营业，提前准备好各色菜肴，以应付不时之需。不过，与饭店备菜最大的不同，做隔夜所需面对的，是定时定量之需。旧时一般农村人家，遇上婚丧嫁娶或者过年宴请，都要做隔夜。为什么要做隔夜？这首先得从农业社会乡村生活的特点说起。

传统农业社会，干什么靠的都是人力。种田、打架，乃至面子阵上，亲朋好友，平素虽然来往较少，但关键时刻，都能招呼到。这人力，表示着家族的兴旺、实力和势力。人力除了靠血缘和亲情关系来维系，婚丧嫁娶等家族大事也是维系关系情谊的机会。

旧时农村生产力水平低下，靠天吃饭，吃喝是大事。婚丧嫁娶，虽然各自目的不同，仪轨不同，但归根到底，都要通过吃喝来实现聚人气。聚人气之吃喝，灶间自然就得与平时不同，得大动干戈。

乡下的灶间虽然比如今城里的厨房宽大敞亮，但是纵是四世同堂的大户人家，烧柴火的老灶台，也不过就是三眼灶、两眼灶，或单眼灶，碗筷也是有限的，平时出锅的食材容量是恒定的，即便临时添碗加筷，也是增量有限。但凡遇到婚丧嫁娶请客，都是特殊情况。吃喝的人一多，食材准备和烹制是个大问题。

纵使你平时在家烧菜做饭是高手，但做一两桌，跟做十桌、几十桌的情况，还是完全不一样的。于是，做隔夜就出现了。提前准备好第二天主家宴请所需的各式菜肴，以防第二天灶间临阵磨枪，凌乱不堪而出现差池，失了主家面子。可以说，做隔夜很好地解决了后厨应急状态变量与一般状态定量之间的矛盾，充满了故乡农村先人的智慧。

通常做隔夜出现在两种情况下，且都是喜事。一类是婚、寿、子女满月之喜，一类是春节请客。旧时做隔夜，通常是有喜人家，单独做。主家根据自己邀请的客人数量测算好桌数，按自己的经济实力，以及乡村地区餐饮一般标准，找好大厨，探讨所需准备的菜肴，从大菜硬菜的鱼肉，到素菜冷盘，一一筹划好。通常，要宽打宽算，富余一两桌，以备临时再来亲戚朋友。

然后主家请自己信得过的族人邻居，拿着厨师写的采购单子，去集市一一采购回来。到请客的前一天傍晚，几个人肩挑担扛的，把碗盏从厨师家弄过来，若是不够，还得向邻居家借——过去，借碗筷在乡下是常有的事，好在过去碗底通常都刻着自家的名姓，仿佛是专为相借准备的。

点上灯烛，请几个邻家妇女，或者帮忙烧火，或者帮着择菜洗菜，大厨则指导着洗好碗筷，收拾大菜。要做肉丸的，就把猪肉剁碎；要做蹄膀的，把蹄膀先煮好；要做鱼丸的，先把鱼肉剔骨，剁好……

冷盘无论荤素，都提前做好，只待第二天摆开桌子后，由厨师按所置桌数一一分配在盘里。素热菜全部洗择干净，沥干；以鱼肉为主的大菜硬菜，根据菜的性质和做法不同，有的蒸煮到七八成，有的完全做好，有的只是留生的。

一般全部捯饬好，盖上东西防猫狗，厨师和帮忙的邻居才回家。通常这时已经夜半了。

第二天一早，大厨过来，挽起袖子，拉开架子，或站在灶台上，按自己的手艺烹制菜肴，对昨晚做隔夜准备好的食材，加热并添加各式调料，或指挥助手徒弟，把做好的菜，一份份分放在准备好的碗盏里。无论是五六桌，十七八桌，乃至三五十桌，都是举重若轻，忙而不乱。我们小时候，但凡村里有人家做隔夜，都喜欢去瞅热闹围观，偶尔还会得到某种肉食，解馋一下，直到睡眼蒙眬，被大人叫回家。

后来做隔夜发生了变化。先是碗筷从肩挑担扛变成了拖拉机或拖车拉了，机械化开始渗透进传统农村生活的习俗。还有，过去厨师只是准备碗筷，后来连桌子、凳子都开始准备了，尤以塑料制品的凳子为多。主家不再需要向村里人家借桌子、凳子了——搁我小时候，借桌子、凳子，还桌子、凳子时一张张凳子翻过来看写着是谁家的，再端着还给人家，也曾是乡村一道风景。

大厨还会带上自己的大锅、现代化的移动灶台、煤块（过去是主家准备的木柴）、鼓风机等，一起上门，省了主家很多事。如今，听说许多菜肴，比如猪肉丸、鱼肉丸等，都已经包给大厨，或者市镇上的摊店，直接购买的了，而不再是做隔夜时现场制作的。

还有一种变化，就是过去做隔夜，哪怕是过年时家里请客，也是一户请一大厨，他再带一两个徒弟，过去每家每户几乎都会在新春请亲朋好友，所以旧时周边农村稍有名气的大厨，都在年前早早被预定了，晚了还真不好办——比大厨水平，也曾是乡下请客影响力的标志。我弟弟当年当车工学徒时，晚上无事，都是跟着一个老亲戚当下手，帮人做隔夜烧菜，一个春节，忙个不亦乐乎。

如今过年请客，村里人都是几户人家相约一起请亲朋好友，你家三桌，我家五桌的，凑在一起就有几十桌，选择一户宽敞人家，请大厨一起做隔夜。工钱反正是按桌计算，菜钱也是明示公摊的,都在明处。

所以,虽然隔夜还做,但总感觉来日无多似的。事实上,如今无论是婚礼寿宴,还是家里生孩子请客,乡下很多人家,也逐渐开始选择到市镇上的饭店里摆宴席了。农村走亲戚吃喜酒,以及仰赖于此的做隔夜,虽然至今看起来还算兴旺热闹,但凋敝之势,已经出现。而以吃喝为主的亲情友情之聚,也正在被生活富足后日常的餐聚甚至自家的吃喝解构了。

没有了做隔夜,也就没有了大规模的乡村宴席,乡村的人气也就更弱了。但谁也挡不住。

2014.1

江南七月半旧俗

农历七月十五，中元节，俗称鬼节。

"过七月半"，是我故乡常武地区武南片一年中最重要的习俗，其仪轨之庄严神圣，仅次于春节。

按旧俗，故乡祭祀祖先的仪轨，一年中有三次，分别在清明、农历七月十五以及春节（除夕）。这三次祭祀在形式上最大的不同，是时间和供品有差异。每年的清明节，祭祀时间是在早上，农历七月十五是在中午，除夕是在傍晚。所以故乡旧说，农历七月十五前的中午时分，各家的祖宗都会出门，路上群鬼熙攘，小孩们最好不要出门，尤其不要去玩水。

过七月半的核心是围绕祭祀祖先展开的，是个祀鬼的节日。所以，仪式过程中的严肃虔敬最为重要。

按照旧俗，每年农历七月十五之前，家家户户都要择日摊茄饼。所谓茄饼，就是用时令蔬菜做馅，用米粉或面粉包裹，做出的月牙形饼。

农历六七月间，正是茄子收成的季节。过去农家食用油匮乏，用米粉、面粉做的饼需要油，生茄子不吃油，用茄子一蘸，在锅底一抹，权当放了油。茄饼不仅是美味的民间食物（我至今仍喜欢），更是过七月半祭祀不可或缺的食品。至于为什么，我不清楚，我的父亲也只知道祭祀必得有茄饼而不知其所以然。祭祀仪轨的传承，大多都是这般见样学样传下来的。

按旧俗，过七月半祭祖，八仙桌上须摆上七样菜：鱼、肉、茄饼、豆糌饼、豆腐、百叶、青菜。

鱼，按旧俗须用故乡产的一种野生的鱼，窜条鱼，是过去故乡河里最多的一种小鱼，一般不过虎口长，与白条是远亲，但不值钱，却是祭祖必需。不过这些年故乡工业跃进，河流污染，窜条鱼虽有，但很少有人去捕钓了。于是，稍微讲究些的人家，改用了鳊鱼，这在旧时也是可以的，不讲究的甚至用起了草鱼——按旧俗，是不能用草鱼来献礼的。

按旧俗，肉也要用肋条下的那块，现在都比较随意。豆糌饼是故乡特色菜肴，材料是豌豆粉之类，用勺子笃出来，旧时主要用于炅央祭祖献礼，如今是传统美食，唯有江南尤其常武地区最常见。至于豆腐、百叶，只要有关炅央祭祖，都是桌上少不得的菜肴，属百搭菜。

除了这些菜肴，八仙桌北、东、西三方都要摆上洗净的碗筷、酒盅、调羹，这是给祖宗准备的。摆多少副，按与祭祀者关系密切的祖宗数量定。中国是个祖先崇拜国家，家谱上所载祖宗太多，全摆是摆不下的，所以，祭祀的主要是与祭祀者有关联的祖宗，他们代表了所有的祖宗们。更远的祖宗，则有后面的祖宗去孝敬伺候，保证祖宗代代受享。

中国人讲坐北朝南为大，故八仙桌北侧由受享祖宗中最老或地位最高的祖宗所据，两侧则是其他祖宗。剩下的南侧，桌上则要点上蜡烛和香。蜡烛要红的，香也是引祖先回来的那三炷。桌旁不放长凳，地上放一蒲团，是准备供后世子孙跪拜磕头用的。

摆放好后，祭祀仪式开始，屋里院里待着的家人亲朋全得让开路，把从祭祀的屋子到大门口的路让开，同时噤声静默，这时甚至连家里的狗似也通灵，知道安静地趴着。男主人手持点燃的三炷香，打开大门，走到房前，朝南天举香而拜，口中默祷，大概是"'各位祖宗'家里都准备好了，你们回来吧"之意。虔诚随着一缕熏香飘上天空，男主人转身回屋，让祖宗依次通过院子，到祭祀的屋子里的八仙桌上按部就班坐好。之后，男主人则把院子大门关好，再把祭祀的屋子的大门关好。

一般在农历六月底至七月中旬之前，本地走村串户的人一见村里某家大上午的关上了大门，大概都知道主家在祭祖，不会不懂事来敲门。就是有天大的急事，也得等主家祭祀完毕，否则惊扰主家祖宗，一来大不敬，二来不吉利。

祖宗坐好之后，主家当家的首先跪拜，磕三个头。然后家里的各位依次，男人、女人、小孩，一一进去磕头跪拜。此时，连调皮的孩子也变得非常虔敬肃穆。通常磕头要磕三次，共九个头。如果有游子远行不在家，家里人照例是要代为磕头跪拜，求祖宗保佑平安。往年我过七月半不在家，都是家人代磕头，代为行孝的。祭祀过程中，跪拜者磕头时是可以求祖宗保佑，或平安，或收成，或考学，都可以。

跪拜结束后，打开屋门，女主人拿出早已叠好的黄纸叠的纸钱、元宝、银锭等，与家里一众女性，开始烧化，一边烧一边告诉祖宗，这里有多少多少钱，你们慢慢用。当然烧得越多越好，传说祖宗在阴间地府都是要钱派用场的，纸钱烧得多，也是虔敬的表现。纸钱烧化完毕，男主人去打开大门，恭送祖宗们依次出门远行。礼毕。屋子和院子里重新开始活跃起来。

过去过七月半，恰好农活不算忙，一般主家会趁机宴请亲朋好友，办上几桌，热热闹闹过七月半，感谢祖宗庇佑之外，也是人情人气的体现。过去农村生活艰辛，过节是重要的聚餐机会，年中的七月半，恰好承担了这个任务。当然，每家都会轮流请，既是祭祀之需，也是礼尚往来。兄弟亲友多的人家，过去过七月半都要提前相互通气，因为祭祀的祖宗可能是同一个，也可能有重叠，如果几家在同一天过七月半，祖宗无法分身，反而不好。所以，谁家哪天请，过去是很讲究的。

我小时候少不更事，加上时代影响，不懂得慎终追远之意，对过七月半祭祀祖宗之举，向来认为是封建迷信而冷嘲热讽的。以至于我的祖母跟我和弟弟说，等她死了，别忘了斋斋她，给她烧化些钱用时，我和弟弟都说我们才不搞这一套，最终伤了祖母的心。及长，知道自己少时糊涂不懂事，但祖母已经驾鹤西去，未及让她心安。好在我弟弟如今跟父母一样，事上也是很虔敬，熟悉了几乎所有相关仪轨要求，多年来也代我这个游子做了不少。

今年夏天回家探亲，正赶上农历七月将临，母亲说你多年未在家过过七月半了，今年正好赶上，也给祖宗磕个头吧。父亲看了日子，决定就在农历六月三十日我们出门远行那天过七月半。母亲摊了茄饼，准备了全部的祭祀用品，并在前一天再三提醒我，记得三十那天，一定要在上午十点半前到家。我九点就和妻女到家了。

按照旧礼和父母的要求，我和弟弟分别向祖宗磕了两次头，每次三个。几十年没磕过头了，但磕头时我心里很平静，也很有庄严神圣之感。仿佛自己熟悉的祖父母、早夭如今也位列新祖宗的弟弟，以及只是听说没有见过的曾祖父母等，就在眼前坐着并看着我，他们也是我生活的一部分。我年幼的女儿是第一次参与。当她学着她姐姐的样给祖宗磕头时，既有恐惧也有敬畏（气氛庄严肃穆），以至于我在外屋清晰地听到她磕头时脑门撞地的咚咚声。

仪式之后，中午与父母、兄弟及一些好朋友吃饭，聊及过七月半习俗，那些朋友的故居都在工业化和城镇化过程中不见了踪影，洗脚进了搬迁的小区楼房。所以，虽然有老人的人家过七月半依然虔敬,却没了场地搞仪式,只能意思意思。而且,也不像过去过七月半多与兄弟亲友通气了,毕竟楼房虽好,做起这些事来,不若乡下旧家陋舍方便。

母亲告诉过我,她娘家那些拆了房子的老人,半夜回老村的废墟上烧化哭泣呢!大家都慨叹,破过四旧移风易俗之后,过七月半的仪式也一直没有消失,它顽强地隐伏在民间,以各自隐秘的方式完成——我的记忆中,"文革"后期,我家也一直悄悄搞着祭祀祖宗的仪式。那个时代物质匮乏,祭完祖宗的饭菜,仪式过后加热一下,是要吃的,我和弟弟都不愿吃,大不敬地认为上面有祖宗口水,让我祖父母非常生气。

但工业化和城镇化却是一个格式化的过程,它不仅拆掉了祖居、祖坟,很有可能也会渐渐拆掉人们心目中的祖宗牌位。比如过七月半,随着拆迁和老人的慢慢故去,大概也会很快式微。小区新楼里的意思意思,很快就会变味,最后忘了初衷,沦为一个单纯吃喝的节日。这是最有可能的。

好在,那些小区新楼里像我和弟弟年龄的人,都还记得过七月半祭祖的仪轨要求,还会尽量去做一些。但等到我们这一代的后人呢?他们会不会还像我们似的向祖宗磕头示敬?我不知道。大家也不知道,但都不乐观。

生活方式改变了,其他改变也就会到来。如果不是格式化般的强制推进,而是慢慢演进,或许,过七月半这样的习俗,会维持相当长的生命力。但是,如今农村遭遇的革命,是几千年来所未有的,是断裂式的。或许,几十年后,等我们这一代承上启下的人老去了,过七月半也就像其他所有农业社会古老的习俗一样,随风而逝了,只留在一些文字记录中,供后人追想,偶尔心潮起伏一下。

2014.8

八月廿四的团子

"明早八月廿四了。"早上打车赶回乡下老家,出租车女司机自个嘟囔了一句。"哟,要吃团子了。""你也知道?你在家当家吧?乡下过去老规矩是八月廿四做团子,要谢灶,千谢万谢,不如八月廿四一谢。"

女司机的一番话,迅速让我沉浸在对故乡古老风俗的回忆中。团子是故乡美味。我江南故乡,盛产米麦。用米粉和菜馅做的,叫团子,用面做的,叫馒头。故乡过去做带馅的团子,是大事,过年时做得最多,而平时除了农历八月廿四,很少做带馅的团子。

农历八月廿四吃团子,这个风俗不知源自何时。我祖父他们在世时,都讲究这个规矩,即便人民公社时"破四旧"移风易俗,每年的农历八月廿四,乡下人家,也会做几个团子,偷偷敬谢灶家菩萨,顺带犒劳自己。

农历八月,故乡正是农闲,但是小青菜长势颇盛,尤其是黄豆、青豆，正是大收获季节——故乡流行用嫩豆子做当家菜。这两个，都是八月廿四做团子的佳品。农历八月廿四的团子，传统是素馅团子，用的馅料，青菜首选，配以剁碎的青豆，或者配以百叶（豆皮）。

与通常早上吃团子的风俗不同。八月廿四是中午吃团子。上午做好团子后，午饭之前，要在灶台供奉灶家菩萨（灶家嬷嬷）。这是八月廿四吃团子的核心仪式。

按乡下旧俗，灶家菩萨（灶家嬷嬷）是一个很小的神仙，但是农家最重要的神仙，她保佑农民能吃饱饭，不怕饥荒。所以敬献祭品于灶家菩萨（灶家嬷嬷）前，是农村最重要的祭祀仪式——母亲跟我说过，她除了敬祖宗，就只敬一个神，就是灶家菩萨（灶家嬷嬷），"她最灵了，供奉好就不会饿肚子。平常你们不在家，我们家所有人的生日那天，我都要敬谢的"。

经历过大饥荒年代的母亲，对于饿肚子有着永远难忘的记忆，所以，对于保佑农民吃饱饭的灶家菩萨——灶家嬷嬷，有着最虔诚的敬意。道教的小神灶神被称为菩萨，已经凸显了其对于农民的意义。通常母亲会做上一筐头团子，蒸饭用的小筐头，上面大概十来个团子，摆在灶台上放香的地方——乡下的灶台，传统很讲究，有放油灯、油碗的地方，也有专门用来供奉香火的地方——用来感谢灶家菩萨保佑，并祈愿灶家菩萨继续保佑。所谓谢灶即是。

中午家人吃团子，也跟平时不同。八月廿四吃的团子，俗称咸汤团子。团子是素馅，青菜豆子，或者青菜百叶，还要搅糊粥——在汤锅里放进米粉，然后把青菜（还有丝瓜的话也会放些丝瓜）切成丝，加进去，再放些发芽了的蚕豆——回芽蚕豆，还要放盐，汤要咸的，再放团子——这就是咸汤团子。

为什么要做咸汤，谁也说不上来，只是说祖祖辈辈就这样传下了。至于祖传规矩，其实也是能改的。母亲说，用素馅，还是因为过去穷。祖父还当家时，母亲接过了祖父祭祖谢灶的活，就跟祖父说过要改规矩，青菜要加肉。母亲跟祖父说，过去穷，给灶家菩萨供奉，只能用素馅，我相信我的儿子们一定不会这么穷，一定能吃上肉，所以，给灶家菩萨供奉的团子，也要加肉馅，灶家菩萨一定知道我们的心意，求菩萨保佑。祖父没有反对，所以，后来八月廿四谢灶时，家里做的都是有肉馅的团子了。至于我们，如母亲所愿，都能吃上肉，天天大鱼大肉。母亲很严肃地跟我说，这当然要感谢菩萨保佑。我只是笑笑。

父亲告诉我，小时候，庙上（我小学母校朱家桥小学前身，原来是个庙）那些住庙里的人，八月廿四都要出来，一家家地谢，没谢完还不能吃饭。那个时候，每到八月廿四，经常要先等他们谢灶神，放学回来饿得也没饭吃。

青菜做馅很好吃，但是青菜馅团子放不得，一放，菜馅就黄了。所以，后来母亲也做萝卜丝猪肉馅的团子。有一年八月廿四正好我在家，母亲做的就是萝卜丝猪肉馅团子。母亲说，灶家嬷嬷喜欢团子,至于什么馅,无所谓,心意足就行。

是的,心意足就行。这就是母亲一辈及她们的祖辈,念兹在兹的"千谢万谢,不如八月廿四谢一谢"。虽然表面上功利,但却是至今仍在坚持的一种深切的心意。

2015.10.17

故乡的冬至
——若要富,冬至隔夜胡葱笃豆腐

冬至于中国传统而言,是一个非常重要的节气,也是一个重要的节日。

我经历过故乡的冬至、广州的冬至和北京的冬至。无论是南方北方,冬至都是一个重要的节日,曾有"冬至大如年"的说法。

不过,在我的印象中,广州人过冬至最为隆重,与其他地方说"冬至大如年"稍微不一样的是,广东人说是"冬至大过年"。我在广州期间,还是短信时代,每到冬至,问候祝福的短信都会堵塞手机短信空间,晚上也是推杯换盏,恍如我故乡的年三十,连酒吧里人都少了许多。

至于北京,我太座家是老北京,冬至雷打不动的传统就是吃饺子,简洁而隆重。

我江南故乡,过冬至也有讲究。父亲告诉我,旧时过冬至,全村人会在祠堂会餐。后来政治变化,祠堂没了,冬至族人聚餐的旧俗也就从此烟消云散了。不过,无论如何,冬至旧俗中有一种吃食传了下来,成为如今的一种传统美食,即胡葱笃豆腐。

"若要富,冬至隔夜胡葱笃豆腐",这是故乡流传的一句话。这个冬至隔夜吃胡葱笃豆腐的习俗,除了在常州和我的故乡武进地区,其他地方没听说过,完全是一种小众化的地方习俗,与广东人"冬至大过年"和北方人冬至吃饺子的普及性截然不同。

在故乡常武地区的民间习俗中,冬至头天晚上,也即冬至隔夜,乡下家家户户必做一道菜,就是"胡葱笃豆腐",吃了这道菜,迎接冬至。

胡葱是故乡冬日的一种绿色蔬菜,冬季生叶,夏季枯萎,叶圆筒形,细小。我小时候喜欢用手捏胡葱听叶筒破裂的噼啪声响,偶尔也曾尝试着用胡葱吹哨,不过总是受不了那种葱才有的味道。胡葱是外来物种,相传原产于中亚,是张骞出使西域后传入中国的,其名字最早见于东汉时期崔寔撰写的《四民月令》。

在故乡,冬天家家户户都栽种胡葱,自留地上随便一个角落,都可以排上几行胡葱,不用操心,到冬天郁郁葱葱。故乡人很喜欢用胡葱当配菜佐料,而不喜欢北方的大葱。胡葱当菜,汤锅里撒上切碎的胡葱,很香。当然,故乡最有名的胡葱烧菜,还是笃豆腐。笃豆腐的"笃",在吴语里的意思,就是用小火慢慢将食物煮熟。龚自珍《金坛方言小记》里有"以火热物曰笃"语。

豆腐要慢慢笃才能笃出滋味来,故乡旧语,"千炖豆腐万炖鱼",讲的就是豆腐要长时间炖,文火慢炖,是为笃。笃豆腐时加上胡葱,整棵的或者切断的都行——切断的美观好看,不过我喜欢整棵的——色泽非常简单特别,葱青而豆腐白,一清二白,看起来表面寡淡,却能笃出食材的至味来。在美食家口中,这才是真正的美食。

当然,如今条件好,胡葱笃豆腐时偶尔也会加些其他的料,比如切片的五花肉,比如虾仁,等等,味道自然鲜美,不过却少了些"一清二白"的单纯清丽,多了些土豪般的俗味。对于如今口味越来越被调料掩盖了的我们而言,可能已更习惯后一种做法了。没法子。

冬至隔夜,故乡为何要吃胡葱笃豆腐?其实也没有标准说法,都是民间口耳相传的。

最常说的,"若要富,冬至隔夜胡葱笃豆腐",这句话迎合了农民向往富裕生活的心理期待。但富与胡葱笃豆腐怎么关联上的,没有民俗学上的权威说法。父亲也只会翻来覆去说一直这样说。牵强的说法是,豆腐的"腐"和富裕的"富"谐音,讨彩头。不过,在吴语里,豆腐的"腐"字,音虽与"富"近,却还是有差别的,"腐"在吴方言里发的是"wū"音。

但无论如何，不管吃了"胡葱笃豆腐"是否真的能过上富裕的生活，都是一种对美好生活的向往，以及一种精神上的自我安慰、自我激励、自我提振。谁都清楚，尤其是以勤劳著称的农民，没有人会真的相信吃东西就能致富的。

常州老话还说："冬至隔夜吃胡葱笃豆腐，有吃吃一夜，唔不吃冻一夜，吃则热一冬，弗吃冻一冬。"豆腐热量高，笃出的豆腐，烫时吃最好，也暖身，所以，吃了热一冬，没得吃一个冬天都冻得难受。不过不小心也会烫心，也有"热豆腐烫杀养新妇（童养媳）"一说。

当然，还有更牵强的，说吃了胡葱笃豆腐，意味着做事一清二白。

不过，我在故乡注意到，除了笃豆腐，胡葱更多是切碎后作为调味的作料使用，而当菜做的很少，就是烧鱼时放胡葱，也是配料，不像北方的大葱，有各种做法，既当配料，也登大雅之堂，比如葱烧海参之类。或许在故乡，胡葱独特的味道，跟豆腐的豆味，也正好般配？

至于为什么冬至时令吃胡葱笃豆腐，想来因为胡葱是冬季时令食材，夏枯冬绿，正好当季，加上胡葱豆腐都是家常小菜，便宜实惠，仅此而已。

我小时候，冬至隔夜总要吃胡葱笃豆腐，那个时候生活一直很艰苦，我离家北上工作之后，一直没能在冬至隔夜吃到胡葱笃豆腐，日子也没穷到哪儿去；我的父母兄弟这么多年冬至隔夜都会烧一道胡葱笃豆腐犒劳全家,也没见发财,他们都清楚,生活之所以过得还可以,除了自己本分勤劳,别无他途。

不过,这些从传统的农耕时代相传下来的旧俗,依然凝结着传统农耕时代的想象。这种想象,是一种生活的信念。只是,星移斗转之后,这种旧俗还能保留多久?

2015.12.19

每逢佳节思月饼

又是一年中秋节。

照例,各路朋友送来了不少月饼。与过去不同,许多人不再喜欢月饼了。也是,太多了,滥了,自然吃腻了,又不太健康,觉得累赘了。但我不一样。不怕人笑话,我至今喜欢吃月饼,甚至,有两年中秋,朋友送的月饼多了,我放在办公室,当早餐,八月十五过了好几天,我还在吃月饼,津津有味。

在喜欢吃月饼这一点上,儿时的味蕾决定人的饮食习惯的说法,可谓至理。我打小就喜欢吃月饼。我的童年和少年时代,生活在江南农村,尽管江南故乡物华天宝,人民勤奋冠绝天下,远在唐时即为丰饶的"大藩之地",但我童年、少年时代,却是一个物质匮乏的时代,什么都缺,包括基本生活资料。但是,故乡乡风古雅自有所承,纵使贫寒,农民也总会应季想方设法犒赏自己。八月十五吃月饼,就是一例。

自我有记忆起,那时每年临至中秋,总会强烈地盼望着吃月饼，就像盼着过年一样，味蕾都会起反应，流口水。但是，月饼不是轻易能够吃到的。过去农家八月十五不做月饼，做的是烤饼，一种油酥食品，即使有馅，也跟买的不一样，口味有咸甜口，我至今犹思。不过，那时除了烤饼，我最想吃的是月饼，月饼有馅，甜的味道与自家做的烤饼是不一样的！

但是，月饼得买。买得钱，甚至，更早时候，必须用粮票。买月饼，尽管今天人看来很便宜，多便宜？两毛左右一块吧。

便宜吗？不便宜！我小时候去镇上卖甲鱼壳，偷藏了卖甲鱼壳的两毛钱，买了本连环画《桑葚红了》，父亲一算对不上，后来在我枕头下发现连环画，对上了钱数，暴揍了我一顿！

对于那个年代的农家而言，每一分钱都要掰开花，买两毛钱一块的月饼，已经非常奢侈了。

但是，我每年还是能吃到月饼。我每年吃到的月饼，都是亲戚八月中秋送的礼。我有两个堂姑，自小父亲去世了，堂奶奶又是大户人家出身，乡下活干不利索，都是我祖父母和父亲照拂，就如亲生一般，出嫁都是我祖父、父亲操持的。逢年过节，两位堂姑都会回家省亲，探望我祖父母，而送礼则是必须的。堂姑家境过去比我们稍好，中秋送的就是月饼。月饼在乡下代表着团圆，代表着孝慈，俗称"张八月半"，"张"在吴语中是探望之意。

姑姑送月饼的时候，村里人看见，就会说："哟，家来张八月半啦。要的，要回来看看娘和娘娘（吴语伯母之意）。"奶奶则会说："侄女回来看我们送的。"言谈举止间充满着自豪和骄傲。所以，一进入农历八月，我就条件反射似的盼着姑姑回娘家。今天回想，这种盼望，未必是亲情，更多是对"有好吃的"的期待！

姑姑送的月饼，通常外面都是用一种白纸或油麻纸包着，麻线系着，白纸渗着油痕。依稀记得白纸上盖着圆圆的红戳。打开，里边是几块月饼，或摞着放，或几块并列放。每块月饼上面，有时还有张圆圆的可以揭下的小油纸，或者月饼中间有个红戳。姑姑送来后，祖母就会把月饼放在自己床头或者竹橱里，虽在明面，我们兄弟却从不敢造次偷吃，只是每次看到，都要狠狠地咽下泛起的口水。

送来的月饼，有时还得转送。我母亲也有长辈得看望啊。到八月十五那天晚上，晚饭之后，全家围坐，祖母或母亲，才会把月饼拿出来，一块月饼，用刀切成四份，全家一人一小块，尝个鲜。剩下的通常收起来，不能一次吃完，要慢慢吃。条件略好时，一小块变成了半块，后来则变成了一块。

那时堂奶奶家只有老太太和堂叔，老太太通常会在第二天，悄悄给我们兄弟分一块月饼。

那个时候的月饼，馅是五仁或百果的，有时还有豆沙的，通常里边有青红丝，不太容易嚼烂。不过，那个时候，只要带着甜味，都是美味。那时我最爱的是月饼里的核桃仁。

那个时候的月饼，通常会有一层层皮脱落，分食月饼的时候，无论老人还是小孩，都是一手拿着一小块月饼，一手在下面托护着，送进嘴里。托护干什么？怕月饼碎屑掉落在地上；若掉在手掌里，可以用舌头舔吃啊！包装纸上的月饼碎屑，都是这样被孩子舔吃掉的！

那个年代，我从未吃过其他馅的月饼。我很晚才知道，这种月饼叫苏式月饼，其他馅的月饼，叫广式月饼。如今月饼种类之丰富，真是不可胜数，我小时候心心念念吃月饼时，从来没有也不可能想到自己后来会吃到这么多月饼。不过，小时候那种苏式月饼，我很多年没吃过了，如今我最喜欢吃的，是有咸蛋黄的。前些天收到了一盒鲜肉月饼，回家吃了，好吃。不过，我吃到的，不是月饼味道，而是故乡馒头馅的味道。

我常常想，小时候的那块月饼里，除了亲情和家，更有困穷时代对美好生活的期盼。而如今，月饼，已经成为一种单纯的消费品了。

一块小小的月饼里，曾经承载多少人的梦想。它的变迁，也象征着一个时代政治经济文化的变迁。

2016.9.15

乌 米 饭

2016年4月22日,我回故乡公干,夜宿太湖湾。我高一时的同桌赵君家是潘家的,离太湖湾不远,知我回家,微信问我还喜不喜欢乌米饭。我回说,喜欢啊,好多年没吃过了。

第二天一早,才过七点,赵君便冒着蒙蒙细雨,来到了宾馆,手上提了五大盒乌米饭。我接过的时候,隔着塑料袋和饭盒,还热着呢。"早起我刚煮出来的。你得找一个稍微凉快一些的地方放着。"赵君看我疑惑的样子,笑着跟我解释。我想,他大概把早上煮的一锅乌米饭给我拎来了。他叮嘱我回家隔水蒸,好吃。

我上一次吃乌米饭,是2011年的4月19日,在溧阳,好客的溧阳朋友,端上了新做的乌米饭。故乡好事的朋友问我们这些寄居北京的游子,认不认得,我脱口而出"乌米饭"。

我当然记得乌米饭。不唯是我,2010年端午前,一位老家溧阳如今久居美国的计算机方面的科学家到清华讲学,吃饭的时候，他突然间问起了我关于乌米饭的话题。

在他跟我提到乌米饭之前，我几乎已经将乌米饭的记忆都淡忘了。那天晚上，我们三人一边小酌，一边回忆对于乌米饭以及故乡其他风物的记忆，抑制不住地激动。自此，乌米饭重新回到了我的记忆中。

按故乡武进潘家南宅雪堰至宜兴溧阳一带旧俗，农历四月初八，要吃乌米饭。当然，春天到了，都可以吃。比如赵君送我乌米饭时，也不过农历三月十六。当然，农历四月初八吃是正日子。家家户户都要吃的。

我老家武进前黄过去也吃乌米饭，不过不若潘家南宅雪堰一带兴盛，因为我们那边没山，做乌米饭的乌饭树比丘陵地区的要少。

做乌米饭，需要糯米，另一种是乌饭树叶。糯米很普遍，但我记得小时候家里做乌米饭用的乌饭树叶，多是从南宅那边山上弄过来的。

乌饭树又名南烛，古称染菽，是一种常绿灌木，夏日叶色翠绿、秋季叶色微红，多生长于路边山坡向阳处，耐干旱贫瘠，浆果呈紫黑色，可食用，味酸甜。

我不知道乌饭树与乌桕树是否有亲缘关系，明代方以智《通雅·饮食》"青食迅饭"条下说："青食迅饭，乌饭也。今释家四月八作，或以乌桕，或以枫。"他记是乌桕树。乌桕树小时候常见，但其叶子应该是不能吃的。大概是方以智搞错了。

不过，故乡旧时，大人们的注意力并不在浆果上，而在树叶上。孙思邈方书曰："南烛煎，益髭发及容颜，兼补暖，又治一切风疾，久服轻身明目，黑发驻颜。"用树叶煎汁煮饭，一来饱肚二来养生，一举两得，何乐而不为呢？

于是，春天的时候，故乡人喜摘了树叶洗净，捣烂，或放锅里煮透，水呈黑色，捞尽叶渣，或把淘洗好的适量糯米渍汁浸泡，或倒入汁水中熬煮，汁水随着火势慢慢渗入白色的糯米中，最后将一粒粒糯米染成黑色，盛出来就是油光鲜亮的黑色糯米饭，这个就是大名鼎鼎的乌米饭。

唐医药大家陈藏器曰："乌饭法：取南烛茎叶捣碎，渍汁浸粳米，九浸九蒸九曝，米粒紧小，黑如璧珠，袋盛，可以适远方也。"

乌米饭还适合当出门用的干粮呢。吃乌米饭时，多蘸白糖，不就菜吃。这大概跟用糯米做有关，糯米饭以及糯米做的粽子，在故乡通常都是蘸糖而不是就菜吃。

不过，黑色澄亮的乌米饭，对于不熟悉的人来说，初见还是会一愣的：这饭怎么黑乎乎的啊？曾经有人以为大米的品种是黑色的，是黑米煮出的饭。其实，它就是用乌饭树叶汤汁浸渍后煮的米饭。

故乡吃乌米饭有些传说，但大多是穿凿附会。乌米饭最初应该是与道家练功求仙有关。

道门也称乌米饭为青精饭。北周武帝时编撰的道家著作

《无上秘要》里提到有道家人在安徽霍山服青精饭求仙。不过，早期的青精饭，是用青粱米所制。到梁朝陶弘景时，已有稻米与南烛枝叶熬汁煮饭之说了。这青精饭不仅是道门求仙问道之方，也可如陈藏器所言是出门行脚随身携带的干粮。后来，道家之术也被佛家吸纳，释迦牟尼弟子目连下地狱救母，想办法用南烛叶捣汁染米，煮成乌饭给母亲送去，饿鬼们不敢吃那乌饭，母亲才终于得以饱腹。《宝莲灯》里的传说也是类似。

李时珍在《本草纲目》中则说：此饭乃仙家服食之法，而今释家多于四月八日造之，以供佛。由道而佛，也是好东西仙佛共享。不仅仙佛，文人墨客也偏爱了青精饭、乌米饭。比如杜甫诗《赠李白》里有"岂无青精饭，使我颜色好"句，而陆游也有"午窗一钵青精饭，拣得香薪手自炊"句。

我的同学告诉我，还有一种传说，说四月初八是土灰蛇的生日，土灰蛇是蝮蛇的一种，是江南最毒的蛇，吃了乌米饭，土灰蛇就看不见了，人就不被土灰蛇咬了。不过，这种传说，我也是刚刚听说。这也算是仙佛儒三家之爱，落到了江南这块土地上，成了普通农民的信仰。

不仅仙佛儒，乌米饭如今更已成为江南故乡一道民间特色点心，早已经从仙佛儒三界进入寻常百姓家，成为招待亲朋犒劳自己的美食。

2016.5.14

端阳忆旧

我记忆之中，故乡向来是把端午节称为端阳，除了后来读书，在书上、媒体上读到农历五月初五是端午节，普通话都讲端午节，也随了这大溜。但若我用吴语来说端午节，竟然脱口而出的是端阳，而非端午节。用吴语来说端午节，有着一种说不出的别扭来。不知是否旧时印象深刻，以至于左右了我的语言功能。

其实估计不只我有这毛病。这不，大名鼎鼎的丰子恺先生，恐怕也有我这个毛病。丰子恺先生是嘉兴人，离我老家常州乡下不远，语言生活习惯有很多近似之处。他老人家写《端阳忆旧》，题目用的是端阳，文章通篇则在写端午节旧俗，末了一段突然冒出"端阳"来："世相无常，现在这种古道已经不可多见，端阳的面具全非昔比了。"除了标题，毫无铺垫交待，不合写作的文法，大约也是如我这般受故地习俗之累。

要说端阳其实也是端午节的正牌说法。南北朝时梁人宗懔撰《荆楚岁时记》说，因仲夏登高，顺阳在上，五月正是仲夏，它的第一个午日正是登高顺阳天气好的日子，故称五月初五为"端阳节"。

我小时候端阳是个非常有意思的节日。端阳的主角自然是粽子。故乡的粽子很讲究，包粽子叫"裹粽子"，用的是芦苇叶，新鲜的芦苇叶最好，满是清香。过去生活困苦，旧年用过的苇叶，放着发霉了都舍不得扔，快到端阳时，清水洗洗刷刷，挂在竹竿上太阳下一晒，借阳光消毒，照样用来裹粽子。

芦苇叶外面，通常还要包一张杆稞叶，杆稞叶不易粘连，是用来蒸粘货时最好的铺垫物。

扎粽子的，通常是杆稞抽穗开花后剪下的芯头的外叶，用小榔头敲打柔软后，撕成一条条细细的叶带，用来捆扎粽子，非常结实，也是清香之物。

故乡旧时裹粽子，都是用本地土产糯米，质量非常高。我小时候很爱糯米做成的各种食物。旧时说吃了糯米可以干苦活累活，不会饿，所以要出大体力活或者请匠人，都会做糯米食物，其实可能是糯米不易消化的原因。粽子通常裹两种，一种是全糯米的，一种是掺了赤豆的。我当然喜欢掺了赤豆的。有时喜欢用筷子把赤豆一粒粒从粽子上戳下来吃——这个习惯，与苏联大文学家、诗人帕斯捷尔纳克有一拼，他在诗中写过，他喜欢从面包上抠下一粒粒葡萄干——这大概都是少年天性吧。我很晚才知道，粽子还有肉的，还有咸的，还有其他颜色的。

各地风俗习惯不同吧。

裹粽子时，家里的女人、孩子围坐在一起裹。对小孩来说，很是热闹，因为有好吃的了。我小时候跟着祖母、母亲、堂姑学裹粽子，总是裹不好，松垮，尽管我也见样学样，喜欢用筷子把粽叶里的米戳紧。所以，至今我也没算学会裹粽子。

粽子裹好后，放大铁锅里煮，边上放几个鸡蛋和咸蛋，一锅煮了。煮熟时，满屋飘着粽子的香味，特别诱人。

我后来在各地尝过各种粽子，却再也没有闻到粽叶飘香，都是商业化流水线产物。也只有家里过去的粽子，全是自然之物，带着全家的虔诚，女人们的辛劳，才是真正的天物。

吃粽子时必得蘸糖，白糖、黄糖都行，既当饭又当菜。我个人认为，粽子蘸黄糖吃最好，白米配黄糖。如今不知道还有没有黄糖。那个年代，买糖要票，只有端阳时，家里人才能奢侈地吃点粽子蘸糖，毕竟省下了菜。

端阳时，天已很热，乡下人家，粽子通常会裹很多，吃好多天，过去没有冰箱，怎么办？乡人自有乡人的智慧，煮熟后的粽子，通常放在井水里，放个几天，坏不掉。早上下地时，热一下，拎着粽子下地去。我小时候这样吃过，最后一次这样吃，是1989年6月，我自北京跑回家，赶上农忙，也这样吃过。

当然，对于小孩来说，端阳不只有蘸糖粽子吃，更有咸蛋、鸡蛋吃。这个很重要，以至于我们小时候端阳最流行的游戏就是斗鸡子，看哪个小孩的鸡蛋结实。当然，鸭蛋、鹅蛋也一样。

如果一个小孩有一枚鹅蛋，那算是战无不胜了，全村小孩都会以崇拜的目光盯着你。

我最喜欢腌的咸蛋，蛋黄颜色深重，最好还要流着油似的，这毛病至今未改。端阳吃咸蛋、鸡蛋，小孩不分男女，都喜欢用铅丝敲一个挖耳勺，在鸡蛋尖上弄个小洞，探进去用小勺一点点挖着吃。吃到里边干干净净什么都不剩，然后填些土进去，装满，冒充好蛋，再去跟别人斗鸡子。如今都是独生子女，估摸着想找个斗鸡子的同龄人都不好找了。

与此关联的，女孩子都学会了编织装鸡蛋的袋子，通常用玻璃丝编织，也有用头绳毛线的，跟结网很类似，不过是不用梭子直接用手编织而已，五颜六色，小孩眼中煞是漂亮。我是打鱼人家的孩子，这个活对我自是手到擒来，不在话下了。

故乡端阳还有一个习俗，就是"张端阳"。"张端阳"的"张"是吴语方言，语义与普通话全然不同，是带着礼物看望之意。旧俗端阳将到，毛脚女婿或者还在恋爱中的男友，都要买了礼物去"张"丈人、丈母娘。旧时乡下结寄亲的多，男孩多的人家要认个寄女女（女儿），女孩多的人家要认个寄儿子，端阳前寄子女的亲父母，也要买了礼物，带着孩子上门去张张寄亲，以示亲厚。当然出嫁的晚辈，也可以回娘家张张父母之外的长辈亲友，那就是很客气了。

如今端午节假期来了，但端阳的旧俗，还有多少留存？大概不多了。毕竟端阳是农耕社会的节气节日，也是乡人自我犒赏的借口，与城里人干系不大。如今农耕社会的传统，在故乡正在消失，端阳不再有往日味道，也是自然的事。其实不唯现在，丰子恺先生的《端阳忆旧》中就慨叹世相无常，端阳古道已不多见了。只不过，此番变化最为彻底迅捷。政治与商业合流后，估摸着端阳最后又会变成一个城里人热闹的营销界盛事。

端午节来了，但端阳却丢了。

2016.6

毛脚女婿"张端阳"

农历五月初五,是端阳,除了裹粽子、腌咸蛋、做甜白酒的习俗之外,苏南常州市区及所辖武进区、旧属常州府的江阴等地,都有一个旧俗,就是端阳前要"张端阳"。

"张端阳"是吴语方言,是端阳前带着礼物看望长辈的意思。常州等地有"张节"的旧俗,通常一年两次,一次是端阳,一次是农历八月十五。不同的节日,礼物都有不同的讲究。

在吴方言中,"张"有探望之意。晚清韩庆邦所著中国第一部方言小说、著名的吴语小说《海上花列传》第十二回有"今朝一早,我就要教阿珠到周双珠搭来张耐",此"张"即为探望之意。刘经庵《歌谣与妇女》有"月亮圆圆,荷花囡囡出来张娘",其实是讲农历八月十五,女儿探望母亲之意。

所以,"张端阳",就是端阳节探望父母长辈之意,感谢父母长辈的养育教导之恩。这个旧俗,就算是"文革",也没"革"掉,我的记忆中它一直顽强地存在着。

探望长辈,自然不能空手前去,农耕时代,物产不丰,空手上门,人家还要招待你吃喝,说明你心不诚,所以必得备礼物。过去人民公社时期,生活艰苦,但乡下"张端阳",还是要备好必备的礼物。有几样东西是张端阳必备的礼物:鸡蛋、咸鸭蛋、皮蛋、糖、水果。这些礼物里,除了糖之外,其余都是农村自产的。为什么要送鸡蛋、咸鸭蛋、皮蛋,我不知道,父母也不清楚,只知道是过去的"老礼","都是这样送的"。我猜测,这些东西,除了获取方便之外,大概也有生活圆满和美的寓意吧。

至于糖,这是农耕时代生活的奢侈品,在过去农村很金贵。江南饮食好甜口,吃糯米粽子,必得蘸糖,送糖,除了端阳吃粽子应时之需,更是金贵的礼物,是诚意的体现,也是送来甜蜜生活的象征。送糖,白糖、红糖、黄糖都行。今天的年轻人很难理解送糖之旧俗,其实在过去,这比雪中送炭更意味深长。雪中送炭是救急,而送糖更有祝福。

我老家前黄南边的寨桥路,因近滆湖,乡人多养戆鹅。我同学柴亚娟老师告诉我,她们小时候那边"张端阳",新女婿上门,还要带着戆鹅,村里听见谁家鹅叫,准是新女婿上门了,小孩都跑出去看新女婿。如今经济条件好了许多,旧礼自然要备,如果老丈人好烟酒,还要备烟酒。如今还有直接送钱的,虽然简单,却失去了旧俗的真义。

我看一些地方还送粽子,比如湖北《通城县志》(清同治六年版)记载:"五月五日亲故以角黍、腌蛋相馈遗。"角黍就是粽子。我和弟弟认真回忆讨论,觉得故乡"张端阳"没有送过粽子。

在故乡,"张端阳"通常有三类。

第一类是毛脚女婿上门张丈母娘丈人。这里边又分两类:跟人家女儿好上了,还没结婚,或者刚结婚不久的,这一类张丈母娘礼要重一些,丈母娘招待未来的女婿或新女婿,也会隆重很多;一般老女婿了,上门张丈母娘,就是一个正常的礼节性的探望了。

这个毛脚女婿张丈母娘的"张端阳"旧俗源自何时,我不知道;除了旧常州府辖地之外,还有哪些地方有,我也不知道。明人湖南长沙人沈榜著《宛署杂记》载:"五月女儿节,系端午索,戴艾叶、五毒灵符。宛俗自五月初一至初五日,饰小闺女,尽态极妍。出嫁女亦各归宁。因呼为女儿节。"《宛署杂记》是北京最早的史书之一。依沈榜所记,倒是南北方端阳有相似之处,不过南方未说是女儿节,某种意义上,算得上是丈母娘节之一。

第二类是寄子女探望寄爹寄娘。故乡旧俗,喜欢认寄亲。比如有儿子没女儿的,喜欢认寄女,有女儿少儿子的,喜欢认寄子。老传统里,关系好的寄亲,如同己出。我父亲独子,过去祖父祖母认了很多寄女寄子,关系也很好。我们哥仨,没有姐妹。父母特别想要个女儿,就在邻村给我们兄弟认了两个寄妹妹,过去两家关系如同血亲,如今一个寄妹妹客居美国,每次回家,必来看望我父母,而我们兄弟,也与她兄弟关系很好。张寄亲,也是备好同样的礼物,进入农历五月,在端阳到来之前,父母带着孩子、礼物,去探望寄爹寄娘。

第三类,是徒弟张师傅。过去学手艺,可以谋生,都是师傅带徒弟,徒弟学得好坏,全在师傅教诲,所以学艺在乡下是件大事。未出师的,或者出师后自立门户未满三年的,都要在端阳前备好礼物去师傅家"张端阳",以感谢师傅栽培之恩。自立门户三年之后,成了大师傅的,端阳还去老师傅那儿"张端阳",那是很客气的了,在乡下就会传颂这人有恩义、品行好。过去我弟弟在厂里学车钳刨,每到端阳,都是要去师傅家张端阳的。如今弟弟成了大师傅,也有徒弟"张端阳"了。

端阳"张丈母娘""张师傅",这种礼俗现在也还流行着。不过这农耕时代的旧俗,将来会不会被流行的发红包盖过,我不敢说。

2016.6.10

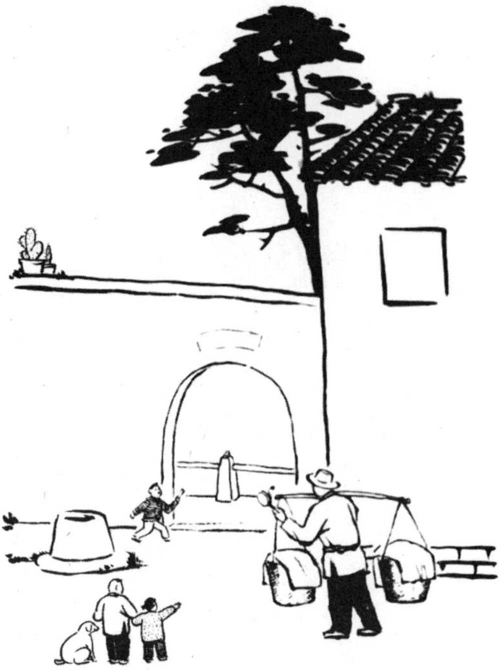

故乡的河,只在记忆中流淌

(一)

我自小在苏南鱼米之乡生活。小的时候,故乡到处都是清粼粼的沟渠池塘,河岸边不是良田,就是郁郁葱葱的杂树杆棵,鸟栖蛇游,蛙鸣鼠窜,一片风水宝地。那时,我家门口往南不到四百米处,有一条碧波荡漾的小河。东西向,长约五百米,最宽处,也就六七十米。河分四段,其中三段总名小漕河,分别为东小漕、中小漕、西小漕,而另一段,是条圆形的大池塘,俗称"葫芦头"。

小漕河各段之间,有低坝涵洞作为区隔,也是水流相连的关隘,黄梅天发水时,清淤的河泥船可以自由地撑过低坝。小漕河各段和葫芦头连在一起,整个小水系状若一个葫芦,向东在前桥南边由涵洞流入永安河。永安河是当年故乡南来北往的重要水路交通,也是故乡最重要的水系之一。我们村大多数河流,最后都是东入永安河。

这几段河分属河两岸附近的村庄,我们村最小,却独自拥有葫芦头,还与邻村共享西小漕,中小漕也占一份。大约是因为附近朱氏宗祠在我们村的缘故吧。"民国时就是这样划分的。"父亲告诉我。

每年夏天,我都跟着堂叔及村里的兄长们在中小漕、西小漕和葫芦头玩水。那个时候,两岸高埂地上绿树杆棵成荫,河里虽然养有一些喂猪用的水花生、水葫芦,但在正午的阳光下,清澈的河水泛着粼粼波光,渴了张口就可以喝。河道里通常停搁着一条木船,俗称"河泥船",用来清理河底淤泥用的。

夏天的午后,一群半大不小的男孩,在清凌凌的水波里,最喜欢的就是围着河泥船玩水,或从船上跳水,或把船翻转,躲在下面,尤其大人来找的时候,最适合躲船舱底下了,船舱底的弧形,罩着一大块空气,给孩子们足够的时间躲避。赶上夏日阵雨,也常躲船舱底下。几个人使劲晃动河泥船时,河里的鲢鱼受惊,通常会跳出水面,有时落在水花生上,那对男孩们来说更是意外之喜,谁要是抢到了,用杨树枝条穿过鱼鳃、鱼嘴,那个高兴劲,难以言表。

偶尔,稍大的孩子也喜欢拖着河泥船越过低坝,进入另一条河继续玩。反正,彼时河水,水质都是一样地好。

（二）

记不起具体哪一年了，在国内流行围湖造田的时候，我们公社没有湖可围，多的是沟渠池塘，于是提出了一个口号"填塘埋沟"，为的是增加种粮的农田。父亲后来告诉我，当年填塘埋沟的时候，谁也不觉得可惜。毕竟故乡到处都是水面。于是，河岸边的树砍了，杆棵铲了，低坝用木板和灌土的麻袋筑高了。河边上架上了抽水机和马达、发电用的拖拉机，搭起了守夜的窝棚，东小漕和中小漕的河水，就这样白天连着黑夜，在马达的轰鸣声中，由清凌凌的河水变得浑浊了，然后顺着灌溉渠，汩汩流向远处的河流。最后，东、中小漕河被抽得见底了。

鱼虾捞尽之后，开始动员人力，挖土填河。

故乡河岸两边都有一块高埂地，要高出农田，比之河底，更是显得高大威猛。填塘埋沟是个非常辛苦的活。不过，我们大队填没东、中小漕的时候，倒也没费多少工时。"我们大队有个基干民兵排，当年很有名的，有炸药，公社和武装部批准我们使用炸药，炸开高埂地，这比其他大队填河省了好多力。"父亲告诉我。我的记忆中已经没有这个炸埂填河的情节了。不过，我还记得葫芦头西端填埋时的场景，跟父亲聊起来，父亲说，那也使用炸药啦。

东小漕和中小漕后来变成了水田，没了鱼，只有黄鳝和青蛙。葫芦头西端也变成了水田，一开始地质并不好，没水的时候,生产队种了一些香瓜、西瓜。我们春天偷钓、夏天玩水转移到了西小漕和葫芦头。不过,西小漕河边杂树多,种树少,能下水处,浅滩少,深沟多,不好落脚,加上河宽,适合偷钓,不适合小孩嬉水。葫芦头则不然,南侧由浅入深,北侧则稍深。其实原本其地势也非如此,而是西端填没之后,把葫芦头原有的河底改变了。

我们嬉水渡河偷瓜,故事都发生在葫芦头。每年夏天,生产队都在葫芦头北侧老田和西侧新田里种经济作物香瓜,虽然有派人看地,但小男孩们一会儿潜泳一会儿透气,从南侧游到北侧,悄没声息爬上发烫的地面,爬进瓜地,偷摘几个青皮或黄皮的香瓜,然后抱着悄然入水,或先把瓜扔向南侧水面,或手举香瓜,踩水而过,然后在南侧水里,肆无忌惮地分享收获的快乐。葫芦头西端造出来的新田,分田到户的时候给了我堂叔家,原本那里也有堂叔家的旱地。

(三)

分田之后,故乡的经济迅速发展了起来,东小漕、中小漕、葫芦头西端填埋而成的新田,也渐渐变得肥沃了。彼时,故乡的工业也迅速发展了起来,尤其是印染业,接着是小化工厂。先是永安河、永胜河上漂起了油花,泛起了死鱼,渐渐河水变色了。接着,乡村公路迅速取代了水路运输,原本忙碌帆影幢幢的永安河，如今泛着臭味，渐渐淡出了人们的视野，除了河边的居民偶尔还会骂几句娘。不过，西小漕和葫芦头里的水，到很晚还是很清澈的，弟弟前些年还去摸野生的螺蛳呢。

我家乡经济比较落后，一直到很晚，苏南模式已经到晚期的时候，村子南边的良田才被征用建了厂房。当年东小漕和中小漕靠炸药填埋出来的土地，依然还在。不过，它们北侧民国时期就是良田的地方，全部造上钢筋水泥的厂房。西小漕北侧当年的桑园和稻田，也造上了厂房，而当年葫芦头填埋出来的新田，以及我们曾经偷瓜的良田，如今也造上了厂房，边上还有垃圾堆！在原来小漕河原址附近，邻村有人挖了池塘，专门用来养鱼。

拐了一个大弯之后，当年填塘埋沟的青壮年如我父亲，觉得荒唐透顶："白白浪费那么多人力，还有炸药啊。"前些年故乡又推广万亩良田，并村上楼，为工业和城镇建设置换土地，其实背后瞄上的，还就是那些村前村后的宅基地、竹园、自留地和密布的河道。

（四）

前些年，父亲曾经给我手绘过故乡地势图，告诉我，故乡之地，地势虽高却平，状如龟壳，地面上河道交错，形如龟纹，俗称"乌龟地"，讨口彩取其谐音，祖传富贵地，既富且贵之地。我们村子向南五百米内，过去除了小漕河和葫芦头一条外，另外还有两条东西向的河流，流入永安河，水势平缓，水波清莹，也都是我们小时候钓鱼、嬉水的好地方。按照老风水的说法，出门一里三横河，水清则灵，好地方。可如今，故乡的河，只在记忆中流淌。

小漕河大半没了，留下的西小漕和葫芦头相加不过百米，且水有异味；另外两条，早已被水花生、杂草、淤泥填埋，就像沼泽一般了，每年夏天，也会泛出异味来。我们那个小村所拥有的十来条小河，没有一条的水是清的。经济发达之后，地方政府也曾花大力气给剩下的河道清淤治污，但好景不长，河水依然如故。听说因为河流治污很难，故乡又准备退耕还湖，或者另开新河道了。就是不知道，清粼粼的河水，何时能够在故乡重现。没有人知道。

2013.5

故乡的烂泥路

经历了两个多月的冬旱,立春之后,故乡淅淅沥沥地下起了小雨,一连下了几天!

虽然暖冬瞬间遭遇春寒,天气阴冷难耐,却平添了些许江南烟雨故乡的底色。但是,我小的时候,最怕的,却正是故乡的融雪的早春雨天。故乡冬天下雪未融化之前,日子倒还凑合,若能踩着雪地,小孩们都是兴高采烈的,不会觉着寒冷。故乡有谚:"落雪不冷融雪冷。"天晴日出,雪融化的时候,水汽蒸腾,空气中湿度加大,更让人感到湿冷。至于早春春雨,更是可怕。融雪还有日出,阴雨之天,不见天日,连续多天,虽已逢春,寒意入骨,整天捧着脚炉、手炉,躲在灶窠间,是这种天气的最佳选择。但是最可怕的,并不是雨雪后的寒意,而在雨雪后的出门。雪后雨天,如若要出门上学,日子最是难熬。

我的童年和少年时代,故乡的道路多是土路。常州往南,只有一条老柏油马路——武宜路;也只有周边镇主要街道上,才有青石板铺地,村上连砖铺的晒场也很少见。雪融或雨后,淅淅沥沥的,到处是泥泞坑洼,残雪积水,很多天晒不干,不便行走。村里邻居为了串门方便,都是在自家门口垫上一块块破砖废石,每家每户串起来,倒也在村里的屋前,成了一条奇特的砖石路。不过,这砖石路也不太可靠。那些半块断砖、一块脚掌般的碎石,几经踩踏之后,常常深陷于泥泞,只露出表面来,常须踮着脚尖,踩住了,方不至于鞋上、裤腿上都是泥巴。走这样的路,常需要杂技演员的功夫,好在乡下人习惯了,早就练出了非凡的本事。

踩在烂泥地里?可以,天暖和了可以光脚,可以穿草鞋,但严冬早春时节,只有穿胶鞋的人才敢踩进去,深一脚浅一脚地走过,俗称"拔脚污(方言,陷的意思)脚"。

而且,彼时胶鞋也还是农村重要的生产工具,一户人家,通常只有劳力配穿胶鞋,其他人,要么没得穿,要穿,不是今天不出门的大人的胶鞋,就是到处请鞋匠补过的大人淘汰的旧胶鞋。小脚套进大鞋里,走路很不方便。于是,胶鞋里塞满了稻草壳——讲究的人家,大人还把稻草壳捶打软了。小孩的胶鞋里塞上稻草壳,有两大功效:一来相当于今日之鞋垫,让小脚穿着大鞋活动方便些;二来胶鞋皮薄,不敌阴冷,冬日早春雨雪之后,穿胶鞋出门,脚冷,里边塞上稻草,有利于为脚保暖。

我在上学之前,一直没有自己的胶鞋,都是穿奶奶的(我母亲在镇上的修建站上班,一早就穿着自己的胶鞋出门了)。穿的时候,家里人还要再三交代,别弄湿了。为何?小孩出门玩耍,性子一放开,玩的时候常常无所顾忌,裤腿上沾满泥浆不说,连胶鞋鞋肚里也常常都是湿的。玩得尽兴时,不觉寒意,但到结束回家,顿觉湿漉漉寒意入骨。家里人若要穿胶鞋出门或干活,得重新填塞稻草壳,咬牙穿进去。所以,不挨"毛栗子"(方言,指屈指敲打脑袋),也逃不过好一顿数落。我上学的时候,因为已经成了读书人,虽然还在"文革"末期,但家里对读书人的态度还是不一样的,所以,我也就开始拥有了自己的胶鞋,过去称之为浅帮套鞋。从我家去往朱家桥小学,虽然不过三里,却都是土路,一下雨,牛踩人走,泥泞不堪,这双小胶鞋倒也保了我的小脚。不过,虽然有了胶鞋穿,但裤腿上沾满泥浆,湿漉漉的,依然难免。连大人都难免,何况小孩!

到校到家第一件事,先找水塘,弄把稻草,把胶鞋上的泥浆洗掉,洗过的胶鞋倒像是新出浴的人一样,干净锃亮。既是勤快,也能整洁好看,虽然,裤腿上的泥巴照样很醒目。泥浆一干,裤腿硬邦邦的,很有重量感,一搓一揉,让泥土落下,这是最省事的方法。

乡下人学得快,我们很快学会了少沾泥的走路方法。彼时的道路,虽然都是土路,但路两边,却是杂草丛生,冬天的茅草,虽然早已发黄枯萎,但依然趴伏在地上。顺着路边,踩着茅草走，茅草就像天然的洗鞋器一样，把鞋洗得干干净净的，鞋上、裤腿上很少沾泥。不过，草上水多，更容易湿裤腿。路边雨雪之后，也不经踩踏，容易垮塌。一不小心，脚下土一松一动，一个趔趄，没有摔倒，也要看运气。

后来去前黄上中学，彼时前庙公路尚未开始修建，我们走的都是内地土路，都是一样蜿蜒，雨雪后一样泥泞。但雨雪之后，我们常常选择抄近路，穿过麦田，让麦苗如茅草一样，洗刷胶鞋，又不沾泥。尤其后来生活条件渐次改善，我们也穿上了带腰的胶鞋，俗称高帮套鞋，把裤腿塞进胶鞋帮里，走在麦地里，又没泥浆，这感觉爽爽的。当然，乡下的孩子也知道，春天麦苗开始拔节之后，通常要重走泥泞路，最多选择茅草，也不会穿越麦地了——拔节之后的麦子，不经踩，一踩即断，断了就死，影响收成。这个季节走麦田，被人看见，会挨骂的。

若要富，先修路，20世纪80年代，故乡开筑前庙公路，这是故乡乡间武宜路之外，第一条新筑的路，拖了很多年，才平整填上了石子，少了些泥浆。1994年小年夜，我第一次带太座回家过春节，正好在大雨之后，我们打了辆出租车，从公路转到被汽车和拖拉机压得坑坑洼洼的前庙公路，司机一路上，喋喋不休地说："真是条金光大道。"司机师傅不知道，这坑坑洼洼的路，已经是乡下很好的路了，至少走在其上会少沾很多泥浆。

我对寒冷和泥浆的恐惧，也就是对冬雪融化和早春雨天的恐惧，一直伴随我到了北京。在北京赶上春雨，那是贵如油。不过，在北京，冬雪春雨再大，穿上解放鞋或浅帮胶鞋，不用塞稻草，都会很舒服，甚至可以穿皮鞋！虽然不小心也会湿了裤腿，却不会沾满泥浆。

有暖气嘛。上大学时回家，故乡亲友问，北京有什么好？我最初的回答就是，下雨天没有泥浆，不怕脚冷。

北京没有烂泥路。我后来一直想，小时候看老电影《决裂》的记忆，是不是也一直在潜意识里影响着我最后选择留在大都市：《决裂》里有一桥段，家里的老母亲去林场看成了工农兵大学生的儿子，原来穿草鞋的儿子，穿上了皮鞋，不肯再穿回草鞋、布鞋……"变修"了。其实这是人性。

如今，故乡也没有烂泥路了。前些年春节回家，我从常州打车回乡下，司机师傅听说去武进，一口一个"你们武进老卵到仄，马路顶呱呱，比哪儿都好……"如今的故乡，到处是宽阔平整的水泥路，水泥路铺到了每个村庄，村里也都是水泥浇筑的晒场，再也不用在冬雪春雨之后往鞋里塞稻草了，再也不用担心泥浆沾满裤腿了，再也不用害怕冬雪春雨了。

2014.2

碧水青天是故乡

    江南好,

     风景旧曾谙。

     日出江花红胜火,

     春来江水绿如蓝。

     能不忆江南?

  一提起江南,人们首先会想起的,不外是白居易的这首《忆江南》。短短几句诗,便将江南旧时风景的诗情画意定格,让一代代异乡人对江南魂牵梦萦,又怎能不忆江南?我的故乡在江南。

  江南风景旧物,却真正是我们曾经熟谙的生活场景,在那里,我们与天地为伴,与草木为友,度过了自己的童年和少年时代。故乡旧时风物,已经深深地烙刻在我们的心里。不必非要有白居易的如椽巨笔,也不必非要笔下滔滔,我们对故乡,自有自己的印象和记忆，无论我们走到哪，纵使远在天涯海角，纵使已是白发没齿，那儿的一草一木，江河湖泊，总会找机会冲开记忆的闸门，在心底萦回激荡。

我记忆中的江南故乡，既无鬼斧神工的崇山峻岭，也无迂回激荡的江河奔腾，既不粗犷雄伟也不雄奇险峻，但它有着自己独一无二的万种风情。

故乡之美，首在碧水青天之美。中国之大，碧水青天之地常见，但江南的碧水青天，却独具风格。遥想当年，蔚蓝的天底下，江河湖泊密布，如同一把明珠，散落在遍地绿意的土地上，阳光照射下，波光粼粼。纵横的河道湖面上，帆船小舟南来北往，东去西来，货畅其流的同时，也带来了外面世界的信息。

河渠边的杂树竹园中，则坐落着一座座大小不一的村庄，萤飞蛙鸣，鸡犬之声相闻，透着人世间的热闹与平静。白居易说"日出江花红胜火，春来江水绿如蓝"，在江南，岂止江水，任何一处河道湖泊，都有此胜景。

故乡四季分明，沃野千里，物产丰富。更奇妙的是，春天地上挖条沟，春水漫过，经过酷夏的磨炼，到得秋冬时节，沟中已是水草丰美，鱼虾竞游。如此造化神秀，独钟江南。

与许多地方靠山吃山靠水吃水不同，江南人士，勤劳能干冠绝天下。自古以来，先民在此筚路蓝缕，围荒泽成良田，修水道利舟楫，夏看麦浪，秋闻稻香，农桑渔工，富足天下，遂成帝国粮仓。所以江南古时即能以华夏边缘之地，在乱世群雄中崛起而称雄于华夏，后来又能在中原衰落后赓续保住了华夏衣冠文物，这既托庇于此地水土，也仰赖于此地人物才情。

碧水青天既滋养了这块土地，也涵养了这土地上的人民。所以，韦庄说江南："人人都说江南好，游人只合江南老。"所以，苏东坡流连江南"鸡黍之约"，最后终老江南，"大江之南兮，震泽之北。吾行四方而无归兮，逝将此焉止息"（《钱君倚哀词》）。

有风景而无经济，人们只会走马观花而过；有经济而无文物，人们也不愿埋骨于此。能够成为终老之所的，定是风水宝地。所以，这江南的碧水青天，相较北地他乡，是温婉、柔和、恬静的，是温暖的，糯软的，细腻的，让人放松的，是英雄到此也竞相折腰的。于是，此心安处是吾乡。此情此景仿佛童话一般。

但是，如今的江南故乡，与其他好地方的命运一样，已不复当年盛景了。江南故乡经历横征暴敛、兵荒马乱和西方冲击，并没有被彻底毁掉。每次灾难之后，人们都在这块土地上，重建自己的生活——20世纪80年代早期，故乡兴起大造楼房之风，彼时经济尚不算繁华富裕，我们曾从河中沟底，打捞出颇多瓦砾作为建房的地基。我好奇这些瓦砾自何处来，后来有历史学者告诉我，这块土地物华天宝，称霸必争，都是过去战时毁掉的房屋，沧海桑田之后，被河水冲刷出来的。但是，过去数百年来，故乡虽遭各种冲击，在自然环境上却变化不大，依然给后人留下了碧水青天，遍地绿意，依然萤火虫飞舞，蛙鸣稻香，鸡犬之声相闻。所以，我的童年和少年时代，虽然有生活困顿的记忆，但更有对故乡美好景致的印象。

这就是故乡水土的神秘力量，在那儿住得越久，记忆便越深刻。但是，也就是自我少年时代起，我们感受到了故乡开始的一种从未有过的可怕变化。在我的少年时代，因国家原有的禁锢与压抑松动了，故乡开始追随着这变化的步伐。小时候一直吃不饱穿不暖的生活，在变革之后迅速改观。一条条公路在原野上相继而起，一座座工厂平地而建，汽车代替了帆船小舟，成了联系外面世界的纽带，机器代替了人力，成了这块土地的新主宰。我的故乡是进步的、崭新的，是现代中国发展的榜样——"苏南模式"至今仍被其他地方拷贝，虽然这个概念已经不再提起。

如今的江南故乡，崭新宽阔的马路，鳞次栉比的高楼，齐整漂亮的厂房，来往喧闹的车流，来自全国各地的打工青年和生意人来来往往，相较过去农耕时代鸡犬之声相闻的热闹平静，更显繁华热烈，生机勃勃。

当然，新是有代价的。我们少年时代起，熟悉的河道上开始漂浮起妖艳的油色，这是河道上往来的机帆船使用柴油带来的污染；接着河水泛出异味，鱼虾开始漂浮，鱼虾也有了异味，这是化工厂和印染厂污水排放入河引发的生态恶化。故乡的空气中也开始弥漫一种奇怪的味道,白头翁不见了,竹林大片死亡……彼时,人们对物质生活改善的渴望和感激,也容忍甚至纵容了与之相伴而来的环境的变化,且习以为常。

彼时封闭的人们,并不清楚这种容忍以及习以为常可能带来的最终后果。在禁锢稍微宽松之后,被搞得穷怕了的人们,对于物质利益追求的欲望得到了释放,就像阿拉丁瓶子里的魔鬼,放出之后再也难以收回。欲望的魔鬼在这块温婉柔和的土地上肆虐,遂致家国尚在,山河已破碎。人们从无知到贪婪,亲手埋葬了故乡的碧水青天。一起消失的,还有与碧水青天相关的生活。帆影消失了,野泳消失了,漫天飞舞的萤火虫不见了,张弛有度、年岁有盼、守望相助的日子消失了……

如今我作为游子回乡,得费劲地指着呜咽远去的黑水,告诉我出生在北京的孩子,我小时候就在这河里跳水嬉闹,追逐帆影——我的孩子至今未能在他父亲引以为豪的河里游过泳、钓过鱼!我得让孩子相信夏夜漫天飞舞的萤火虫,黄梅天遍地的鱼虾,绝不是谎言——我的孩子也从未在故乡的夏天见过萤火虫!

熟悉的场景一个个在消失,江南故乡变得越来越陌生了。我常常问自己,也问故乡的父老乡亲,没有可以畅饮的河水,没有随手可捞的鱼虾,没有了漫天飞舞的萤火虫和遍地蛙鸣,这故乡还是我的故乡吗?水清则灵。我们的祖辈,我们的父辈,我和我的兄弟姐妹们,都是那一片碧水青天滋养出来的,没有了那碧水青天，故乡又将滋养出什么来？那些文物衣冠又将如何传承？这个问题，不仅是我的，也是我江南故乡兄弟姐妹们的。

我们无力也无权阻挡故乡求新求变的渴望，只期待这一变化过程，能够不那么粗暴而残酷。唐人韦应物曾吟颂江南故地："吴中盛文史，群彦今汪洋。方知大藩地，岂曰财赋强。"

这一片碧水青天秀美丰饶的地方养育的人民，早就明白了一地一国强盛的秘密。但故乡一度迷失了。

不久前回乡，故乡领导期待我写写我熟悉的永安河，说政府将投入巨资，来重新疏浚整治永安河。有考古学家曾告诉我，我熟悉的永安河，春秋时便有遗迹，唐时得现在之名。永安河日夜流淌，南经运河入太湖，勾连吴王阖闾古城，北通常州，我少年时，河上白帆竞发，是旧时故乡通往外地的交通要道，如今却是污水呜咽。

我自是很高兴。河清天青，方有时和岁丰。碧水青天才是我物理上的故乡，精神上的原乡。"珍惜黄昏的村庄，珍惜雨水的村庄，万里无云如同我永恒的悲伤。"

虽然有些晚了，但这种改变，才是故乡未来希望所在。

2014.4

冬日的井水
——"故乡的水井"系列 1

故乡的冬天是冰冷的。

故乡是水乡,多河流沟渠。冬天的河水是冰冷刺骨的,三九天常常冻结很厚的冰。但故乡的井水,冬日却是暖和的。在阴冷刺骨的冬天,井水是那么温润且善解人意。

在故乡最冷的日子里,厨房水缸里,那些来自水井里的水表面,通常都会结上一层薄冰,但打开门,村前不远处竹园边上,却有腾腾热气冒出,那是村里的水井。我们村里有一口古老的水井,供全村使用。我父亲记事起它就存在了。

冬天的早上,水井边上都是忙碌的妇人,这里边也会有我的祖母、母亲或堂姑。井台边出水的小沟或者低洼处头天有些微积水的地方,同样结着冰花或者薄薄的一层冰。但这些不会让早起的妇人们感到寒冷。相比码头边冰冷刺骨的河水和冰凌,这里算是天堂了。

把水吊上来，倒在一个木盆或钢盆里，蹲在那儿一边伸着通红的手洗菜、洗衣服，一边跟村里的其他妇人家长里短地闲扯。这一过程中，温暖的井水让妇人们忘却了寒冷冬天洗刷的痛苦。

盆里的水凉了，倒掉盆里的凉水，直起腰来，再打上一桶冒着热气的井水。边上偷懒的妇人会说，给我也倒点。

在相互的打趣奚落玩笑中，妇人们洗完了手上的菜或衣服，纷纷起身，各自回家。井边上只剩下湿漉漉的一地水渍，用完的井水，顺着井边的小沟，流入竹园，一路渗入竹园，残余的穿过竹园，流入竹园边的田地和小沟。第二天一早，上面又是一层冰花或薄冰。

随后，男人们开始来井边打水。因为天冷，为了防止水缸冻裂，许多人家把厨房水缸里的水舀得只剩一点，第二天做饭要用水，所以一早也要挑满水缸。

冬天到井边打水，一般是不让小孩子去打的，一来怕冻后地滑，不小心摔着；二来冬天故乡井水较平时要深一些，打水不易；三来小孩打水，丁零当啷的，万一吊桶水翻了，弄湿了棉鞋，那可麻烦。那个时候，乡下有棉鞋就不错了，可没有替补的。所以，家里大人通常不让小孩冬天去井边打水。

一般冬天的下午，井台边都会很安静。到了傍晚，如果村里有人家烧浴洗澡，井台边还是会有一阵热闹。男人们会打水回家烧汤洗澡。冬天村里井边的场景，除了雨雪天，都是日复一日、年复一年。理所当然地,我小时候从来没有想到过这样的生活会发生改变。但是,这样的生活还是发生了改变。

20世纪80年代分田到户之后,生活较人民公社时期有了很大改善,家家户户开始攒钱造砖瓦楼房。我家也在我上大学之前造了几间平顶房,在院子里打了一口井。

每年的冬天,院子里的这口井,一打开井盖,一样热气腾腾,井水一样温润。祖母和母亲再也不用到村里的井边去打水洗菜、洗衣服了。她们在家里就可以坐在井边淘米、洗菜、洗衣服,也不再有一村的妇人挤在一起的唧咕和热闹。

当然,我们也方便了,虽然用冬天的井水刷牙洗脸依然略显冷,但比河水或自来水要好得多。直到今天,家里的条件虽然有了更大的改变,在冬天,母亲依然会在井边淘米、洗菜、洗衣服。

来自故乡大地深处的井水,与天上的太阳一样,是上天在寒冷的冬天馈赠给这块土地上勤劳倔强人们的财富。

2016.1

夏日的水井
——"故乡的水井"系列 2

夏天，故乡的河水是热的。

夏天，故乡的井水是凉的。

有多凉？小时候，我祖母一辈人都给我讲过一个关于夏天井水的故事，这个故事我后来在书上也读到过，至今记忆犹新。

故事讲的是遥远的过去，一位行旅之人匆匆赶路，夏日炎热，口渴，过一村庄，村里一小媳妇正在打水，旅人向小媳妇讨水喝。小媳妇拿葫芦瓢盛了一瓢水递给旅人，干渴难耐的旅人端起要喝时，小媳妇突然顺手抓了把砻糠撒在了瓢里。旅人惊骇，责问既然给水喝，为何又如此这般？

我们小时候听这故事，也是一下子惊住了，屏息侧耳谛听：那个小媳妇好心啊。为什么？夏天井水凉啊，刺骨啊。赶路的人口渴，又贪凉，咕嘟嘟一下子喝完，肚子会坏的。撒了砻糠，喝起来不就要小心地吹掉漂在水面上的砻糠嘛，喝起来就慢了，就像端着热水吹着慢慢喝一样。你们喝井水,也要慢慢喝,不要贪凉贪急。

祖母讲这个故事,跟我后来书上读到的故事几乎一模一样。故乡的井水是洁净的、甘甜的,除了黄梅天。我小时候主要喝生水,喝生井水,甚至包括冬天。无论是挑进家门储存在水缸里的,还是用吊桶直接打上水,把头伸进吊桶喝的,从来没有闹过肚子。我喝井水也从没见过撒砻糠的小媳妇,除了在长辈们讲述的故事里。

我尤其喜欢故乡夏天的水井。夏天的时候,水井里往外冒着凉气,加上周边有树荫,这里是中午和晚上乘凉吹风的好去处。吃过午饭之后,有人打水把井台边的砖石地面浇湿,主要是为降温。于是,孩子们在边上的竹园里打闹,或者就踞坐在井台附近的石磡上乘凉。老太太们,则坐在井台边的树下纳鞋底、搓草绳。而大姑娘、小媳妇们,则一人端一张凳子或小椅子、一个脸盆,脸盆里装着满满的木槿叶。木槿叶大多是吃饭前从木槿枝条上捋下的,也有吃饭之后去捋的。木槿叶上压着搓衣板。打上水,倒在脸盆里,脸盆或搁地上,或搁凳子、椅子上,或坐或蹲,开始使劲在搓衣板上搓揉木槿叶。随着木槿叶被搓烂,脸盆里泛起了泡沫,有些类似今天洗发液或洗衣液放少了的那种泡沫,不多,但有。撇开一层黏糊糊的泡沫和揉烂的木槿叶,脸盆里的井水变成了绿色,同样黏糊糊的。大姑娘、小媳妇把木槿叶捞起,使劲挤压,然后扔到一边,捞干净后，就用这木槿汁液混杂的水洗头发，然后用井水清洗。

这是我小时候夏天水井边最常见的场景。在没有洗发液的岁月里，夏天乡下的大姑娘、小媳妇、老太太们，都喜欢用木槿叶洗头发，纯天然。

男人们、男孩们洗头就简单了，他们可以在任何一条河流洗冷浴（游泳），顺带着把头发洗了。但是，半大小子们夏天玩后热，贪凉，常常跑到井边，打上水，从头顶倒下。那个爽啊，没有小孩不喜欢。但老人们都会很生气地责骂，说小心年纪大了关节痛。因为井水凉。

我一直到工作后，夏天回家，仍喜欢用井水冲洗。那是自小养成的习惯。夏天的井水，打上之后，倒在锅里，放上一把用井水潲过的竹叶，烧开，做成竹叶茶，凉热皆可饮。在我记忆中，这井水煮的竹叶茶，是最好的解渴饮品。

当然，我们更喜欢的是，打上一桶水，把难得买来的西瓜，或者自家菜地里种的黄瓜、香瓜、水瓜，扔进水桶里，待到吃的时候，无论什么瓜，糖分凝结，口感比没用井水浸泡之前，不知好了多少。这夏天的井水，在没有冰箱的时代，起到了土法保鲜、冰镇的作用。

分田之后，父母造起了楼房，并在院子里凿了口井，我们不再去村里的井边了。我们喜欢把买回家的西瓜，直接扔进井里，用井水冰镇西瓜；在还没有冰箱的时候，我们喜欢在夏天打上井水，把啤酒放在井水里冰镇……

哦，我对水井还有一个永远难忘的个人记忆。1983年夏夜的晚上，在村里的井台边乘凉吹牛之后，我要回家做作业。天有些黑，我起身之后，在井台边一个箭步，试图跨过影影绰绰的水渍。井台边的青苔使了个坏，我落地时脚踩上了青苔，一滑，摔了一跤，膝盖上的肉像一张嘴似的张开了。我站不起来了。父亲连夜用自行车驮我到前黄镇上的公社医院，打了麻药，缝了七针！后来连续多天，都是父亲送我上学。膝盖上至今还留有针眼。

2016.1

春日的井水
——"故乡的水井"系列3

故乡春天的井水,变化多端。

开春的时候,寒意尚未远遁,井里水位依然保持在低位,井水依然带着余温,清冽甘甜。

渐渐地,天气回暖,井台边的榉树、枣树、泡桐树和木槿树等,或新叶初生,或老叶泛新绿,倒映在水井里的天空,也似乎不再那么高远了。偶尔春风吹过,绿叶飘飘,还会有几片叶子飘进井里,漂浮在井水表面。

我至今感觉有些遗憾的是,我们村里那口井边,没有桃树、梨树,只有枣树。想象若是附近栽种了桃李,春风路过,桃红李白,飘飘洒洒,井台边井水里,一点红白轻染,倒也有春的情趣。不过,这终究只是想象。

天气越来越暖和,雨水也多了起来。井水随着春雨淅沥不断而渐渐变了。井水先是满了起来,水位比冬天乃至初春高了一大截。吊桶打水变得方便轻松,轻轻扔下吊桶,轻松提溜上一桶水。

接着水慢慢开始变得不那么清洌了,水色开始有些浑浊不清了。井水虽然依然明艳,但总觉得不似以前了。刚打上的水,味道也不如从前甜爽。打上的水最好倒在水缸里,等其自然沉淀之后,井水的味道才有一定程度的恢复。

井水的变化,自然与雨水多了有关。乡村的井,通常不够深,地表水渗入,自然影响了井水的水位和品质。

春雨绵密之际,井台边常有一团团拳头大小的稻草团,这是擦洗胶鞋用的。其时温度尚低,打赤脚的人很少,穿了胶鞋的人,干活回来都愿意跑到河边的码头或井台边,用稻草团把胶鞋刷得亮闪闪的,干干净净回家。冬天和秋天是不会到井台上刷鞋的,那时井水水位低,用井水洗刷胶鞋,是会让人侧目的,一来怕浪费,二来打水也费劲。

故乡的黄梅天雨水最多、最密集。通常一夜大雨之后,大地一下子难以消化吸收这么多的雨水,河水溢满到了晒场,而井台并不比晒场高多少,井里的水通常也是要满溢出来的样子。

这个时候,井水也是浑浊的。而打水,甚至不用吊桶了,直接把挑水的水桶放入井口,沉进水里。桶里水的满浅依打水人的臂力而定,然后提溜出来,或挑或扛或拎着回家,倒在水缸里。

这个季节,家里的大人也会再三交代孩子,不要去井台边玩闹，因为井水很满，离井口不远，容易让孩子产生错觉。

后来我家自己打了水井之后，春天或者夏天大雨的时候，常常用井盖把井盖上，为的是少让雨水直接落井，如今更是几乎经常盖着，用的时候才打开，因为故乡的雨水也脏了。

虽然此时井水有些浑浊，但它依然被村里人用来烧菜做饭，只要稍一沉淀，它依然清澈甘甜，透着故乡水土熟悉的味道。在过去的岁月里，哪怕是在井水最浑浊的春天，故乡的井水也没有让它的拥趸们失望，用它做出来的饭菜，依然可口，人们也从来没有因此得什么病。

黄梅天过去，春天渐渐远了，井台边的各色树木已经枝叶茂密成荫了，井水水位渐渐低了下去，打水又必须要用吊桶了，井水也越来越清澈了。随着气温的攀升，井水也越来越清凉了。

夏天来了。

2016.1

秋日的水井
——"故乡的水井"系列 4

故乡的秋天,天空高远辽阔。天底下的水井,也是深邃幽静。

低头下看,一泓秋水,虽遥,却似明镜,那么透亮清澈。

恰如故乡的秋天,是收获的季节,万物孕育生长,此时已成正果一样,故乡的井水,经过春水的洗涤,经过盛夏的沉淀,到了秋天,最是甘甜爽口,在一年四季中味道最美。

不过,这个季节,水井里也会漂浮着故乡的气息。

秋日农忙,晚稻收割之后,晒场上到处堆放着抢收上来的稻子。村里的水井,其实就紧挨着村里的晒场,周边空地上,不是堆着未脱粒的稻子,就是放着已经打过的稻草。

故乡村里的水井是没有盖子的。脱粒过程,草屑灰尘飞扬,一些细碎的草屑,总是飘落进了水井。

打水的时候,需要绕过晒场上一堆堆等待脱粒的稻子、脱好堆着的稻子，以及脱完的稻草，就像穿越米诺斯迷宫一样，比平时打水的直来直去，费劲了许多。打了水无论是一人挑回家，还是兄弟俩抬回家，总要小心翼翼，因为水洒在晒场上是要挨骂的，可其他季节担水，却没有这么复杂。

担水多了麻烦，打水其实也麻烦。吊桶里打上的水，水面上常常漂着草屑，就像祖母故事里小媳妇夏天给旅人的井水里撒了砻糠一样。有时候打水上来，倒在水桶后，我们便用手把水面上漂浮的草屑捞走，有时候回家倒在水缸里待水平静后把草屑捞出，都是用手，从来没觉得有多脏。不过，小孩们打水都不会嫌从水里捞走草屑麻烦，我们总是高高兴兴地从水桶里、水缸里捞走那些草屑，就像捞鱼似的。捞完了，脑袋趴下去，咕嘟咕嘟先喝个饱，永远没有觉得累觉得麻烦，也没觉得脏。或许，那个时候，麻烦和脏这些词，在我们生活的字典里还没有扎根吧。

男人们打水时遇到这样的情况可能会觉得麻烦，他们的时间金贵，不像我们有游戏的闲情逸致。他们总是匆匆用手一掠，把面上大些的草屑撇走，至于细碎的，在大人眼里仿佛不存在一样。连妇人们也不在乎这些细碎的草屑。

就算水里有草屑又如何？记得秋天时，从水缸里舀水做饭，饭锅里总会漂浮着几根草屑，用铜勺把草屑撇走，再补进干净的水，这是稀松平常的事。至于秋天吃鱼时，经常会在菜里发现一两根稻草屑，谁也不以为意。或许，在所有人心中，这样的井水，这样的情况，多少也是一种丰收的味道吧。

  这样的情况，唯有秋天常见。秋收结束后，温度开始慢慢下来，周边树木的叶子开始变黄或掉落，最早掉落的是枣树叶子。秋风过去，叶子随风飘荡，也有落进水井的。叶子落井跟草屑不一样。叶子腐烂快，个也大，打水上来后，把它们捞出去，简单且决绝，全然没有像姑息草屑似的情况发生。至今回想，真是一种奇怪的选择。

  虽然秋天的水井里，收获的先是草屑，接着是凋零的树叶，水井里似乎有没完没了的杂物落进去，但这些从来没有影响秋天的井水在一年四季中最是清凌甘甜的这个特点。毕竟，那个年代，还几乎没有工业污染。

  大自然的造化神秀，在故乡井水的变化中，也可见一斑。

2016.1

故乡的水井
——"故乡的水井"系列5

我的故乡在江南,沃野上河道沟渠纵横交错,干旱洪涝几乎很难对故乡造成伤害。我小时候,故乡每一条大小河流里的水,清粼宁静,任谁都可以捧着畅饮,洁净水源如此丰富。但是,故乡仍有水井,专供饮用。所谓有村落处即有水井。

(一)

水井曾是人类文明的表征。

早期人类都是逐水而居,水井的出现,标志着人类摆脱完全依靠地表水源生活的历史,这是文明发展的突破。

中国远古时代即有了水井。传说伯益是中国井的发明者。《吕氏春秋·勿躬篇》说"伯益作井"。伯益是黄帝的五世孙,曾助大禹治水,禹曾传位于伯益,后伯益又把大位禅让于禹子启。伯益因助禹平治水土,《史记》里《夏本纪》和《秦本纪》有载。大概是平治水土的过程中,伯益发现了地下水的秘密,所以成为传说中挖井的祖师。

我国考古发现,北方地区的水井出现在龙山文化时期,在河南汤阴的龙山文化遗址中有井遗迹,是发现得较早的水井。

不过,南方地区考古发现,水井出现的时期更早,河姆渡文化时期即有遗迹。这比汤阴的龙山文化遗址中发现的井的历史早数千年。而汤阴龙山文化时期与伯益生活年代比较接近,"伯益作井"的传说,也可视为北方文化主导中国历史文化的一个侧影。

"古者穿地取水,以瓶引汲,谓之为井。"(孔颖达疏《易经正义》)水井的出现,改变了人类活动的范围和生活方式,人们的生活与逐水而居时期相比,不确定性和危险性大大降低,更加稳定,文明有了进一步的发展。凿井技术发明后,我国南北方广大地区,尤其是北方地区得以迅速开发。正因为井在人们的生活中居于中心位置,古人对井的态度,是非常地虔敬。

《易经·井卦》云:"改邑不改井,无丧无得,往来井井。汔至亦未繘井,羸其瓶,凶。"

所谓村落有消长,但只有围绕井的生活不改变,得以精心维护,才会有甘美的井水,才会有安定的生活。所以,今天平常的水井,在古时却是祭祀的对象。《礼记·月令》中说:"天子命有司,祈祀四海、大川、名源、渊泽、井泉。"《白虎通·五祀》云:"五祀者,何谓也?谓门、户、井、灶、中霤也。"

(二)

我小时候,村里有一口井。这一口井提供了全村人的日常饮用,甚至洗澡水。我是喝这口井里的水长大的,打小洗热水澡,也是用这口井里的水。我记忆中的井水,清澈,甘甜,爽口,一年四季都有变化:春浊秋清,夏凉冬温,满足着村里人的日常之用,却永不会枯竭,既透着自然界的曼妙之变,也包含着大地对劳作者的敦厚呵护。

这口井是什么时候挖掘的,我不知道,父亲也不知道。父亲小时候这口井就有了。

父亲曾跟我回忆,20世纪40年代后期的一个夏天,曾祖母抱着父亲坐在井边乘凉时,同族的在马山(今属无锡)一贯道当点传师的菊生公和他当护法的侄子(也是国民党三青团的骨干)从马山回来,给了父亲一个桃。趁父亲不注意,一扬手又从父亲手中把桃抄走。父亲木木地找不到,菊生公便跟我曾祖母(他唤姑姑)说要给我父亲起个外号诨名,否则长大容易被人欺。菊生公当时就在村里的井台边,用其时武进最有名的盗贼名给父亲作了诨号。

周边朱氏宗祠,曾经就在我们村里。父亲说,祖上从福建经安徽落户本地时,这里曾是邵氏家地。据说邵氏祖上极盛,父亲小时候见过邵氏牌楼。后家败,被朱氏先祖渐渐拿下,周边四邻八村,渐渐全为朱姓,祠堂在我们小村。虽然不知我们村里这口井是朱氏先祖所凿还是邵氏遗存,但多少也有"改邑不改井"的意味。

父亲回忆说,村里这口井非常好,最干旱的天气,河水浅了一大截,虽然这口井的水位也会下降很多,但井水还是很足,足够全村人取用,甚至东村同族的人,偶尔也会来这口井里打水。

在过去,生产力水平低下,水井开掘颇为不易,需要集众人之力方能挖掘一口。所以,一般村里挖井,都是全村人一起投入,有钱出钱,有力出力,井挖好后,属于本村财富,通常不借于外人,更不用说外姓人家。除非天大旱,本村同意后,才会允许邻村人救急之用。

我们这个小村子,民国以降出了大大小小不少的读书人,除了祖宗祠堂的庇佑,不知是否也与这口井的井水甘甜有关。

(三)

但是,没几年,邑尚未改,井却改了。

村里这口井的水,我一直喝到上大学。家里造了新房之后,父亲在院子里打了口井,离厨房不过几米,方便至极,也免了去村里那口井担水，当然一起消失的还有厨房的水缸。

不只是我家，新造楼房的村里人，家家户户都在自家的明堂里打了水井。新打的井虽然不错，井水也甘甜，但总觉得比不上村里那口老井。但对方便的贪图压过了其他。

喝老井水的人，只有跟儿子分家后单独留守旧宅的几家老人了。原来整洁的井台边，杂树凌乱，野草蔓延，草屑遍地，再也没人收拾。村里的老人渐渐凋零，村里也来了外姓人，是那些来自安徽、四川的在附近工厂打工租住村里房子的人家，他们没有自己的井，也喝老井水。

农田里的化肥农药打得越来越多，工厂也越来越多，河水早已污染了，虽然有"井水不犯河水"之说，但浅层地下水无疑难逃厄运。

于是，政府开始拉管线，供应自来水，据说这水来自长江，俗称"长江水"。这水自然没有原来的井水清洌甘甜，但是至少安全。

我曾经想回家替父亲打口深井，两三百米深的井，用来饮用和灌溉，这个深度的井水，应该还是安全的。但是父亲告诉我，这是不会被允许的。

虽然我家那口井的井水现在也依然清洌，但是如今再也不用井水烧菜、煮饭、泡茶了，用的都是自来水和纯净水。井水只是用来洗衣服、洗菜，夏天用来浸些西瓜、啤酒之类。

村里的那口老井，迅速被人遗忘，连外乡人也不用这口井的水了。但井还在。虽然周围杂树、荆棘、杂草丛生,颇有世事沧桑的感觉。

我每次回家,都会去井边看看,往井里探头,看井水依然清洌,倒影依然清晰。我也依然会拍些蓝天下一泓井水的照片,颇有些凭吊的味道。但是,井已是一口废井。村里已没人在意了。

呜呼,吃水不忘挖井人。这口曾经滋养全村一代代人的老井,就这样淹没在杂树荒草中了。

2016.2.27

蚕豆开花时

春三月,故乡正是蚕豆开花时。

故乡的大路小道边,但凡有一线空地,都会在冬天辟出一条浅沟缝,撒下一溜蚕豆,然后掩好土。

过了春节,绿油油的蚕豆苗开始在春日暖阳的照耀下疯长。三月,蚕豆到了自己的花季。

蚕豆的花很特别。它们通常是一对对的,层层叠叠,花边呈椭圆形。我记得有两种颜色,一种外边是紫色的,带紫色条纹,花蕊为白色边缘,一种外边是淡白色的,带淡紫色花纹,花蕊边缘显白色。无论是紫色包白色,还是淡白色包白色,花蕊都有一大块黑色花斑,就像白里带黑的眼睛一样。蚕豆花整体形状近蝶形,花开的时候,无论远观还是近看,都似一只只安静的蝴蝶,歇落在蚕豆茎秆上,在春风里摇曳自得。

人民公社时,村里曾经在原来的麦田里规模化地种过蚕豆,我未向父亲打探为什么要这样种,但是那个时候,因为蚕豆的规模化种植,蚕豆开花的时候,江南大地到处都会有蚕豆花淡淡的香味,吸引了蜜蜂翻绕纷飞。

与故乡曾经更大规模栽种的油菜不同,金黄色的油菜花张扬在油菜的顶部,但蚕豆花却更多掩映于茎叶间,有一种低调安静甚至有些忧郁的惹人怜爱之美。

蚕豆开花时,不只是蚕豆花带有这种忧郁之美,连鸟鸣也带着这种忧郁。"咕咕归家,蚕豆开花"。通常在一场春雨之后的傍晚,河塘边躲藏在杂树茭白棵里的鹁鸪鹁鸪会不停地"咕咕"鸣叫。长辈说,天晚了,这是鹁鸪鹁鸪召唤自己伴侣、孩子回家的声音,有些急促,有些哀愁。而鹁鸪鹁鸪以这种声调鸣叫的时候,正是蚕豆开花的时候。所以,有了这句朗朗上口的故乡俗语。这句话,按普通话不押韵,但在常武方言中,却是非常有韵律感的。

蚕豆花开的时候,蚕豆棵上会长出一种奇怪的东西,被我们称为"蚕豆耳朵"。它长得像漏斗,通过下面那根细细的柄与蚕豆的茎连着,应该是变异的叶子吧。它比蚕豆花更低调,总是偷偷地躲在蚕豆叶下面,不熟悉蚕豆的人是不会知道这个东西存在的。

蚕豆耳朵一般只有在蚕豆开花的时候才会长出来,而且它不会慢慢展开,会一直保持这种模样,直到蚕豆叶子色变枯萎,直到生命尽头。

我小时候,乡下的小孩们最喜欢在蚕豆花开的时候,去拨拉蚕豆棵，寻找蚕豆耳朵，无论男孩女孩，都喜欢。大家都要比，谁找到的蚕豆耳朵多。偶尔甚至会找到双耳朵，也就是粘连在一起长的两个小漏斗。大人们用蚕豆耳朵哄小孩，也是必杀技。

蚕豆开花之后，随着时间流逝，它们饱满的花朵，慢慢会干瘪枯萎下去。这个时候，花蕊中间开始结出小小的果实，它们顶着干枯的花朵，渐渐长大，花蕊里的那黑眼珠般的黑，最终成为蚕豆身上的那道黑色的条纹——嘴。蚕豆花终于结成了正果，结出了蚕豆，完成了自己的使命。

如今，在故乡的土地上，鹁鸪鸪依然在鸣叫，而在路边田角，蚕豆花正绽放，那些蝴蝶一样的蚕豆花，大概还是像从前似的安静，甚至带着一丝忧郁。

2016.3.17

故乡的雾

12月23日,北京依然重度雾霾,但这一天却解除了红色警报,小孩也要去上学了。我拍了张窗外的照片,可怕。"这是雾。"有人留言说。我懒得搭理,我怎么能分辨不出雾和雾霾的差别!不过,这话倒让我怀念起江南故乡的雾了。

故乡的雾,多起在秋冬时。每年秋天,总有不少起雾的日子。故乡的雾有浓雾、轻雾、薄雾。故乡的浓雾到底有多浓多重?我记忆中,浓雾通常前半夜便起,越来越浓,到凌晨四五点浓度最烈,常到上午十点多才散去。起早之人,行在路上,难见前方五米开外的物体,浓度恍若前些日子北京重霾。

不懂事的小孩,最喜浓雾。浓雾恍如天然游戏屏障。那时乡下小孩起得早,天没亮就走在上学路上了,倒不是学习有多认真,而是赶早是个习惯。走在路上,路边本是稻田,田埂上同村小孩相互玩闹,跑着跑着,便见不到人影了,消融于浓雾中,不知去了哪儿。

本来小孩一早结伴上学，图的是热闹，更可壮胆，突然间玩伴消失了，走了一会儿还不见人影，胆小的孩子便开始惊慌起来，尤其女孩。先前消融于浓雾中的调皮孩子，会突然从身边冒出来，吓伙伴一哆嗦。不过，浓雾的好处就在此。这甚至也是干些调皮坏事的掩护，比如顺手拆个篱笆，拔把青豆……

相较小孩见了大雾的欢实，大人可没这么高兴。雾大不仅影响干农活，看不见哪是哪，而且传言还影响稻子丰收——小时候一些稻穗上会长青黑色的东西，对稻的质量和产量都有影响，那时大人常说都是连续的雾造成的。不过，有没有科学依据，我不知道，后来离开了农村，更不去了解了，至今也不清楚。

我小时候的深秋初冬，薄雾缭绕的早上，故乡是颇有诗情画意的。晨曦中，早起的行人，打鸣的公鸡，鸟雀的叽喳，田埂边上野草上的露珠，田野上如轻纱、如飘带、如透明的帘幕般的薄雾飘散，安静宁和，若是诗人见到，怎能不起兴吟唱这田园风光；若是画家见到，自也会用笔描摹下这温馨平和的场景。可惜我那时没有能力记录，如今只能凭记忆回首念想。

故乡还有一种雾很有特色，就是像一个圈环，围在身边，你走到哪雾圈就围到哪，永远把你圈拢在里边，很是有趣。我至今记得，初中二年级时写作文，写故乡的晨雾，因初中时学地理，知道木星有漂亮的光环。于是嘚瑟了一下，写到这种晨雾，我用了一个比喻，"像围绕木星的光环"。老师很喜欢，夸我有想象力,在两个班的语文课上表扬了我。我的邻班一位杨姓同学,那时是我们那一届成绩最好的学生,中考考了师范,如今当了小学老师(那时通常成绩最好的同学才上师范中专,为的是尽快解决吃皇粮的问题),后来碰到我,很不以为然。他说比喻通常是把大家不熟悉的东西,用熟悉的东西类比介绍给大家,你这个正好相反,不是好比喻。我默然承认,倒也不羞愧。不过,此番受教,我一直铭记于心。写此文时,当时场景话语及杨兄瘦高的身材,恍若电影回放,历历在目。

故乡秋冬雾起,除了前面提到的传言,倒也无其他大碍。一般起雾,都是晴天。乡谚"十雾九晴"便是指秋冬之雾的天气,通常屡试不爽。割稻晒稻,该干的农活一概不耽搁。

故乡春天偶也会起雾,不过这雾气与秋冬之雾不同,更多是细雨,所谓烟雨江南烟雨蒙蒙,也会起雾,因为江南的细雨,可以细若晨雾,称为雨雾。不过不是真正的雾。

故乡如今照样还有雾,我秋冬回家,总也能赶上几个起雾天,不过难得回家,小时候那种浓雾、圈雾再也没有经历过。

雾是自然之物,也是故乡四季征候明显的一个表征。但如今故乡也有了雾霾,这个是工业污染的产物,来自何方尚不清楚,更不知故乡何日才能摆脱它。

2015.12.28

落雪狗欢喜

我小时候,江南故乡的时令,几乎完全契合了二十四节气。该小雪时便会稀稀拉拉地跌落些雪籽或飘些小雪花;而到大雪时,前后几天,准会漫天飞雪飘扬。那时大雪年年有,我记忆中下得最大的那次,应该是1983年的冬天,雪深没过了高帮胶靴。报道说铁路、公路运输都受到了严重影响。

故乡冬天的雪,半夜下得最多。上半夜先是雪籽噼里啪啦打在屋顶上,然后是雪花飘舞,由小而大。

那个时候,天寒地冻,乡下人家,小孩一般早早就抱着热水袋脚炉钻进了被窝。而辛勤操劳的女人和老人,一天的劳作尚未结束,他们就着煤油灯,或在收拾,或纳鞋底,或搓绳,或陪着夜读的孩子剪灯花。

听到雪籽打屋顶的声音,大人们并不会停下手里的活计,倒是家里养的狗,异常地兴奋起来。它从大门边上的狗洞里,钻出钻进,摇头晃尾的,表现得尤为活跃。待得狗再次回来,绕着大人腿边呼气献殷勤示意时,大人明白,站起来,掸掸身上,跟着狗走到大门口,摘下门闩,打开门一看,哦,雪花正紧,地上已经薄薄地积起了雪。

"瑞雪兆丰年,明年是个好光景。"大人通常会低声自言自语。而狗,则兴奋地跑到雪花飘扬的场上,来回奔突。"回来!"一声低低令下,狗忙不迭地跑进大门,围着大人哼哼示好。大人关上门,端起灯,走到后面卧室去休息。而狗,则自觉地跑灶窠里趴下了。

第二天一早,银装素裹,大地一片洁白,雪很厚了,除了河面上冒着热气,其他地方都被雪盖上了。雪地上还没行人走过,但是已留下了一行行清晰的狗爪印——下雪天,永远没有比狗起得更早的。没有人知道,狗什么时候钻出狗洞,跑到雪地里撒欢了。

苏东坡有诗云:"人生到处知何似?应似飞鸿踏雪泥。"雪泥鸿爪这个成语我学过,但我从来没见过鸿雁留雪痕——我小时候所见,鸡、鸟雀一类,都怕下雪。所以我只熟悉雪地上的狗爪印。狗只是在雪地里跑,很少听到它们像平时一样猖猖吠叫,或许,它们是要独享这大自然赐予的快乐吧。

在凌晨独享静谧的雪景后,当村庄苏醒过来后,狗便会追随着小主人们,一起在地里竹园里的雪地上玩,奔跑、打滚、追逐从草垛里被赶出来的麻雀。狗的那种开心跟小孩们的开心一样,任何一个人都能感觉到。

落雪狗欢喜。大人们每年下雪后都这样说，我们也听得耳朵都长茧了。但大人们从来讲不清楚，为什么落雪狗欢喜。我们在电影和图书上都会看到，不管是我国的东北人，还是苏联人、美国人，甚至是因纽特人，他们的雪橇都是狗拉的。天寒地冻的雪地上，狗光着脚拉着雪橇奔跑，为什么依然很职业且不怕冷呢？

我是注意到故乡的冬天很少下大雪后才明白，为什么狗不怕冷，为什么落雪狗欢喜。落雪狗欢喜是有生物学基础的。原来狗和狼等犬科动物，身体里的汗腺并不发达。狗用于调节体温的汗腺，只分布在四个爪子的肉垫上，非常少。仅靠爪子出一点汗，是无法降低体温的，它们不能像人一样，通过出汗来调节体温，它们的身体一旦热起来就很难降低体温，所以狗非常怕热。

怕热的狗，一旦赶上下大雪，奔跑在雪地上，雪的丝丝凉意，透过狗爪传输到身上，这种刺激享受的愉悦，恐怕只有与人大热天喝冰镇饮料或吃冰镇西瓜才能媲美。这种刺激享受，它们怎么能不高兴呢！

故乡老话，其实是发现并归纳了狗在雪天的一种表现，却没能进一步发现这种表现背后的原因，这或许也体现了中国式发现与欧式科学之间的差别吧。

顺带说一句，如今一些养宠物狗的人，还喜欢给狗也做双鞋子，真是荒唐。

不过，我故乡老话说落雪狗欢喜，常常不是特指狗的这一习性，更常用来暗喻小孩们见到雪之后的快乐，而这，才是这句俗话的真义所在。

2015.11.27

秋收之后，江南故乡原野图景

秋收之后，故乡的田野是什么样子的？

少年时，故乡秋收后还未翻耕种麦的原野，像色泽鲜艳的图画，在记忆中开始回放。秋收前故乡的田野，是金黄和翠绿镶嵌在一起的巨画，金黄的是稻子，翠绿的是杂树竹园。这巨画是自然、是岁月、是时令、是农人的劳作共同创作的。秋收之后，这巨画换了另一番图景。画中翠绿依然，只是金黄已逝。而金黄从画面上消失，意味着故乡秋天已近尾声。

秋收后的天空依然辽阔，田野上阡陌纵横，一行行一列列的矮矮的稻茬，直指穹苍，但多少有些委顿。这一行行一列列的稻茬，既像列队训练的兵士，又像少年习字时田字格里的字，横平竖直间，可以看出春天插秧时农人的用心和努力，也记录了时令更替，岁月印痕，以及收成的悲喜——那田野里散落的稻草、稻穗、谷粒，也记录了这一切。这看似宁静的画面，其实充满着常常为人所无视的勃勃生机。

短短几天,这看似枯萎衰败的稻茬上,又会长出新绿,在太阳下秋风中的田野上,颇是醒目。不过,这新绿不像春天的秧苗,是没有未来的,过些天,它们就会被连根翻起,迎接故乡凛凛北风,化身肥沃大地的原料。但是,它们不去想未来,它们只是依着内心的生机和欲望,在穹苍下和原野上肆意绽放自己的生命。

稻子收完稻穗拾过后,原来掩映在稻田里的杂草,这时已经暴露在光天化日之下,纤细,脆嫩,在稻田里蔓延。很快,它们会感受到阳光和秋风,渐渐枯黄衰老,就跟田埂上的杂草一样。但是,在这最后的日子里,它们努力汲取着阳光大地的恩泽,尽可能展示着自己生命的美好。

竹芒(方言,蚂蚱)依然活跃地在草上、稻茬上蹦来蹦去,如果不是丧身于顽童,它们也知道自己的命运将如何,这是它们的天性,但它们依然抓住这最后的华年,唱着自己的歌,迎接命运最后的裁决。

田鸡,那些小小的牛屎田鸡,身形已经明显不如夏天时那么灵动了,扑击它们已经非常容易。它们在野草和稻茬间跳来跳去,很快就会找地方冬眠,以度过故乡漫长的严冬。小时候,秋收之后,地里常常有绿色的小蛙,它们过去是伏在稻叶上、竹叶上的,这个时候,它们失去了怙恃,也只能跟牛屎田鸡一起厮混了。

田埂上的一些草已经开始枯萎,倒是野菊花,一簇簇小小的黄花,傲然绽放在田埂上,恣意摇曳在阳光下的秋风中,这是它们的季节。

　　田埂边一些地方，会散落着一些稻壳，这是田鼠的地盘，它们偶尔也会在白天窜出来，在地里奔突，引得顽童追击。它们的窝太过明显，常常招来玩童，顽童们在洞口，或者点着稻草往洞里灌烟，烟熏火燎，逼迫田鼠抱头窜出，然后追击消灭它。或者，几个顽童围着洞口，一人一泡尿，水淹——田鼠怕水，同样被逼出来。小时候，这样的事，我每年没少干。

　　当然，稻子收完后，黄鳝洞也暴露出来了。与洞口散落稻壳的田鼠洞不一样，这个时候，黄鳝要准备冬眠，它们把洞里的土弄了出来，洞口常常堆着黄鳝吐出的新鲜软泥，一眼就可以看出。大人喜欢用专门的挖黄鳝的铁锹挖，我用割草的镰刀、铲子也能挖。与发现田鼠一样，对于顽童来说，这兴奋甚至是美味难敌的。

　　这个时候，虽然已是深秋，顽童们依然喜欢光着脚在地里跑，稻茬是软的，不会扎脚。我最喜欢秋天田野里的软泥从脚指缝挤出的感觉，软软的，痒痒的，阳光下这种感觉是一种特别的享受，只有油菜籽下来时站在油菜籽上，才有如此曼妙的感觉……

　　远观，故乡秋收后的田野，是一幅美丽的巨画。近看，那里全是自然界生命的韵律。

　　不过，如今，秋天依然，但已永失我爱。

2016.10.28

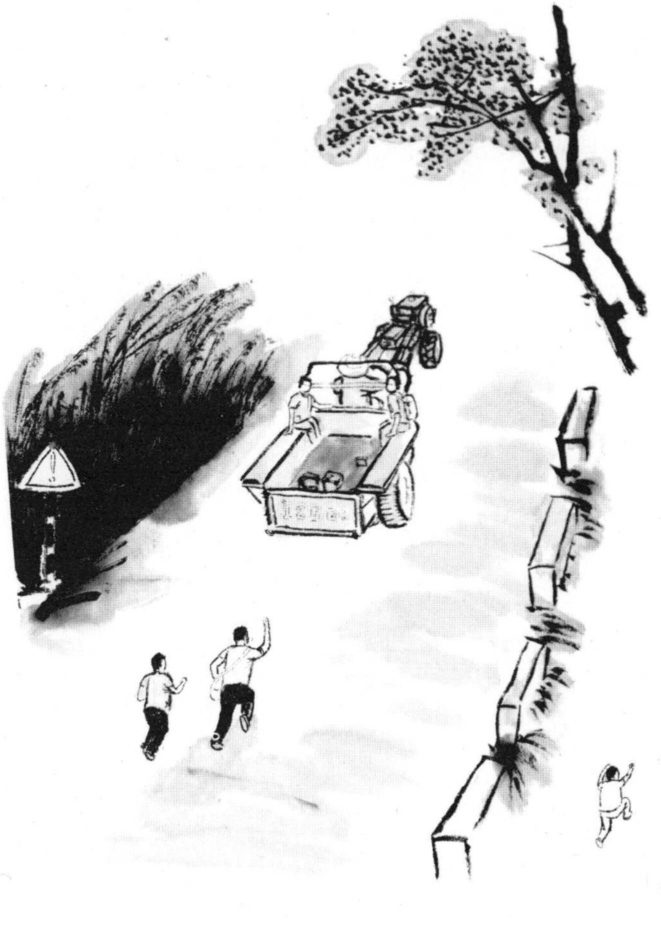

钓 田 鸡

钓田鸡这活,苏南乡下四十多岁上下的男人甚至女人,差不多都干过。故乡河塘多,养鸭有天然优势,我家每年也都养十来只鸭子。白天把鸭子关笼子里,傍晚放水里去放风,放风之后赶回家。为了让鸭子长得快些,通常还会喂糠、小鱼、蚌肉和田鸡、蚯蚓之类的。蚯蚓不经吃,小鱼、蚌肉费事,只有田鸡喂鸭最经济实惠。所以,钓田鸡喂鸭,成了那个年代小孩夏日的必修课。

那个年代,抓田鸡的方法,一般有四种:一是扑打,二是钓,三是用鱼叉叉,四是用手电筒照。不过,鱼叉叉的和手电筒照的,通常是大田鸡,俗称青蛙,或山鸡,麻岔田鸡(背皮褐色有麻纹)。白天用鱼叉到河边或田边叉山鸡,晚上用手电到田里照田鸡,基本都是大人和大孩子的活。

小孩最擅长的是扑打和钓的方式。扑打很简单,看见路边田鸡,拿根棍子,或者干脆徒手扑上去,扑打住田鸡。不过,此类田鸡,个儿通常较小,最常见的,俗称牛屎田鸡,其色灰褐。这种田鸡故乡最多,至今犹是。

故乡的夏日,稻田里的稻飞虱、蚊子、蠓素子(一种特别小的虫子,嗜血,最喜在傍晚时成群结队行动,一巴掌可以拍死几十只,叮咬人很痒)、牛虻、苍蝇之类很多,这些都是田鸡的美味。我多次亲眼见过田鸡扑虫。这种生存环境和食物链条的存在,让故乡的田鸡多得随处可见,它们自己也就成了鸭子嘴里的美味了。

钓田鸡其实非常简单。通常有两件工具,一是钓竿,一是装田鸡的容器。钓竿很好做,一根细小的竹棍,称手就行,一头系上线,随便什么线都行,用一般补衣服的线也行,取长短适中一条。钓田鸡不像钓鱼,用不着钩子,只需在线的另一头系上食饵即可。田鸡这玩意儿挺怪的,咬住食物后大多不肯松嘴,有时候还得用手去把饵食从田鸡嘴里拉出来,甚至有时还会把田鸡舌头都连着拉出来,它都不松嘴,真奇怪。我后来猜测,这跟田鸡捕食的习性有关,它需要跳起来张嘴伸舌扑食,对灵活性、准确性和体力要求都极高,一次扑中花费甚大,所以不肯轻易放弃。

装田鸡的容器,最常见的就是塑料袋了。再找根铁丝,折成一个碗口大的圆圈,并露出一截来,把塑料口袋开口处围套在铁丝上,露出的那截铁丝插在一根小竹棍或篱笆棒头,一个装田鸡的容器就做成了。塑料袋的深浅大小,表明了钓田鸡人的水平和任务，深即装的战利品多。塑料光滑，田鸡落袋后跳不出来。过去通常用化肥袋的内袋改造。除了塑料袋，偶尔还用钓鱼时装鱼用的小竹篓来装田鸡。

钓田鸡的食饵更简单，蚯蚓、昆虫之类都可。但我们最常用的，还是田鸡腿。先扑打一只牛屎田鸡，撕下它的腿系线头上做饵。用牛屎田鸡的腿来钓田鸡，如钓山鸡、牛屎田鸡，而它们咬住后还不松口。小时候觉得这些田鸡挺笨呆的，但如今想来，有些惊悚，这样饥不择食吃同类还不松口，真是残酷。至于为什么用牛屎田鸡腿钓田鸡最好，我至今仍未明白。

早上不是钓田鸡的时候。太阳未升起之前，到处都是露水，田鸡晚上跟稻飞虱、蚊子之类战斗了一夜，吃得饱饱的，通常在睡懒觉，被早起的行人和牛惊着了，才猛然醒来，扑腾扑腾地乱蹦乱跳。

太阳升起之后，夏日的太阳很毒辣，田鸡通常畏缩躲在阴凉处不动弹，或者在补昨晚力战所耗的精神，此时也不适合钓田鸡，不过，这个时候，是寻找山鸡之类用鱼叉叉它们的好机会，此时它们多少有些呆傻。只有到了傍晚，太阳西斜之后，温度开始降低，更重要的是蚊子、蠓素子之类的虫子活跃起来了，田鸡也跟着活跃了起来。此时的田鸡大概也饿了，所以，它们看到活物跳跃，就扑将上去，不管是虫子，还是同类的腿。

但太晚了也不行，怕有蛇及有毒的虫豸。每当夏天的傍晚，乡间田埂上三三两两的，都是钓田鸡的小男孩，举着细竹棍，拎着塑料袋，一边走，一边把棍子上的钓线荡进田埂边的杂草丛中，或者稻田里的秧苗间、菜地里、菜叶间。田鸡不动的时候你很难发现它，尤其是牛屎田鸡，个小色泽灰暗，更不易发现。钓线系着田鸡腿一抖一荡，俗称引田鸡，勾引嘴馋肚饿的田鸡上钩的意思。一抖一抖间，突然感觉竹棍一沉，钓线拉直了，是田鸡咬饵了。赶紧一拉，拎到空中，牛屎田鸡蹬着腿，咬着田鸡腿不松嘴。急忙伸出钓袋，接着，一抖搂棍子，田鸡扑脱一下子跌进了塑料袋，徒劳地在塑料袋里挣扎。钓田鸡、接田鸡是个熟练活，手生的话，田鸡常常跌落在塑料袋外，那就白费功夫了。不过，钓田鸡次数多了，熟能生巧，这手艺也就无可炫耀了。

随着脚步的移动，渐渐地，塑料袋里的田鸡越来越多了，层层叠叠的，都在挣扎着想跳出来，不管是否踩踏同样命运的同类。偶尔也会钓到大青蛙麻岔田鸡，这算是意外之喜。太阳还未下山，塑料袋已经沉甸甸的了，有小半袋牛屎田鸡了，今天鸭子的晚餐丰富了。

回家之后，打着口哨，招呼自家的鸭子过来，伸手入袋，抓住几只牛屎田鸡就往鸭群里一扔，在鸭群热烈的聒噪声中，这些落地后试图趁机跳跃逃走的田鸡，都成了鸭子的嘴中美味。别看鸭子笨拙，但一摇一摆间，鸭子的嘴和脖子动作极快，没有田鸡能逃脱。

田鸡一直被当作益虫，人民公社期间曾受过保护，比如街上就不让卖大田鸡。我小时候曾经看过一本连环画,说红小兵抓偷钓田鸡的地主儿子和地主,也算是一个时代的剪影。不过,每年夏天,我们这班小子们,都是日复一日地钓着田鸡,但牛屎田鸡照样很多。它们吃害虫,也被人钓给鸭子吃。

或许,我们的行为,也算是自然生态链条上的一环吧,虽然今天看来,大是残酷且不环保。不过,后来的孩子都是独生子女了,我在故乡的那些晚辈们,再也没有谁钓过田鸡了,甚至,他们连钓田鸡都没听说过。

生活已经发生了不可逆的变化。

2013.8.23

搓 草 绳

故乡的冬天，阴冷难耐。

在我的童年时代，人民公社时期，冬天麦子种下之后，便是漫长的农闲，除了整修沟渠，几乎无事可做。无事可做，意味着没有收益，尤其是没有现金收入。这在贫困的岁月，是很要命的。

到我少年时代，社会渐次开放，经济渐渐活跃起来了。故乡当年的交通要道，永胜河和永安河边及其周边相连的支流，都是高埂地。人民公社时期，曾有为数不多的砖窑，矗立岸边，挖土烧砖、烧瓦，以供周边房屋维修改造之需。政治一放松，经济便盘活。当年的砖窑，被人承包，很快就红火起来。垂范之下，永胜河、永安河水系，小砖窑纷纷拔地而起。附近村民，没有能力或机会开砖窑的，便在河边自家（自留地）高埂地上，砍树割草，开设坯场，挖土做砖坯、瓦坯，以供砖窑烧砖所需。

不过，故乡多雨雪天，土制的砖坯、瓦坯，堆放在露天，保护是个问题，虽然搭个架子能够防雨雪，但冬天也冷，土坯容易冻裂，烧制的砖瓦便会出现质量问题，于是防雨水取暖，便成了坯场必须认真考虑的问题。

过去故乡防雨防冻，最原始的方法，便是用稻草织成的帘子，俗称草帘子，一来稻草能保暖防风，二来雨雪打在草帘上，容易顺着稻草下滑，不易积在坯堆上。这农民就地取材的原始智慧，解决了防雨抗冻的问题。不过，坯场人家，挖土踩泥做坯，本身是个非常繁重劳累的苦力活，根本无暇再编织草帘。于是，坯场人家便首先向亲朋好友购买草帘，相当于订购。一传十，十传百，草帘也就成了非河道边农家冬天的生意经。一些村子都会在冬天编织草帘，挣些辛苦钱。

编草帘需要大量的稻草和草绳。于是，搓草绳，也就成了一门生意。虽然在产业链的末端，挣钱最辛苦，但也最容易学，老人、小孩都可以做。我就是在这样的情况下，跟弟弟一起，随着祖母、母亲、堂姑，每个冬天放学后的晚上和放假后，都坐在家搓草绳挣钱，贴补家用，也为自己读书挣些钱。

彼时我家人多，既编草帘也兼卖草绳。搓草绳主要是老人、孩子的活。那个时候，每天，祖母首先给我们准备好几个稻草把，我和弟弟便一人抱着稻草，一人扛着木榔头，到村里唯一一口水井边，那里有一个四方形的青石墩子，非常沉且结实。一人把草把放在青石墩面上扶着，一人举起榔头，用力捶打。

扶着的人还得经常转动草把，以让稻草均匀受力，偶尔，还会洒一些水。差不多的时候，把草把拎起来，抖搂几下，把草屑抖搂掉。这时的稻草，柔软光滑，手感非常好。

当时我常想，要是床板上铺的稻草，也都这样捶打过，躺在上面，该多舒服啊。可惜，这实在有些奢侈了。新稻草有些脆，搓绳太硬，不称手，也易断，不结实。捶过之后，方便搓绳，柔韧性也大大提高了。这个活，方言俗称"锄稻草"（实际上是捶稻草），是搓绳前必须干的活。锄稻草时，后面常排着队等着，排队的人会打趣说，小心榔头砸着手啊。榔头倒未必会砸到手，不过，榔头脱柄而飞出，倒是有过几回，好在没伤着人，也算是触目惊心了。

把捶打柔顺的稻草抱回家，放在地上，取一只碗，倒上一碗水，放在一张小板凳边上，讲究的，膝盖上铺块围裙（搓绳时草屑太多，容易碜痒），不过，像我们这样，就无所谓讲究了。坐下，拈两根稻草，先夹在两个膝盖间，哗哗哗地开始搓起，几根稻草搓掉，草绳已经有一定长度了，便压在屁股底下，开始了漫长的搓草绳生活。

搓草绳手容易干裂，如果搓得少，过去常是在手心吐口唾沫，但这是挣钱，是长活，边上那碗水的意义便出来了。时间过去，屁股后面的草绳越来越多。小孩能够坚持长久的原因，不在于你帮家人干活，能挣钱，而是搓绳者之间的比拼，大人不断地口头鼓励，没有谁愿意轻易认输。虽然一开始会腰酸腿疼的。

冬日上午太阳下的墙角,下午的屋里,晚上昏黄的灯下,小孩们跟着大人,认真地搓着绳。到屁股后满满一堆了,父亲和祖父便会把草绳抱走,在屋里绕绳卷,也就是在门口和另一头,地上各打着两个细桩,把绳绕过细桩,达到一定长度后,截断,然后绕成麻花形状,一捆草绳便已完成。堆放在墙角,等着开船的过来收。同样,墙角还堆放着织的草帘子。

当年搓草绳时,我们都是很认真用稻草来搓的,也有偷工减料的人家,经常掺杂草壳。

一个冬天草绳搓下来,家里堆放的稻草,少了许多,每个搓绳的手掌心,本该是柔软的地方,都是毛乎乎的。至于挣了多少,我不清楚。我已经记不得草绳的价钱了,好像是五分钱一斤吧。至少,在缺少现金流的时代,搓草绳,也算是一物多用,为改善生活尽了力。

当年的劳作之苦,都已过去,已化为今天的美好回忆了。

2013.12.2

战备沟边

我小的时候，故乡种完小麦，灌溉的沟渠里已经只有涵洞附近的低洼处才有些微的水。

这个时候，你可以看到，灌溉时被从河里随水抽上的小鱼和泥鳅，一些已经泛白，一些尚在挣扎，尤其是小泥鳅。这些尚在挣扎的连猫也不屑去碰的小鱼、小泥鳅，常常成了幼年小男孩的玩物。我幼年的时候，也常喜欢抓这小鱼、小泥鳅玩。用草往鳃里一穿，拎着一串在小朋友中显摆。故乡乡下，几乎每个小男孩的童年，都有这样的经历。

我那个时候，年幼无知，还不懂得"涸泽之鲋，相濡以沫，相呴以湿，曷若相忘于江湖"的道理。

不过，这个时候，稍微年长一些的男孩们，早已志不在此了，他们和大人一样，把眼光投向了战备沟。

战备沟，是人民公社时期，故乡开挖的深沟。过去农村响应毛主席号召，深挖洞、广积粮，备战备荒为人民，挖战备沟，属于备战。小时候听大人讲,这是为抵抗苏联进攻而准备的壕沟,主要是用来阻挡苏联的坦克的。谁也没有想过,苏军的坦克真要从北方打到南方了,这壕沟还能否挡住。当然,这更多是乡野之民的谣传。父亲后来跟我说,开战备沟,当时主要目的是彻底打通东边的永安河和西边的永胜河水系,让它们直接贯通,有利排水。父亲一个农民所言,自然也是一家之言。

记忆中的战备沟通常呈梯形,上宽下窄,上宽超过5米,深超过2米。我家门前往南400多米处,有一条东西向战备沟,东连永安河,西连南大漕水系,北与我们村的小漕河、葫芦头水系相通。我们村北600米处,同样有一条类似的战备沟,东西均接北大漕水系。两条战备沟两边都是附近村子的良田。

故乡河道密布,种植水稻,人民公社时期灌溉用的水利沟渠也很发达。这战备沟土方工程浩大,但开挖之后,却扔在了那儿,既没有让苏军的坦克沦陷,灌溉水田也利用不上,只能储上一沟没用的水,傻呆呆地白占了许多良田。故乡那个时候最不缺水了。

没过几年,周围的村民便在战备沟边种上了豆子。一季蚕豆,一季黄豆,偶尔还种些青菜。战备沟里,不少地方种上了茭白,当然,沟里的水草自是十分丰美,是喂猪的好料。故乡是鱼米之乡,物华天宝,平素地上挖条沟,春水漫过,都能长出鱼虾来,更何况这横亘在故乡肥沃土地上与水系相通的战备沟。

春天和夏天两个季节,战备沟的水最满。比如我们村南边那条战备沟，每年的梅雨季节，河里漫过的水，都会与沟里的水融为一体；村北的战备沟，虽说地势高，黄梅天沟里的水，通过涵洞哗啦啦流入北大漕水系，而河里的上水鱼，都会逆水而入战备沟；兼之平常这些沟，都与田地灌溉沟渠相通，物畅其流，战备沟里也就什么都有了，尤其鱼虾。夏天的时候稻田要水，灌溉站经常要打水，灌溉沟渠和地里都有水，战备沟里自然也是满满的。

那个时候的夏天我学游泳，刚学会狗刨，很多练习便是在这战备沟里进行的，不过，得跟着大孩子。战备沟学游泳最不好的一点，就是深浅到处一样，不像河里有浅滩有深潭。

夏天的时候，在战备沟打猪草也是少不了的。战备沟里的水草丛中有一种特别的美味，糠虾，一种淡水虾米，用来烧咸菜、做酱菜，绝味。我那个时候常跟着祖父、堂叔等人，用搪网到战备沟搪糠虾，一网下去，拖上来，水草瓦砾中，银白的小鱼、青褐色的小虾活蹦乱跳的，从来没有空网的时候。

待到秋天，稻田里不再要水灌溉了，雨水也比春夏两季要少了，战备沟里的水开始进入只出不进的状态。除了会被农民用来浇自留地，蒸发也是很厉害的，战备沟里的水渐渐浅了下来，水草露出了水面，露出水面的的茭白也越来越多。

水越来越浅的时候，战备沟边的半大小子甚至大人也多了起来，有人拿着搪网在沟边逡巡，这个时候，搪网的目标已经不在糠虾上，而是在战备沟的鱼上。战备沟里的鱼，从䱗条、鳑鲏到鲫鱼、鲤鱼、昂公、鮰姑甚至草鱼、乌鱼，从泥鳅到黄鳝，都有可能成为战利品。

也有人开始下水，用赶网赶鱼。一阵捣腾之后，也是网网都有收获。甚至，有人开始在沟里分段筑堤坝，然后几个人合伙，用粪桶、撩勺之类的工具，把堤坝里的水一点点弄走。这个有些惨烈，水干之后，大小鱼都跑不掉，有点赶尽杀绝的味道。不过，这样的收获最丰，不仅有鱼虾，还有黄鳝，甚至偶尔还会有摸到甲鱼的！

我后来稍大，跟我同村人及我弟弟等，也都喜这样干。天渐渐冷起来，水越来越浅。不过此时，大一些的鱼基本被周围的少年和壮年打捞走了，剩下的，就是涸辙之鲋之类的了。不过，这战备沟已经成了一个像河一样的自我循环的生物圈，物产比灌溉排水沟丰富得多，几经劫掠之后，还是有不少鱼虾在里边。还有许多少年在沟边寻摸，试图有所收获，而事实上，战备沟也总不会让你失望的。即便那些裸露在天空下的沟底，按照故乡的说法，太阳一晒，第二年的物产更丰富了。事实上也总是如此。

这才是鱼米之乡。不过，如今战备沟很多地方已经坍塌填没了，有沟的地方，也早已没了鱼虾。水脏了，鱼米之乡的风水也就破了。

2014.10

种 蚕 豆

蚕豆是故乡旧物，至今仍家家户户都有种植。

在我们的成长过程中，蚕豆在我们的生活中留下了极其深刻的记忆。每年蚕豆成熟的时候，上学路上，我们都是"顺手牵豆"，一路行走，一路采摘一路剥壳，到学校蒸熟了当下饭菜。无论谁家哪村的，都会惨遭我们的"毒手"。

不过，在故乡偷摘他人家蚕豆通常不会被视作偷窃，"蚕豆结结，不采不结"，便是对小孩采摘蚕豆的最好说辞。关于乡下对偷摘蚕豆态度最好的描述，是迅哥儿《社戏》中的桥段，来自生活，绝对经典。

偷摘蚕豆不会被视作偷，被人发现了，顶多数落两句，但偷蚕豆种却是大大不一样了。

故乡霜降前后，是种蚕豆的季节。人民公社时期，蚕豆作为故乡主要的农作物，也曾经小片种过。收过稻子以后，就直接在稻田里点种。一区几亩地里，种的都是蚕豆。所谓点种，就是拿施化肥用的尖木棍，在地上戳一个洞，放上一两粒蚕豆种，撒上草灰，盖上土即了事。

除了良田里小规模种过蚕豆，故乡的蚕豆还种在麦垄里，属于与麦子间种，当然更多是种在田间地头，利用田埂之类，充分利用空间。

豆种种下后，便不理不睬了，就等着它们发芽，钻出地面，直到鹁鸪鸪鸟叫，开花结实。

当年蚕豆长出，收了集体分给村里人家，蚕豆棵可以还田，铡碎后拌在河泥中，发酵成有机肥料；或者，垫羊圈，任羊撕扯；或者，干脆晒干了，可以当柴烧。豆荚也可以肥田，也可以当柴烧，还可以喂羊。当然，蚕豆的根茎长有瘤子，也是肥田的好东西。

不过，分田之后，农民舍不得在良田里种蚕豆了，蚕豆生长的主阵地，主要是在麦田的田埂上，或者马路边、水沟边、篱笆边，利用一切可以利用的空间，最奢侈的，也不过就是在自留地里种一块，充分显示了农民的精明和算计。

最初种蚕豆的时候，蚕豆种还算比较金贵，蚕豆播种又需要深植，所以种蚕豆的时候很精心，洞要戳得深，蚕豆要一粒粒计算好放。后来条件渐好，种蚕豆便不再这么讲究了。通常先把田埂上的杂草铲掉，然后用铁锹一路戳过去，在田埂两边各戳出一路狭窄的空间来，是谓"松土"；然后端着装满稻草灰的"垫出"（簸箕），一路在狭窄的空间撒一遍，是为施肥，过去常说稻草灰富含钾肥,蚕豆还是需要施肥的;接着,弯腰把准备好的豆种一粒粒顺着狭窄的空间放进去,不再讲究点种时一个窟窿一个窟窿地戳出来放进去,简单了许多,当然,用的蚕豆种自然也比过去多了些;最后或用铁锹拨拉或用脚踢塌,使松动的土把撒了蚕豆种的空隙覆盖掉,让土壤温暖地护卫着地下的蚕豆种,以迎接寒冬到来。

蚕豆种下之后,其实不需管理,既不用打药,也不用施肥。不过,蚕豆种下后,却有"天敌",那就是偷蚕豆的人,尤其是小孩。无论是生产队时期,还是分田之后,大人一般不会去土里拨拉蚕豆种偷回家,这事费事且收获不大,道德上的风险却太大。但是,小孩无事,也不以为是偷,经常成为蚕豆种的杀手。

故乡吃蚕豆,有一种吃法,把蚕豆浸泡发芽,称为"回芽蚕豆",煮、蒸或烧咸粥,都是极棒的味道,人人喜欢。蚕豆种播种之后,过了一段时间,它在地底下也发芽了!小孩此时最愿意拿根棍子去掘田埂上的"回芽蚕豆"!

蚕豆种种下后很好找,一般有灰烬印迹的地方,一定有蚕豆种。小孩挖出发芽的蚕豆来,高高兴兴地带回家,想美美吃一顿,不过,一定会遭到大人的责骂,因为,这是种子啊,把种子都挖出来了,这要绝收的啊,被人知道,是要被骂死的。但小孩少不更事,挖出来了,也不敢送回去埋下,活不了了,扔了也可惜,大人只好一边教训孩子,一边偷偷地把那些蚕豆种煮熟给孩子吃了，不敢吭声。

　　当然，小孩偷掘蚕豆种，一般也不会把一处的蚕豆种全掘出来，那容易被发现，所以也是这里找一些那里找一些，偷完后还会把地复原。蚕豆种被偷走后，主家也不知道，即便蚕豆钻出地面，长得稀稀拉拉，大多也不会去想这个地方曾遭小孩偷过，而是骂卖蚕豆种的种子不好，好多没长出来，其实是错怪了卖种子的。

　　偷蚕豆种的事，也是一代代见样学样的，稍微大一点后，懂事了，便不再去做这等坏事了。故乡的小孩，如今恐怕不会再有人像我们那个时候去偷蚕豆种了。

2014.1.15

浴锅新事

2012年我在故乡用手机拍了家里的一口用来洗澡的浴锅照片,引发了朋友们巨大的好奇心。彼时我接受我的朋友时任常州市驻京办主任的王亦农兄建议,写了篇《浴锅旧事》,介绍了故乡在铁锅里洗澡的旧俗。也即是从此文起,真正开启了我在新浪博客上系列撰写江南旧闻旧俗和乡间美食的历程。

但无论我写什么,这口用来洗澡的大铁锅,永远是故乡乡俗最引人注目的非著名代言。故乡有相似生活经历的朋友自不必说了。异乡的朋友们不仅在微博、微信上相询,见面也总是掩饰不住好奇,相询故乡浴锅事宜。

好朋友L是央视电视节目主持人。彼时她还没有读过我那篇《浴锅旧事》,看到我第一次发微博的浴锅照片后就跟我说,一定要找机会,到我故乡见识一下,最好尝试泡一下。

后来一次见面聊天,她又好奇问我,我详细跟她介绍了故乡浴锅之用,及过去习俗,就像那篇《浴锅旧事》中描写的,她惊讶地瞪大了眼睛,好久说了句:"那我可不敢去泡了,不过,要去常州,一定要去你家参观一下。"

新年之前,L到金坛公干,金坛也属常州,恰好地方对接的也是我的好友。L跟我金坛好友提到我以及我家那口非著名的洗澡用铁锅,金坛朋友随即笑着打电话给我,L在电话里一说那口锅,便忍俊不禁。

当然,不仅L,许多北京的朋友和家在常州城里的朋友,对我家那口锅都似乎有了割舍不去的情感。2013年,《中国周刊》一干旧同事在我故乡公干,恰好我在上海参加发改委的一个会议后,顺道回家,一众兄弟姐妹们都要去我家参观,尤其要观赏一下那口非著名的大铁锅,是如何能够盛放下他们老总那肥硕的身躯的。结果,发现他们老总所言不虚,一众青年才俊纷纷拍照留念,其中一位小美女,还穿着衣服,爬进了浴锅,当了拍照的模特。

事实上,在我故乡这样的浴锅里,人都是脱了衣服光溜溜进去的,只有被杀的猪,是带毛进浴锅,出锅时猪身上的毛几乎已被褪掉,也是光溜溜出锅的。

其实,我家的浴锅,我弟弟已经对它进行了很大的改造,进水系统用了土制自来水,万一烧得太烫了,直接拧开水龙头便可加凉水。夏天甚至可以直接用太阳能热水放进浴锅洗澡,不必再像过去似的烧汤,饱受夏夜烧火之难耐闷热了。

不过,虽然经过了近代化的改造,但浴锅骨子里依然还是农业社会温暖的残存。我至今每次回家,只要在家居住,便会要求烧汤洗浴。一大锅水,烧热之后,浸泡在里面,往身上撩泼,水凉了则加柴火烧热。父亲或母亲在灶窠膛里添柴加火,弟弟立在边上给我搓背,一边聊些近来村里及亲友们的家长里短,品头论足之余,全是久违的亲情和温馨。

2013年,我在离父母十多公里的湖塘镇买了套小房子,太座知我爱泡澡,装修时对浴缸特别精心,但是,那次回家,第一次正式入住,我不过在里边冲了个淋浴。我跟弟弟说,我想回家泡澡。第二天回家,陪父母吃完饭,和弟弟一起,在寒冷的夜风中绕村走了一圈,便回家加汤。弟弟白天早已把大铁锅洗刷干净了,拧开水龙头,放进水,弟弟在楼下扯开嗓子,喊晚饭后在楼上的父亲下楼烧汤——不是我们兄弟不孝顺,而是父亲强烈要求由他自己来烧的。父亲热衷于给我们兄弟做这些事,顺便跟我们俩聊天。

这次洗澡,依然按着我上高中开始的顺序,我第一,弟弟第二,父亲第三。我浸泡在浴锅里时,父亲坐在灶窠膛负责添柴加火,弟弟站在边上,父子三人,家国天下事,甚至陈芝麻烂谷子事,都聊了许多,也了结了我心中许多疑问。当然,我和弟弟都少不得劝父亲,不必过于劳碌、过于执着,高高兴兴过日子即可。

弟弟按惯例给我搓背,高中至今,三十年了。弟弟说,老兄啊,恐怕到70岁的时候,我还要给你搓背啊。我笑着说,谁让你是我弟弟呢。我也给弟弟搓背，不过，更多是偶尔，父亲更少开口让我们兄弟给搓背。

　　一口浴锅里，同样也是一个天地一个世界。

2014.1.28

摸 鱼 佬

我的父亲曾是故乡周边最有名的捉鱼佬。一年四季，各有不同的打鱼方法。但有一种打鱼法，我只见父亲偶尔才做，那就是在寒冬时，穿着专用的皮衣下水徒手摸鱼。少不更事的我，曾问父亲为什么不摸鱼。父亲说太苦了。

其实，父亲大冬天破冰站在椭圆的木盆上下丝网，一点都不比穿着皮衣下水摸鱼好，晚上回家，棉衣裤都是湿淋淋的，都要用火盆烤，以便第二天接着穿。但是，父亲说，站脚盆收入高啊，摸鱼是嘴馋人喜欢的。

冬天下河摸鱼，要穿一种特制的皮衣，有些像早年铅潜时代潜水员穿的潜水衣模样，臃肿得很。

皮衣从脖子往下到脚心呈一体。脖子领是开口的，穿的时候脚要先进去，接着腿—腰—上身—手臂，脖子领口附近有襻扣，穿着细麻绳，其他地方穿好后，需要用细麻绳系紧，就像西装打领带似的，把脖领系住。皮衣的衣袖口，是松紧带的，松紧带的弹力要好,手臂穿进去后,要能够牢牢箍住手腕,以防下水后渗水。通常衣袖口比较窄小,为的是穿进去后箍得严实。不过,手掌穿过的时候会很费劲,通常要在手掌上擦肥皂,增加润滑度,以利手掌穿过。

故乡过去的冬日,也是非常寒冷的。穿皮衣的人,脚上要光脚穿进去,过去即使有袜子,也是自制的布袜,但在水里行走,本来就隔着一层皮衣,再穿袜子,水里触地行走的感觉不好。另外,不能穿着棉衣进皮衣,太过臃肿,皮衣本身就沉,行动不便,身上通常穿的棉毛衣裤,过去又称卫生衣裤,以保暖。须知,摸鱼要浸泡在水里,皮衣可以挡住水渗透,却挡不住冰水的阴冷。

过去的摸鱼皮衣,很少有完整皮质材料,一般都是一块块拼凑制成的,其御寒性能自然一般。不过,好在过去的手艺人讲究,不偷工减料,质量还过得去,大抵不必担心皮衣在水里迸裂的情况。

置办摸鱼的皮衣也是很昂贵的。我们村先后只有三户人家置办过。我们村最早冬日下河摸鱼的人,是我同宗伯父。每年冬日,太阳很好的中午,天有些暖和,他便把皮衣扛到门前的砖场上,开始脱衣穿皮衣。脚先进去,接着把皮衣一点点往身上拉扯,拉到齐肩时,伸出手来,涂抹上肥皂,然后把胳膊穿进衣袖,最后拉到齐脖子。穿摸鱼衣需要有人协助,通常不是我伯母便是他的儿女们。穿好之后,用条绳子把鱼篓系挂在腰上,然后让家里人拿瓶白酒,瓶子口对着嘴便喝了两口,让身体暖和起来,然后捡起一柄小鱼叉,说声走喽,便像电影里的机器人般,一脚深一脚浅地慢腾腾往村外河边走。

我后来想,幸好那个年代泥土路多,路上的小砖块瓦片甚至碗粉子都被捡走了当墙基材料,否则,薄薄的一层皮,还不把脚给硌坏了。

彼时村里打鱼,对村里的小孩和闲人而言就像盛大节日一样,大家都愿意去围观,冬天下河摸鱼,更是吸引人。摸鱼跟下网打鱼不一样,凭的是徒手,我夏天也下河摸过鱼,知道摸鱼的诀窍在借助地形。所以,摸鱼佬下水之后,第一件事就是用鱼叉击水,弄出很大的动静来,把鱼惊得动起来。

摸鱼主要摸的是野生鱼,尤其以鲫鱼为主,故乡河道,野生鱼中鲫鱼是主流。熟悉鱼性的人都知道,鲫鱼喜欢躲在"暗窠"(岸窠,故乡方言)里——河岸下通常有一截是空的,有树根暗洞等,是被水流冲刷出来的,一般胳膊长深,最深也有将近一米的。通常野生鱼中的鲫鱼等,包括甲鱼,都喜欢栖息在这里。

击水惊鱼之后,鲫鱼等都钻进了暗窠,以寻求安全,殊不知这就是摸鱼佬的阴谋。把鱼叉往边上一插,摸鱼佬便慢慢从水里走到河岸边,蹲下,尽量把肩膀露出水面(防止水从脖子领口灌进去),张开双臂,顺着一段暗窠,慢慢摸着合拢……突然间，摸鱼佬腾地从水里站了起来，举起一只手，手里抓着一条正在挣扎的鲫鱼，朝岸边围观的人群示意。在一阵阵"摸到了"的欢呼中，摸鱼佬满意地把鱼塞进了腰里的鱼篓。接着挪动庞大臃肿的身躯，换一段暗窠接着摸鱼。

冬天摸鱼时间通常不会太长，最多一小时左右。水的寒气透过皮衣，阴冷刺骨，时间稍长，手都冻得发麻。也因此，摸鱼佬通常不会像父亲打鱼似的，四邻八村都去，摸鱼佬只在附近村子周围的河里摸，他不能穿着摸鱼皮衣走长路，既冷也不方便。故乡打鱼摸鱼的人，都有程度不同的关节炎，其实也都与这种劳动方式有关。

暗窠里一般只能摸到野生鱼，量也不会太多。过去故乡习俗，野生鱼捉到是可以归捉鱼人的，所以，别的村里也会允许摸鱼佬下河摸鱼。摸鱼佬回家，通常会把鱼倒到砖场上，晾晒战果，不过，脱摸鱼衣时比穿更困难，一方面冷得发颤，要赶紧喝酒取暖，一方面手长时间泡在水里，肿了更难脱。

这种野生鱼，一般个不会太大，卖不出钱，所以大多都是进了摸鱼人家的肚子。故乡过去有谚"打鱼穷砍柴富"，指的就是这种情况，所以父亲觉得不经济，不愿做这个营生。

摸鱼佬这个营生，也是较早在故乡消失的职业。人民公社取消后，故乡的河大多承包给了个人，便不再允许摸鱼佬下河了，怕偷鱼，哪怕过去相熟，经济利益在人际关系中迅速占据了上风。剩下的没人承包的野河，无人打理，水花生蔓延，加上乡镇工业尤其是小印染化工、电子业的勃兴，河道很快被污染了，再也没人下水了。

2014.2.5

割麦少年

五月中旬回家的时候，门前麦地里的小麦还是郁郁葱葱的，不见泛黄。月底打电话回家问弟弟麦子收没收，弟弟笑着说，明天收麦子的就来了，今年麦子价格还不错。

这些年在外，我很少在麦子成熟时回家，都忘了故乡麦收时令了。不过，割麦子（常州方言音"枭麦"），曾经在我的少年时代，留下了至深的印象，虽然，我们这一代人，割麦子的次数远远低于割稻的次数。

彼时我们农村上的学校，大概自小学三年级起，每年农忙时都会放"忙假"，上半年一次，是"双抢"（抢收、抢种）时的"麦忙假"，下半年一次，是秋收时"稻忙假"。在最初的忙假时，我们也就是在家干些带孩子、烧饭、打猪草之类的，地里的活，最多也就是捡捡麦穗、稻穗，帮着拔拔秧、送送水、送送饭之类。年岁稍长，首先是帮着割稻子，再长，才有资格帮着大人割麦子。

稻子熟后，收割时稻粒不易脱落，所以，只要你想学想干，大人都不反对，最多交代你小心别割到手，把割下的稻把呈剪刀形放齐整。

但割麦却不会轻易被许可。麦子熟后，麦秆脆，麦穗也脆，用力不当，麦粒容易脱落，掉地里后很难收回，造成损失——须知，当时一亩小麦，产量二三百斤是正常的，损失的可能就是口粮，损失不起。当然，另一方面，也因为割麦子在农村是个脏活累活，小孩最易被麦芒扎得浑身痒痒。我基本上到五年级才开始学着割麦子。

割麦子可是个技术活，有许多讲究。割麦子前，通常要穿双旧的军鞋或胶鞋，不像割稻可以光脚，因为麦茬很锋利，就是穿了鞋，也常常有人被戳破脚，鲜血淋漓的，这样的场景经常可见。不过也正常，随便揪几片马兰叶子，吐口口水，揉软了，敷贴在伤口上，很快就止血了，或者，干脆撒把泥在上面。这自然超越了今天城市居民的想象力。但生活就是这样过来的，每个干过这活的人都有自己的记忆。

自然，割麦子的镰刀是要磨快的，所谓磨刀不负砍柴功。割麦子的镰刀与平常割草的镰刀不一样，柄长刀长，磨快了，割起麦子来才趁手。若刀钝，割麦时顺着麦秆打滑，最易割破拢麦子的左手和支撑的左腿，割破手腿在当年也是经常发生的"血案"，解决方法不外乎马兰叶和泥土。

一般早起的祖父或父亲就会在门前场上，在长凳上把割麦的镰刀一把把磨快，不止每人一把，总是有多的，然后每人挑选或自己顺手的，或过去习惯的，只有小孩，才喜欢抢新镰刀。那时年少不懂，新镰刀刀柄没有经过汗水和肌肤的磨炼，最容易让手起泡。

割麦子时，弯下腰，张开腿，伸出左手反手一把把麦秆拢住，右手挥镰下刀，贴着地皮上一寸左右，往身边回割过来。如果贴地皮太近，容易碰上地里的砖块瓦砾，速度快些，镰刀遇上便会顺着麦秆打滑，伤左手或左腿；太高，则留下的麦茬太高，以后翻耕做秧田费事，不合格，更何况麦秆也是农村重要的柴火，彼时柴火也很金贵的，浪费。

当然割麦子时要用巧劲，不能使用蛮力，蛮力出工不出活，还容易伤自己，同时右手掌容易出泡。还有一个需要注意的是，左手拢麦时，不能贪多，贪多一刀割不完，效率不高之外，也容易受伤。那个时候，常看大人左手反手一拢，一镰刀下去，一片空地出来了，很是羡慕，却学不来。

割下的麦子，顺着麦穗，集中轻轻平放在割完麦子的地里，与割稻时两把稻略有交叉放不一样，是平铺，而且一定要轻放，否则麦粒容易绽落。

我最初下地割麦，是跟着祖母，与祖母合割一垄。一般祖母负责三分之二，我负责三分之一，甚至更少一些，跟着祖母往前割。但因为早年营养不良，我的个头实在太瘦小，常常祖母已经割到地头了，我还在半中央吭哧。祖母则回转在半路插进去,帮着我割。一般大人不让我们捆麦子,还是怕没经验,用力不当,让麦穗的麦粒绽落在地里,得不偿失。

割麦子跟插秧一样,真的很苦,弯腰直腰,来回之间,一天下来,腰就像断了一般。第二天下床都困难,但还得咬牙起来下田。农忙,时令不等人,还要与雨天抢时间。割麦子另一个苦,就是脏,这个脏是割麦子特有的。麦芒刺扎人,常常会让人身上红一片。故乡俗话说"磣",是既痒又脏的意思,割麦子的活最甚。所以,割麦子时,要穿长袖、长裤,最好还要立起衣领来。彼时已是夏季,故乡的夏季闷热难耐,太阳下穿着长袖、长裤割麦子,其难受可想而知。

不过,十二三的少年在农村顶半个劳力了。割麦子也能记工分了,虽然还不是全工。而且,少年最傻,干活都特不怕苦似的卖力。我得承认,我割麦子的次数其实并不多,因为恢复高考后,家里人都希望我们能吃公粮,所以尽量让我们少干。

上中学时读到一篇小说《麦客》,写甘肃庄浪地区割麦的习俗,每年麦熟季节,农民专门外出走乡到户,替人收割麦子。彼时见少识浅的我很惊讶于有这样完全不同的生活。我后来大学同班有庄浪的同学,我们因为这篇小说一下子亲近起来。而在我故乡,也曾有过短暂的"麦客",不过多是在本地打工的安徽、四川农民,后来他们也嫌脏苦不愿干了。如今家里割麦子,也已经很少用人力了,都用机器,轻松了许多。

上学时课本里有白居易的《观刈麦》,彼时并不能完全理解，今天重读，感觉完全不一样，其中许多场景，都是切身体会：

> 田家少闲月，五月人倍忙。
> 夜来南风起，小麦覆陇黄。
> 妇姑荷箪食，童稚携壶浆，
> 相随饷田去，丁壮在南冈。
> 足蒸暑土气，背灼炎天光，
> 力尽不知热，但惜夏日长。
> 复有贫妇人，抱子在其旁，
> 右手秉遗穗，左臂悬敝筐。
> 听其相顾言，闻者为悲伤。
> 家田输税尽，拾此充饥肠。
> 今我何功德？曾不事农桑。
> 吏禄三百石，岁晏有余粮，
> 念此私自愧，尽日不能忘。

2014.6

一棵青豆里的乡村中国

今年秋天,父母没有再去卖青豆。

金秋时节回江南故乡,青豆正在收获,稻子也已灌浆,丰收的气象已有端倪。但物产之丰饶早已掩过丰收的喜悦。故乡流行种大豆,黄豆、青豆、黑豆都种。与东北成片种植不同,江南地少人多,田边地角,过去凡有空地处,随处可见几棵豆棵,全部利用起来。足见江南人的精细与勤劳。

故乡的大豆,一般有三用,一用是豆子还嫩的时候,当菜吃。另外二用主要是待黄豆老了,收获后换油,或者放着炒黄豆吃。

这个季节,正是故乡盛行吃青豆的时节。青豆是金秋时的当家菜,人人喜欢吃青豆。北地所谓盐水毛豆,在故乡其实是最粗鄙的吃法。故乡吃青豆的方法很多,丝瓜炒青豆,咸菜炒青豆,青豆烧豆腐,青豆烧百叶,青豆烧青菜……青豆几乎是这个时令的百搭鲜货。

我上中学那会，管制经济刚松动不久，父亲总是头天傍晚从家里骑车去常州附近的凌家塘批发市场，批回来一大袋青豆，家里人连夜剥好，第二天一早，父亲再去附近镇上卖青豆。

青豆剥好后即是净菜，可以卖出个好价钱。但剥青豆是个苦活，剥得死去活来，指甲生疼，这种记忆，挥之不去。

这些年家里经济条件好转，父母依着惯例，在田角地头种了不少大豆，甚至荒废的种了树的良田里，父母也种了不少大豆。往年这个时候，父母兴致很高，采青豆、剥青豆，然后由父亲带到镇上卖，一季也能挣个千儿八百的，虽然辛苦，但老人很高兴。

不过，今年秋天，父母再也没了卖青豆的兴致。过去我们兄弟百般劝他们别卖了太辛苦，都劝不住，今年他们自己不愿去卖了。我很好奇。"还怎么卖，"对父母卖青豆一向有意见的弟弟首先开腔，"吃死人的青豆都有啊，到处都是青豆，今年特别特别多。"

父亲告诉我，今年青豆刚上市时，能卖到十多元一斤，未及两天，青豆价格急速下跌，最低跌到两元多一斤。他说我叔叔婶婶还在卖青豆，价格大概三四元一斤吧。怎么会一下子跌得这么狠啊？"这几年种豆的人多啊。我们过去就是田间地头种些，自己吃点，剩下卖些，现在很多地里都种豆了。"父亲告诉我。

种豆比种稻简单，种下后不用管，不用打药施肥，也没啥成本，收成又好……为什么这些年种豆的人多了？其实是种豆的地多了。弟弟说："过去我们就是角角落落种一些，自留地种一些，现在像我们家，北边那区田，不种粮食，种上树了，中间再种些豆子，噢，荷花郎（即紫云英，学名苜蓿）又下种了啊。我们家种豆不也多了嘛。"

不过，这不是最主要的。关键是这些年拆迁征的地荒在那儿的太多了。那些地闲置在那儿，一开始大家不知道它什么时候动工，等着，一年、两年等着，好家伙，最多都十来年了，还荒在那里，人家就开始在那些地方种豆了。过去土地财政，搞万亩良田，搞工业开发区，加速工业化和城镇化，故乡和全国各地一样，征用了大量良田修路、造厂房、搞房地产。如今经济形势不好，老政策难以为继，原来征用的一些地，不少撂荒了。弟弟说不少地方种上了黄豆，我还是第一次听说。

重新开垦种水稻，显然做不到，规划了、征用了，而且种水稻要求高，引水灌溉，打药施肥，都是费心费力不讨好，种豆子则简单，一季即能有好收获。所以，豆子一下子多了起来，价格自然随行就市，跌得很惨。父母也就不干那吃力不讨好的活了，自己拔点回家当菜吃，其余的，也就等它们老了，等着收老黄豆了。

2015.10.6

山芋梗项链

关于项链，我读过的文学作品中，印象最深的，莫过于莫泊桑的那篇同名小说里的美妇人玛蒂尔德的命运。不过，这里我想讲述的江南往事里的项链，既非黄金钻石项链，也没有玛蒂尔德的悲剧命运，而是就地取材自制的项链，是物质匮乏时代安贫乐道的愉快的童年记忆。

我记忆中的项链，是用山芋梗做的。

山芋梗，也就是红薯叶的茎秆。我童年时代，故乡自留地上遍种山芋，故乡的山芋，品种异于北地，少有红心，多为白心，所以也说白薯。这山芋茎叶茂密，枝枝蔓蔓，交叉攀援，爬满一地。山芋的茎叶是个好东西，茎梗可以当菜，是故乡一道名菜，茎叶也是过去喂猪、喂羊的主料，老了割下来可以垫羊圈。

不过，对于小孩而言，山芋梗还有一个妙用，就是自制项链。怎么用山芋梗自制项链？

山芋梗的皮贴在茎肉上，可以轻易剥下来。江南清炒山芋梗，就是把皮剥掉后炒的。做项链时，通常掐掉叶子，剥掉茎秆上的大部分皮，让茎秆光溜溜地露出来，不过，最好一左一右对称并留两道皮。

山芋梗清脆，一折便断，留皮是为了骨断筋连，秆断了，皮还连着，才能做项链。如果只是一边留皮，山芋梗的皮是贴在茎秆上的，折断茎秆做项链时，虽然好看，但连得不结实，容易断裂。

茎秆折得长短，也有讲究。女孩子玩这个，一般折得很短，男孩子毛糙，折得较为粗大。折得细小费神，但好看；折得粗大，速度快，但难看。通常用山芋梗做项链时，一根山芋梗是不够的——通常一根山芋梗也就尺把长。江南小孩聪明，一根不够，两根，三根，甚至更多。每根的做法都类似，只是最后把这些折好的山芋梗连接起来，山芋梗项链就足够长了。怎么连？头尾相缠，山芋梗头尾处的皮和折断的茎秆缠绕在一起，就不会散开了。

做好的山芋梗项链，挂在脖子上，就是项链，挂在手腕上，就是手链，或者说是手串——如今大城市的人装雅，喜欢手上挂串，其实这是我们江南乡下小孩玩剩的把戏，我们还不花钱。

过去小孩做山芋梗项链玩，也会相互较劲，看谁做得好看，尤其是比谁做得长。不过，做得太长了，一旦连接起来，容易断裂，毕竟，靠那两道梗皮，不足以负太重。因此，一般就是做一条，再另做一条，几条一起挂在脖子上，一圈一圈，有长有短，这是很有趣的。

不过，彼时男孩做项链挂脖子上，大概不是因为爱美，更不是因为玛蒂尔德的故事，更多可能还是因为鲁智深、沙和尚脖子上也挂着吧。

小孩做好了项链，挂在脖子上招摇过市，遇上顽皮的，悄悄在背后一扯，链断珠散，剩下的不是哭就是追骂。这样的场景过去也常见。小孩子做山芋梗项链，其实是跟大人学来的。大人在摘撕山芋梗做菜时，常常会顺手给围在边上很小的小孩做条项链，挂在脖子上或手腕上，以逗小孩玩。或许，这种小游戏里，也有大人的某种向往富贵生活的寄托吧。这种寄托，过去也应曾代代相传吧。

不过，大人们一般都反对我们那种做项链法，那得浪费多少山芋梗啊！在过去乡下，浪费是一种恶习，所以，做山芋梗项链，一般小孩张扬，大人数落。做山芋梗项链，通常是学龄前儿童的游戏，及稍长，这个游戏就成了更小的孩子的了。不过，这个玩法，当年还是给我们苦涩的童年，增加了许多乐趣，是我们成长的印记。

如今的小孩，已经再也不会去玩山芋梗项链的游戏了。很多小孩，小小年纪，就有了首饰项链，多是对美的追求，也是一种炫耀。不过，动手做山芋梗项链的乐趣，也是如今的小孩想象不到的了。

2015.9

饥饿的记忆

我对饥饿的记忆,不是书上常常读到的饥荒时能够救命的观音土(我至今不识观音土),而是一种叫糠饼或糠团的食物。我在回忆往事忆苦思甜时,提到糠饼、糠团,身上都有一种要起疙瘩的感觉。

糠饼或糠团,是用油树叶焯熟后,和着细糠、米粉一起做的饼或团子。油树的学名是什么,我至今未知,网上也有说就是榆树的,其叶与榆树叶相似,但却没有榆钱;外形和叶子与榉树也相似,但没榉树高大,而且树干上会出油。这油树的叶子材质比较粗陋,大约也带着油性,所以成了糠饼、糠团的伴侣。细糠则是砻糠里的细微糠末,紧贴稻米一层的,放在细绷丝网筛里筛过,漏过网眼的,便是细糠、精糠,也带有油性,是喂猪的好材料。

做糠饼、糠团,简单。把煮过的油树叶子往细糠上一滚一揉,或做团子,或做饼。饼在铁锅上一煎,团子一蒸,便可食用。不过因为缺少油滋润，虽然细糠和油树叶都带油性，实际上饼团都是非常糙硌的，吃起来拉嗓子。吃糠饼和糠团，都是青黄不接时，度过饥饿难关的无奈选择。父亲说，通常在夏粮未下时。那个时候，油树叶子还嫩。

糠饼、糠团是我的饥饿记忆。我的父辈和祖辈都曾吃过不少糠团、糠饼，当然吃得最多的，是在1961年和1962年的上半年。后来再吃，已是意思一下。在20世纪70年代，我还曾吃过。那个时候做糠饼、糠团时已经可以稍微加些油了，但我们那时并未经历多少滋味和世事的稚嫩的嗓子和舌头，还是被呛拉得够呛。

"就你们吃那两块糠饼、糠团就算吃过了？也就让你们尝尝，忆苦思甜。你们吃的糠饼、糠团，都加了油，加了米粉了，比我们那个时候吃的，不知好了多少。"父亲对我近似于夸张的饥饿记忆和反应总是不以为然。

糠饼、糠团并不是父亲他们那辈人的饥饿记忆，甚至，在他们记忆中的20世纪60年代初，这糠饼还成了"美味"的记忆——这曾是他们的主粮，最严重的时候，得了浮肿病的老人，配给他们的营养，就是几斤细糠！2014年我在故乡走访时，故乡有老人曾经给我讲述过藏在被窝里的一筛子糠饼，被民兵抄走的故事，糠饼都金贵得要藏起来了！

2014年，我赋闲归卧故乡时，跟父母、兄弟在地里转悠，突发奇想，想请父亲种些我小时候常见如今很难见到的那种绿肥，即荷花郎。父亲用奇怪的眼神看了看我说："你发痴吧，种这个干什么？""炒着吃啊。""荷花郎有什么好吃的，一季吃不了几回，吃多了容易得青紫病。"父亲淡淡地说。"你们过去是没有油和盐，现在有盐有油，放些白酒，荷花郎一炒，好吃得很。"我说。

父亲尽管不太情愿，但最后没有拗过我的坚持，种了一垄荷花郎。我有些意外，父亲对我的建议从来很重视，唯有这一次，有一种软性的抵触在里面。我后来跟兄弟他们聊到这个话题，突然间明白过来，荷花郎是父亲他们的一种隐痛，是父亲他们的饥饿记忆。

父亲对于荷花郎的记忆，最是深刻。他和母亲年轻的时候，和同龄人一起偷过为喂猪积肥种植的荷花郎。故乡他们那一代人，普遍偷过东西，偷生产队种植的荷花郎，是最常见的偷盗行为。不饮盗泉之水，那是圣人。但良人被迫做贼，那是什么情况才会发生的啊？

不只是偷荷花郎，父亲他们吃荷花郎时，不是像我们今天似的加油、加白酒炒着当美味，而是水焯之后，剁碎，在米粉上滚成菜团子，我们家是一两米粉滚十个团子！会一手好厨艺的弟弟和他的朋友怎么也不能相信一两米粉怎么可能做十个团子。朋友的岳母跟我们说，我们家条件好，只做十个，他们家要做十二个呢。朋友的岳父接过话头说，"你们条件都好，我们家做十八个，集体大食堂做二十四个呢"。什么？怎么做？怕散？滚了后放蒸屉里蒸就不会散了。我们几个听了愕然无语。

父亲告诉我多次，荷花郎吃多了会得青紫病，当年很多人因为吃荷花郎得了青紫病。我后来才明白，青紫病是亚硝酸盐中毒，在一个时期内集中吃大量含硝酸盐较多的蔬菜，比如，以少量的米面做成菜粥、菜团食用，就会引起胃肠原性青紫症，特别是营养不良时。这个特征，与父亲他们那一代人及他们的长辈们的经历，特别地吻合。所以父亲提起荷花郎，总是念念不忘青紫病，本可美味的荷花郎与青紫病的恶名就这样绑在了一起。

表面是荷花郎吃多了易得青紫病，其实是父亲关于饥饿铭心的记忆和刻骨的痛。母亲从祖父手上接过当家的重任后，最虔敬的事除了祭祖事务，就是敬奉灶家嬷嬷。灶家嬷嬷就是灶神，本是道家之小神，其地盘，就是灶台，最多也就是灶间那么大。平常人家，常会为灶神留一个位置，即便是破四旧的年代，灶台上都有一个位置是留给灶神的，只是没有明确公开。灶神与人最为接近，且救苦救难，菩萨心肠，乡下人家，遂把道家之神，也称为菩萨。

母亲在乡下农历主要节日，都会认真侍奉灶家嬷嬷，奉上时令和应献之礼，感谢灶家嬷嬷的护佑。比如，农历八月廿四，按故乡旧俗，吃咸汤团子，旧俗是素馅，青菜、豆子为主，也要用其敬奉灶家嬷嬷。母亲当家时，家里条件已有好转，母亲跟祖父母说，她不仅要做素馅团子，也要做荤馅，侍奉灶家嬷嬷也要用荤馅团子,"我就不相信,我的孩子会一直过穷日子"。在要强的母亲心中,穷日子意味着挨饿。

不仅是农历主要节日,甚至我们全家人包括我们远在北京的小家三人的生日,母亲除了在家操持全家人吃长寿面外,也一定要敬奉灶家嬷嬷,感谢灶家嬷嬷护佑。

我原来也一直不明白母亲为何对灶家嬷嬷如此虔敬,后来母亲告诉我说:"我只相信灶家嬷嬷,敬奉好她,全家人一年不会挨饿。每年恭恭敬敬侍奉好她,全家就一辈子不会挨饿。"

我恍然。在母亲心里,她还是在担惊受怕挨饿,尽管家里自己种的米面吃不完,尽管我相信再也不可能会出现挨饿的情况。

2016.9

剥豆瓣
——美食、游戏与骂人

在江南故乡,豆瓣是做菜常用的食材。通常的豆瓣有两种,一种是青蚕豆豆瓣,一种是老蚕豆豆瓣。青蚕豆豆瓣通常是有季节性的。黄梅天将来之前,新鲜的嫩蚕豆已经过季,蚕豆已经到了"中年",在豆荚里已经变得非常瓷实,也有些硬了,再像吃嫩蚕豆那种吃法已经不可能。但是青蚕豆依然是这个季节的当家菜,不过换了做法。

那就是豆瓣烧菜,比如,青豆瓣烧苋菜、豆瓣烧丝瓜,这些曾是故乡初夏的当家菜;还有比如豆瓣炒鸡蛋、豆瓣汤,等等,都曾是故乡正宗乡下土菜。

青豆瓣烧菜,清爽可口,是蚕豆的另一种风味。不过,豆瓣要做菜,首先得剥豆瓣。所有美味,除了食材之外,还需要费心力、人力。别看这个时候蚕豆是青的,还没老透,但剥豆瓣可真是一件辛苦活。只管吃没干过的人是很难理解其中之苦的。

早上或傍晚，把一捆豆棵拔回家，摘下豆荚，把豆棵扔一边晒干或者垫羊圈，然后先剥豆荚，把豆荚里的青蚕豆剥出来，放碗里或篮子里。这个时候的蚕豆，色泽还是青的，但却已是徐娘半老，非常饱满瓷实，与嫩蚕豆时一掐水汪汪的青葱完全是两个概念。这给剥豆瓣带来了不少挑战。因为这个时候青蚕豆有些硬了，没干过家务活的人，只会使死力气，不懂得剥豆瓣的诀窍。

我小时候跟着祖母、母亲剥豆瓣，最初是笨办法：用大拇指指甲在蚕豆身上一掐，把皮掐破，然后撕下蚕豆皮——这个时候，撕皮就很容易了，豆瓣就剥出来了，而且很完整。不过，这种剥法，首先你得有指甲；第二，效率有些低；第三，剥青蚕豆瓣的人，都会弄得手指疼，尤其是大拇指，剥的时候它出力最大，而且青蚕豆的汁液也会渗进指甲，还不太好洗掉。

但又有什么办法呢？要想吃豆瓣烧菜，总得要先剥豆瓣啊。

但到蚕豆越来越硬，皮也不容易掐破的时候，咋办？剥得多了，自然也会有所发现。那就是把蚕豆头上的那道黑色的东西去掉，这个地方是蚕豆的"软肋"。一般去掉黑带后，小孩还是用指甲掐，指甲照样生疼，但大人就不一定了。通常，大人会拿把小刀或剪刀，去掉黑道后，顺着黑道原来的印痕，用刀刃一压，蚕豆就裂开了，撕皮就变得非常轻松。此番剥出来的，大多算是真正的豆瓣了。当然，还有用刀或指甲，在黑道去掉后的印痕处，撕掉一些皮，用手一挤蚕豆屁股，青蚕豆也就能从头部完整地被挤出来。不过，这样效率太过低下，对于孩子而言，大多属于玩闹。

剥豆瓣的活很辛苦，乡下大多是老太太带着孩子一起剥，不过我们兄弟小时候，都还是喜欢剥豆瓣的。想吃豆瓣，就得自己动手剥，手指生疼，也就忍了，至于指甲里洗不掉的青液，那个时候谁也不当回事。再说了，相比其他要干的活，剥豆瓣算是轻松干净的活，还可以一边干一边玩呢。

剥豆瓣时，最喜欢玩的，就是剥青蚕豆皮时做出各种各样"艺术品"，如戴头盔的军人：把蚕豆带黑道的上半部皮切剥掉，倒转过来，未剥皮的地方，就像戴了顶绿头盔。用豆芽当鼻子，在靠近未剥皮处，用指甲两面各掐一道，当眼睛，整个就像个戴头盔的脑袋。讲究些的，还会在中间留一细道，就像头盔系在颌下的带子，特别地神似。当然还可以在蚕豆皮上刻画出许多有趣的图案来。

剥出一碗豆瓣，中午用来炒菜、烧汤，吃下的是自己的劳动成果，总是觉得心满意足。我小时候青豆瓣是应季菜，随吃随剥，很少会剥了放起来以后再做菜的。现在许多饭店包括大饭店都有豆瓣这道菜，一年四季都有，我不知道他们是怎么剥的，至于储存，大概是靠冰箱一类吧。

与剥豆瓣有关，故乡有句不雅的老话，叫作"你还在茅坑板上剥豆瓣"，或者说"马桶上剥豆瓣"。一般人很难理解，豆瓣是美味，怎么会跟臭烘烘的茅坑、马桶关联起来呢？其实，这是一句很难听的骂人的话，有两层意思，表面上是骂人不懂人事。做菜的东西，不在洁净的地方拾掇，却在臭烘烘的地方弄，不是不懂人事又是啥？不过，这背后的意思，其实更难听，那就是骂你这个人还不知道在哪呢，你父母还不懂人事呢。

绝对的鄙夷，瞧不起！

2016.4

稻 草 鱼

正月初五的午后，阳光很好，我进入了洗澡间，浴锅里的汤浴早已烧热了。我试着水温，慢慢把腿深入浴锅，然后慢慢沉下肥硕的身躯，在浴锅里调整好位置，躺好，长舒一口气，然后缓缓用浴巾开始往身上撩水。

突然间，我发现水面上漂浮着一根草屑。洗澡间也是柴屋，堆放着柴草和其他杂物。大概头天晚上刮大风，洗澡间门上方的窗户没关，把洗澡间堆放的柴草刮起，有草屑飘进了浴锅，这大概是弟弟清洗浴锅时的漏网之鱼。我熟练地把手掌插入水中，从水底下上撩，把草屑盛在了手掌里。草屑就像一条小鱼，游荡在手掌心的那点水中。我突然觉得这个场景是如此熟悉，自己刚才无意识的动作是如此熟练——捞稻草鱼！那是我们兄弟幼年时代常玩的游戏啊！

手掌心的水流失了，草屑依然安静地躺卧在手掌里。我的身子紧贴着浴锅，沉在温暖的水里，眼前却如电影般回放起幼时的场景。

在还没有太阳能热水器的时代，故乡旧俗，都是在浴锅里洗澡。一口铁锅，盛满水，用柴火烧热，然后人坐进去洗澡。我们小时候，个太小，还未学会独立洗澡时，通常跟大人一起洗。无他，一来浴锅比较大，水比较满，若不小心，幼童容易呛水——小孩可以在浴锅里练憋气呢，我们小时候都玩过；二来浴锅是铁制品，把水烧热后，锅底及边沿都是烫的，小孩肉嫩，且不懂调整，容易烫伤。所以最初小孩洗澡，都是有大人带着一起，帮小孩洗。

我们兄弟仨小时候，都跟爷爷、父亲和堂叔一起洗过澡，三人一人带一个。洗澡时，大人躺在浴锅里，通常让我们坐他们腿上或肚子上。

小孩子洗澡，尤其洗头时，情绪阴晴不定，时哭时笑，遇上水热一些凉一些，更是如此。

为了安抚我们，大人们总是摘两根稻草，扔在浴锅里，逗弄我们玩"捉鱼"——谁让我父亲是打鱼的大师傅呢，从小浴锅里的"启蒙"就是"捉鱼"：将稻草当鱼，然后让我们去抓。不过我们去抓时，大人们会故意"捣乱"，用手掌弄水，让浴锅里起"波浪"，我们反应迟钝，手慢，而稻草却随着波浪一上一下，不太容易被我们抓住。不过，我们都是乐此不疲，每抓住一根稻草，就高兴得不得了，就像真的抓到了鱼一样。

就在这样的玩闹中，大人们通常趁着我们情绪好，给我们洗好了头洗完了身子，然后叫家里人来，抱起我们，擦干身子，把我们抱走。这个时候，我们通常留恋在浴锅里抓鱼的游戏，不愿意被带走，但洗完了，大人也就不怕我们哭闹了。

记忆中，当时爷爷永远是头汤，他是家里地位最高的，我是长孙，通常跟爷爷一起洗。爷爷洗澡虽然和蔼，但家长的威仪总是不自觉会流露出来，不会轻易开玩笑。大弟弟通常跟父亲一起洗，父亲态度最好，最有耐心，毕竟是跟儿子一起洗。堂叔年轻，性格像小孩，爱玩闹，带孩子洗澡最热闹，爷爷奶奶常数落他没正形。老三跟他洗澡最多。每次他带我们兄弟洗澡，总要弄得一地水，因为他自己也爱热闹。要是爷爷和父亲带，准不会这样。一年，两年，三年……我们小时候就是在浴锅里，坐在长辈的肚子或腿上，捞着那几根稻草——想象中的鱼，一点点成长，直到后来自己能够独立洗澡。

如今我韶华已去，满头斑驳的我，硕大的身子泡在锅里——过去那个年代，我的长辈们都很精瘦，不像如今的我，一身肥膘，躺在浴锅里，已经占满了整个浴锅的空间，不可能再坐得下一个小顽童在水里玩捞稻草捉鱼了。

我忽然明白了，我们幼时在长辈怀里玩捞稻草捉鱼的游戏，不就像如今在孩子洗澡时，澡盆里放进去让他玩的那些小鸭子之类的玩具吗？只不过我们当时农村没条件，只能用三两根稻草来哄孩子……

2016.2.17

吊　水

吊水，大概是故乡乡下过去特有的说法，指从水井里打水。但吊水一词，对故乡从水井打水的描述，特别形象贴切。有多贴切？吊有提取之意。吊水就是从井里提取水。提取水得有工具。吊桶是故乡从井里吊水用的器具。

我小时候的吊桶，都是就地取材，一头是一个木桶，木桶有两只耳朵，耳朵上系着长长的吊绳，吊绳则通常是用麻拧绞而成的。经济改善之后，工业化有了基本发展后，木制的吊桶才换成了工业化的产品塑料桶或者铁桶，吊绳则换成了尼龙绳。这种木制、塑料或铁制的吊桶，耐用不易损坏。所以，瓦罐不离井上破的荣耀，大概与故乡无涉。

相较北方地区，故乡的吊桶这种吊水的设备，实在太过简陋，简直是小儿科，所以称不上打水，只是吊水。故乡打水之意，特指干河或灌溉，指用水泵抽出河里的水。不过，这与南北方的气候、地貌、风俗习惯差异有很大关系。南方水源丰富，地下多水，水井通常挖个二三十米深即可，甚至更浅。北方地区缺水，开发又早，打的水井极深，打水常要动用设备，比如在井台边装上辘轳，用辘轳绞水上来，像老电影《地道战》里的井和打水的辘轳，以及电视剧《篱笆·女人和狗》的主题曲里唱的辘轳，都曾给我这样的南方人留下深刻的印象。印象中北方地区打井水，简直像是个庞大的工程，动静太大。吊水在南方，就是个很小的活计。把吊桶扔进井里，灌满水，拎上即可，男女老少都可以干。

不过，南方故乡的吊水也很有讲究，讲技巧。不是谁都能轻易把水吊上来的，即使这水位很高。城里人到乡下，第一次打井水，经常会搞出很大动静，却没打上水来。一般不会吊水的人把吊桶正向扔下井后使劲晃悠吊绳，却吊不上水，是因为不懂吊水的诀窍。吊桶的材质（木桶和塑料桶尤其如此），加上内部空心，扔进井里后，吊桶总会浮在井水上，最多只会侧倒一些进点水。拎着绳子来回使劲晃悠，好半天才能有半桶。有了半桶水后再拎到水面上放，快速松开绳索，半桶水自由落体入井水，这下子吊桶才能漫溢，打水的人才会往上拎。这是笨人吊水的笨法子。我刚开始学吊水时也是这样的。

大人看这样费劲吊水，忍不住指点。一经指点，茅塞顿开，发现吊井水的方法很简单。估摸井水的深度，把吊绳盘好绕在一只手上，然后双手把吊桶倒转过来，底朝上，然后扔进井里，快速松开手上的吊绳，吊桶倒悬直沉入井水。再一抖井绳，把吊桶翻转，这样吊桶里就有满满的一桶水了。所谓难者不会，会者不难。直到今天，我在自家院里吊水，依然沿袭着这个简单却古老的技艺。

吊水时吊绳会湿漉漉的，无论是早期的麻绳，还是后来的尼龙绳，尤其是尼龙绳，湿了之后容易打滑。为了防止吊水时湿滑抓不住绳索吊桶落水，一般人都在吊绳上打一个个小结，有助于防滑，也容易使上劲。吊水时，胆大的还会站在井沿上，这样方便悬空吊水。不过，大人看见小孩这样，会骂的，怕万一掉进井里，那可麻烦了。

我们最初吊水时，年纪尚小，手臂上没有劲力，一桶水不能用双手交叉悬空拎上，通常会搁在井沿上，使劲拽上来。这样其实不像吊水了，倒像是拽水。这种吊水法，吊桶容易跟井壁碰撞，磕磕绊绊的，到吊上时，满桶水只剩下半桶了，而且，摩擦太大，吊绳容易损坏。有时吊绳磨断，吊桶一下子就掉落水里了。铁桶会沉底，木桶、塑料桶则浮在水面上，需要用耙河蚌的小铁耙钩它上来。只有这种铁耙的柄足够长。

我吊水的历史自双手乏力需将吊绳搁井沿上使劲拽拖起，到可以轻而易举双手交叉悬空提出满满一吊桶水，甚至，黄梅天井水漫溢时，直接把水桶沉压进井里，单手提出一大桶水来，大概经过了十来年时间，不知多少井水被我吊上过。从一个稚嫩少年，变成了一个瘦弱精干的青年，吊水曾是我的乡村生活重要的印记。

2016.1

寒冬里的盐水瓶

记忆中故乡的冬日，很冷。我小时候零下六七摄氏度也很常见。虽说温度与北方没法比，但江南故乡房子没有取暖设备，而且，故乡天气湿润，时有雨雪，冻融交错，这种冷，是北方人难以理解的湿冷。没有取暖设备的房子里，比有太阳的室外，还要冷，一种阴冷，入骨。

一回想，暖气室内的我忍不住打了个寒战。这种寒冷给我们这一代人留下了挥之不去的阴影。

这么冷的天，要熬过去，总得想办法。虽然房子没法取暖，但人还是可以取暖的。

故乡旧时取暖设备不外乎四五种：脚炉、汤婆子、热水袋、盐水瓶，以及用瓦罐自制的脚炉。而盐水瓶是最简单的自制取暖器。盐水瓶就是盛放生理盐水的容器，有时也可以装葡萄糖溶液。过去打过点滴的人都熟悉，不过现在医院打点滴用盐水瓶少了，多用塑料袋。

盐水瓶是玻璃瓶，不过这个玻璃瓶与通常的不太一样，厚实，不容易摔坏。瓶塞是橡胶制品，有硬度却弹性好。瓶塞有一段柱状体，这是塞进瓶口的那段，柱状体头部有个窟窿，我小时候不知其用，如今也不知道，猜想大概是用来调剂瓶塞塞进瓶口时用的吧。柱状体尽头有一圈比瓶口大的无缝连接的橡胶，为的是防止瓶塞掉入瓶子，最尾部，则是比较薄的一层橡胶皮，柱状体塞进瓶口后，这一圈可以反转下来，覆盖住瓶口。盐水瓶的这种设计，能防止渗漏水。须知跑冒滴漏，曾是我们产品过去的专利，但盐水瓶却证明了我们也能防住跑冒滴漏。质量好就不用担心重新灌注水后漏水，玻璃瓶厚实，则可以保温。

于是，寒冷的冬日，故乡的长辈们自制取暖器时，打起了盐水瓶的主意。盐水瓶做取暖器，很简单，小孩也知道。就是把水煮开，小心翼翼地灌进盐水瓶里，然后把橡胶瓶塞塞进去密封好，用干布把玻璃瓶外面的水擦干净，就可以当一个取暖器了。其实就是一个土制热水袋，不过橡胶袋换成了瓶而已。

跟热水袋一样，盐水瓶灌了热水，刚开始会很烫，虽然暖和，却不方便，讲究些的人会缝一个布袋，把盐水瓶装进去，一来缓和散热的速度，二来也防止万一不小心盐水瓶掉地上摔破了，有一层布，好歹能有个缓冲。也有人不用布袋，直接揣在棉衣里的怀里，隔着里边的衣服，到处晃悠，就像抱着一个太阳，暖身暖心。

故乡冬日晚上睡觉，躺下最是艰难，被窝里冰冷冰冷的。睡觉前，灌上一瓶热水，放进被窝，先暖被窝，过一会人钻进被窝，或将其抱在怀里，或用脚抵住——晚上睡觉，最冷的是脚，方可安心而眠。

盐水瓶是个很好的土制取暖器，像我这个年纪的人，许多都有过用冻得红通通的手抱着盐水瓶取暖的经历。不过，在物质匮乏的时代，这个能够给我们带来温暖的盐水瓶也不好找，尤其是乡下，得托医院里的熟人找。

那时我们南边的前黄镇上有个前黄医院，东边的走马塘有个政平医院，加上人民公社时期赤脚医生比较发达，我们大队有个赤脚医生的医务所。都是乡里乡亲的，兼之父亲在四邻八村小有名气，倒还是每年能弄几个盐水瓶，给我们和堂叔家，聊补脚炉不敷之用。

好在，这一切都过去了，冬天的噩梦，回忆起来竟然有些忧伤有些甜蜜了。

2016.1.25

河泥船上的童年

河泥船是我小时候江南故乡常见的一种生产工具。河泥船不同于水上人家的船,既不能在船上生活,也不是用来运输的——虽然,偶尔用来运下东西包括人,也可以,但主要还是用来摘河泥用。故名河泥船。

河泥船不大,通常是三节,中间为主舱,容积最大,两头各有一个舱,体积略小;三个船舱中间,有两个隔条,上覆木板,通常是摘河泥时站人的地方,平常也可以坐人;船头船尾差别不大,有木板覆着,人在船头尾,可站可坐。

河泥船对于旧时故乡的重要性不言而喻。一方面,春天时,壮劳力站在上面摘河泥,用网兜把河泥从河底夹拖出来,一船船地运到河边,把河泥枭进草塘,积肥,待到秋冬用这发酵的河泥杂草混杂物当肥田的肥料,是化肥尚金贵时最普遍的涵养田力的方式。另一方面,也对故乡密布的河塘做了一次清淤。摘河泥是农村最苦最累的活,工分最高,过去都是壮劳力所承担。不过，河泥船的价值，远不止这些，尤其对于少年而言。

每年秋天，大部分河泥船被抬上了岸，摆放在生产队晒场仓库墙边——彼时还有集体晒场和仓库，抹上腻子补漏，打上桐油晾晒，有时也会堆上稻草。这时候，河泥船周边，成了小孩们躲猫猫、捉迷藏的地方。因为船常是底朝天放着，总有人会想方设法抬开缝隙钻进船底下，躲在船舱有限的空间里，避开同伴搜寻的眼光。能够这样做的，通常都是气力比较大胆气比较壮的男孩，毕竟要抬开覆着的船需要一把力气，而且，船舱下黑乎乎的，空间也不大，躲在里边，也蛮压抑的。不过，我那时身形虽小，倒也常躲在船舱底下，熟悉这种感觉。

待得春天来到，河泥船都下水了。摘完河泥之后，常泊在岸边，半截落在岸上，半截在水里。这个时候，最有意思的，就是几个小男孩，结伙偷偷地把河泥船推下水，当老大的在船尾用竹竿撑船，其他人坐在中间的船舱里或船舱隔板上，用竹竿或干脆用手划水，也有人喜欢坐在船头尾光着脚弹水——我就很喜欢用脚弹水，船头上或坐或站着的人，则负责掌握方向，躲开倒挂在水面上的树枝，或牵扯着树枝，在由树枝架起的密荫中钻过去，在最密集处，船上的人都得趴着躲开迎面而来的树枝，一路迤逦。今天回想起来，情趣十足，可惜当时只有玩心。

之所以偷偷的，是因为大人看见了要骂，一来你把拉上岸的船推下水，二来怕不安全，所以，我都是在学会游泳后才这样干。不过，通常这样的事有年纪稍大、胆识较大的人领头，小时候倒也未曾听说玩船淹了的。

小孩们的胆识随着气温的升高而越发壮了起来。那时的夏天，每条摘过河泥的河，水都是清泠泠的，蓝天白云倒映，那是乡下小孩们玩水的天堂，而一些河边，照例如春天般，会有船半躺在岸边，一些河里，会有些没来得及修补的有些漏了的船。学会了狗刨的半大小子们，在水里玩船最高兴了。

春天的行船游戏照例会有。不过这个时候行船常多了两个节目。一个是割草。夏天故乡许多地方日晒之后，草有些委顿，不够水灵丰满了，只有河岸边树荫杆棵荆棘下，常有叶子肥大水嫩的草，割回去喂兔、羊最佳。另一个节目就是采摘野果。夏天的时候，河岸边藤树相缠，荆棘杆棵丛中，青色的或泛黄的葡、梨和红色或黄色的蛇莓子掩映其中。而青色或紫黑的野葡萄，一串串地吊挂在伸到河面上的树枝上，最是诱人。站在船上，有时甚至坐着，都能伸手够着，这个时候，满心都是收获的喜悦。

有时船过树荫下，伸到水面上的树干较粗，顽皮的我们还从船上双手吊住，腾身翻上，好开玩笑的伙伴，常把船撑开，树上之人，只好扑通下水追赶。有时则是刚吊在树干上，船却已荡开，只好像被钓田鸡似的吊在空中蹬腿，等伙伴把船退回来。

夏天这个时候，船尾、船头虽然依然也会有光脚弹水的，但更多人会围着船待在水里了：吊着船尾弹水，为船加速，或者干脆搭顺水船；或者单手扒着船舷踩水，当然也有双手扒住船舷搭顺水船的；船头水里的，通常是辛苦的老黄牛，踩着水，试图控制着船行方向和速度。

当然，行船的乐趣与洗冷浴（游泳嬉水）时颠船和翻船的乐趣相比，文雅而烈度低。

颠船和翻船的乐趣，是夏天嬉水时玩船的极致。所谓颠船，就是几个小男孩，或光屁股，或穿着裤衩，爬上河中心的河泥船，或坐或蹲或站。坐蹲之人，皆双手扶着两边的船舷；站着的人，通常下盘比较稳扎，则双腿分开；若是站船舱，脚撑舱边底；若站船头尾，则脚撑船舷，然后有节奏地使劲晃悠。平静的河水瞬间刮起了大浪，就着波浪，船晃悠的幅度越来越大，波浪把水打进了船舱，先是船头、船尾站着的人一头跌进了水里，接着是隔板上或舱里蹲着的人，纷纷落水。落水的人，便围着船四周，齐心协力，把河泥船掀翻，顽强坐着的人，如果没有及时跳水，往往会被覆在舱底水中，只好钻出来。

有时候玩游戏，一边的人想掀翻，一边的人想扶正，双方在水里较劲，也是别有乐趣。

船覆之后再被扶正，船舱里都是水，本事大的男孩，通常能够站在头尾，使劲晃悠，把船舱里的水晃出许多来，剩下的，只是爬上船的人用手把水泼出，只剩下舱底一点点。虽然这样的反复无意义，但过程本身就是乐趣。

玩水时赶上雷阵雨，雨水比河水凉，伙伴们总是迅速把船倾覆，然后挤躲在舱底有限的空间里，待在隔板上，把眼睛鼻孔露出水面，听着雷雨击打船底的嗵嗵声，也是一种乐趣。

夏天在河里玩河泥船，就像闹海的哪吒，把河里诸物折腾得不得安生，尤其是鲢鱼，其性怕吵，一有动静，常常乱蹦乱跳，时常会有鲢鱼被闹得跳上船或者落在水花生上，这就是自投罗网了。常常看哪个孩子水性好手快，抢到了，则晚上可以打牙祭了。这是夏天玩河泥船的副产品。

也就是在夏天，小孩们围着水里的河泥船玩，没人数落，大概也算是什么季节玩什么吧。我自学会游泳起，每年农历三月，春阳暖热，便期待着开始玩河泥船了。如今故乡的周边，四邻八村，几乎看不到一条河泥船了。当年玩船的孩子，如今都已满头斑驳，他们的孩子，再也不玩河泥船了，他们大多连船和河泥，恐怕都没有见过了。

2015.7.7

垒泥鳅

我小的时候,故乡到处都有各种灌溉用的沟渠。灌溉用的主沟渠边上的地头,常有一条辅渠。这辅渠作用很大,蓄水行水皆有用。一年四季,辅渠有三季是有水的,除了冬天。

故乡过去水土肥沃,行水处皆有鱼虾,所谓鱼米之乡的特色。

少年时期,辅渠中有水时,我们最喜欢在里边捉鱼——把辅渠截断,水弄浅,或者用篮子和网兜,直接在辅渠里来回探,总有不少收获,当然不过是小鱼虾,窜条、鳑鲏、糠虾、泥鳅之类的。秋收之后,那些辅渠里的水慢慢浅了,不少地方干了,不过,泥还是湿的。这个时候,鱼虾基本已被小孩收拾掉,但这沟渠里还有一宝,就是泥鳅。与鱼虾必须有水不同,泥鳅没有水也能活很长时间,尤其是在湿润的泥土里。

故乡冬天辅渠里的泥土,除了表面略干外,其实里边是很湿润的。怎么弄到这泥里边的泥鳅?我们就一个笨方法,就是

"坌",坌泥鳅。坌泥鳅其实就是在泥里挖泥鳅。"坌",在汉语里发"bèn"音,从字形看,分土而成"坌",这与吴语方言中几乎是一模一样——在故乡的方言里,"坌"字同样发"bèn"音,音调略有不同而已,其意指用铁耙、锄头挖翻泥土,即"坌泥"。常用的"坌东西"其实也就是在土里翻挖东西。坌泥鳅,也就是在土里翻挖泥鳅。这是我们少年时代冬天周日或午后放学后的乐趣。带把铁耙,带上细眼的篾篮。泥鳅钻不过细眼的篾篮,也爬不出来。最好当然是木桶或者塑料桶了。不过,我们那个年代,木桶都比较大,装几条泥鳅,就像高射炮打蚊子,犯不着了,再说,大木桶带着也不方便。至于塑料桶,要到很晚才流行,我们那个时候还没有呢。这个准备工作,大概就是"工欲善其事必先利其器"了。通常还要叫上几个同道,同村年龄相仿或者稍微小一些的朋友,几个人,拎篮子的拎篮子,扛铁耙的扛铁耙,追着狗的追着狗,兴高采烈叽叽喳喳地去坌泥鳅了。

我们通常在村子南边那条主渠下的辅渠里挖,边上的田也是我们村的。到了地头,叫伙计们散开,"呸呸",往手掌心吐点唾沫,搓搓,握住铁耙柄,举起来,摆开架势,像猪八戒一样,一铁耙下去,噗的一声,铁耙深深地扎进了泥里——别看表面干涸了,下面湿着呢,都是烂泥,使劲一拉,翻开一块,咦,没有泥鳅。接着来,一铁耙、两铁耙,一耙耙翻开……

哇,泥鳅。周围围观的小孩眼尖,看到了泥鳅的尾巴或脑袋露在被翻出的泥外，立马停止翻耙，把土划拉开，揪住泥鳅——它顽强地扭动着身躯，试图挣脱，也给它挣脱了。没事，它跑不了了。或者用拇指、食指、中指一夹——我们空手逮黄鳝都是这法，黄鳝都跑不掉，别说泥鳅了；或者抓住后在它要滑脱的时候往田埂上一扔，泥鳅身上裹上了草屑或者干泥，它就不滑了，然后捡起来，扔进篾篮里。一耙、两耙、一条、两条，随着沟渠里被翻开的乌黑烂泥面积越来越大，篾篮里的泥鳅也就越来越多了。

经常还会有意外收获，那就是垄泥鳅垄到黄鳝。那可是大收获——泥鳅不值钱，小孩闹着玩，黄鳝可是宝，自家吃或卖都行。不过，那个时候垄泥鳅垄到的黄鳝，只有被垄伤了的才留着自家吃，好的一般都要去卖的，可以挣点油钱回来。垄泥鳅的时候，难免会有泥鳅被铁耙伤残，这种伤残的泥鳅，那是不会捡的，任它在地上扭动，直到死去。

除了在干涸的沟渠里能够垄到泥鳅外，还有一个地方也是垄泥鳅的常去之地，那就是草塘。过去草塘主要用来积肥，挖河渠泥的时候，草塘就是用来装河泥的，混着切断的绿肥（荷花郎）。到得冬天的时候，它的表面也是干的，但下面却是软的、烂的，一般踩上，不小心会陷下去，故乡所谓"拔脚污脚"。过去河泥、荷花郎凝固之后，需要翻开，堆在田头发酵，翻草塘时，这草塘里、淤泥里，最多的就是泥鳅，偶尔也有黄鳝。翻草塘当然也是垄啦。

我小时候只知道泥鳅能够在没水的淤泥里过冬而不死,为什么会这样,从来没问过。很晚知道,泥鳅不仅能用鳃和皮肤呼吸,还具有特殊的肠呼吸功能。冬季寒冷,水体干涸时,泥鳅只要少量水分,保持皮肤不干燥,就能靠肠呼吸维持生命。

初中时读梁羽生《七剑下天山》,其中有易兰珠说到"涸辙之鲋,相濡以沫,相呴以湿,曷若相忘于江湖"句,请教人被告知鲋即为泥鳅。此话源自庄子,大为喜欢。我很长时间以为涸辙之鲋的鲋为泥鳅,读《庄子》时也是这样认为,后来才知道这鲋其实是指鲫鱼。惭愧。

2016.1.2

放 黄 鳝

故乡像我这般年纪,甚至比我更小一些的农家子弟,大抵都有放黄鳝的经历。我的童年及少年时代,故乡田地沟渠河道里皆盛产黄鳝。捉黄鳝常用的几种方法,无非就是"钓"(用蚯蚓为饵)、"照"(夏天晚上用手电在秧田里照,用夹子夹)、"挖"(秋冬时用专用铁铲挖),以及"放"。

"放黄鳝"是故乡过去捉黄鳝约定俗成的一种专用术语。惊蛰之后,故乡冬眠的活物都苏醒了过来,其中包括黄鳝。春水过后,有水的地方,就会有黄鳝了。待到麦收之后,渠水灌田,麦田因而成为秧田,紧接着是黄梅天,这个时候,正是故乡黄鳝开始多起来的时候。不过,此时无论秧田还是沟渠里的水,都还是浑的,还没到放黄鳝的季节。

秧插好,黄梅天过去,秧田里、沟渠里的水渐渐清了起来,钓放黄鳝的时节到了。此时的故乡,正是稻秧生长的季节,秧田里缺不得水,所以秧田、沟渠都有水。有水才能放黄鳝。

放黄鳝需要找地方，通常有三种地方。故乡灌溉的沟渠，主沟渠边上，常有一条辅渠，相较主渠，辅渠窄而深，通常是储水所用，一边挨着主渠，一边挨着稻田。主沟渠不打水时，里边水也是满的。辅渠里杂草丛生，小鱼、小虾、泥鳅尤其多，螃蟹、黄鳝、蛇也不少，当然也偶尔有今日流行的小龙虾。这是放黄鳝最好的沟渠。引主沟渠水到内里秧田的则是支渠，相比主渠浅而窄，也比辅渠浅，虽然冬天常修整，但这个季节，边上水花生、水草也不少，只要稻田尚需要水，即便主渠不打水时，支渠也常储有些水，这支渠里黄鳝洞也不少。也是放黄鳝常去的地方。最后一个放黄鳝的佳处，便是地头的草塘。草塘通常离河岸较近，是用来盛河泥积肥用的，插完秧，草塘便是空的了，黄梅天后，草塘里总是存储着许多水。通常草塘的四周，也都有黄鳝洞。

当然，秧田的田埂上也有不少黄鳝洞。不过，也有到秧田里放黄鳝，但不多，秧田田埂上的黄鳝，大多是被钓走的。

我知道的最常见的放黄鳝方法有两种。

一种是我自己放过的，也是我们本地最常见的放黄鳝方法。这种放黄鳝方法的工具很简单，就是用根细竹竿，大概一尺多长，找根尼龙绳，也就一尺来长，拿针弯成钩子，鱼钩也行，在尼龙绳一端系好，尼龙绳另一端则系在细竹竿的中间，这就是放黄鳝的工具。通常我们会做一大把——放黄鳝属于广种薄收型，钩子与收获是正相关关系，放钩多了，放到的黄鳝自然就多。

放黄鳝用的饵料是田鸡腿。故乡有种小田鸡，俗称牛屎田鸡，我们小时候每天都要抓钓许多，主要回家喂鸭子。放黄鳝就用这种小田鸡的腿，把它穿在黄鳝钩上，就算准备好了。

每次放黄鳝时，总是要准备许多，常常是一篮子的放钩，为的是确保收获。

到傍晚，天色开始暗淡下来了，我们提着篮子出门，去找那些辅渠、支渠和草塘放黄鳝。所谓放，就是把竹棍插进泥里，把穿了田鸡腿的钩子扔水里，通常还会用水草把竹棍遮掩一下。通常在一条沟渠里会放不少，一般相距十来米就会放只钩子，保持一定的密度。

放黄鳝是排他性的，一般去放黄鳝的时候，发现已经有人在沟里放了钩，我们通常也就不会再在这条沟里放了，只好悻悻然另找地方。不过，那时小孩也挺坏的，虽然自己不在这儿放了，但临走通常会找到别人放的钩，比如他放了十个，起码顺走他五个吧。而且，第二天一大早出去收钩的时候，不是先去收自己的，而是直奔别人放钩的地方，瞧瞧左右无人，先看看他们钩上有无黄鳝！这样的事我也没少干。不过，那时估计大家都这样干，也就形成了一个默契的破坏性平衡。

像我们这样非专业放黄鳝的，收钩子大体都是在第二天早上，东方才露鱼肚白，踩着露水——我还跟着放牛——去收钩子。收钩子时的心情很复杂，有激动也有失望。连续几个钩子收上,若是空的,会很失望。不过,一般都不会空手而归,总会有收获。

收钩子时,若遇上尼龙绳被水草缠绕,这时的心情会非常高兴——无他,大体被水草缠上的钩子,几乎都是被黄鳝咬住了的,黄鳝要想挣脱,便百般挣扎,尼龙绳就缠上了水草。

不过,早上起来收钩子时,许多黄鳝已经奄奄一息了,因为咬住钩子后想摆脱,挣扎几乎耗尽了它们的气力。偶尔也会收到一条蛇,那感觉很触霉头。

当然,最不爽的是发现,钩子不见了。钩子不见,一种情况是插松了,被黄鳝带走,不过,因为带着棍子,通常不会远,黄鳝也跑不掉。最可恨可恼的,就是前面说过的,或者被后面放黄鳝的人把钩收了,或者被更早起来的人顺走了,都有可能。

我小时候周围许多人都放过黄鳝。不过,有一种,我们本地人很少放,相比我们简陋的放黄鳝,这一种放法,成本更高,更专业。那就是用笼子放。放黄鳝的笼子,有各种叫法,牛角笼头,鳝筒,鳝笼,等等,不一而足。鳝筒呈细圆柱形,大概一尺来长,筒口拳头见方。过去都是用篾片编织的,做工很讲究,成本自然高了,像我们这样低成本顺带着通过放黄鳝挣些油盐酱醋钱的人,是不敢下这么大本钱去做的。

这样放黄鳝的,大多是职业的,要靠这个来挣钱的——很简单,用鳝筒放黄鳝,黄鳝不像我们那种放法易死,一般放到的黄鳝都是鲜活的,这样的黄鳝价钱跟半死不活的差距不小。

我小时候常见有人自行车后座上堆着高高的鳝筒，或者挑着鳝筒，傍晚时走村串庄，在附近放黄鳝。

一般鳝筒放置的地方，也都是我们放黄鳝的那些沟渠、草塘。我没用这种笼子放过黄鳝，不知道他们在里边放置了什么饵料，大概不外乎还是那些荤腥的蚯蚓、田鸡腿或者小鱼虾吧。

用鳝筒放黄鳝，最怕遇到偷的人，一个鳝筒的成本不低，损失了会很心疼。不过，即便我们这样调皮捣蛋，发现沟渠里的鳝筒之后，一般也就是检查下，里边有鳝鱼就收走，把空鳝筒留下，决计不会顺走人家的鳝筒——那可是人家吃饭的工具，是饭碗。

黄鳝夜深人静的时候就出来透气觅食了。过去乡下静得早，所以，有些用鳝筒放黄鳝的人，半夜就起来收了，大概也是怕人偷吧。但我在清晨，也曾在沟里多次发现过鳝筒。

我们小时候夏天看电影，看完电影回家路上，若是赶上明月夜，总是喜欢用根棍子去沟里撩撅，看有无钩笼，不过，一般这个时候，黄鳝还未上钩，有时使坏，会把钩笼挪离原来投放的位置，折腾放黄鳝的人。

我记不得小时候有多少黄鳝折在我的放黄鳝钩上，也记不得使过多少次坏搞人家的钩笼——不过，这点应该不多，我那时胆小，怕被人逮住。但那时，故乡的沟渠、池塘、秧田里的黄鳝真的很多，它们陪伴我们度过了童年少年时代。

如今故乡已经很难找到野生的黄鳝了。农药和人工捕捉，加上水质和整个生态环境的恶化,野生黄鳝已经很少见了,而家里那些放黄鳝的钩子,早就生锈扔掉了。至于拿鳝筒放黄鳝的人,也早已多年不见踪影了。

2015.9.1

灰 斗

灰斗,是故乡旧时的一种物事,是在稻堆、麦堆上盖印用的一种木盒印章。我曾在"江南旧闻录"《看夜更》一文中第一次描述过它的形状和用途,不过,没有使用灰斗这个名字。

灰斗离开我们的生活并不遥远,在三十多年前的20世纪70年代,人民公社生产队的时候,它还是农村生活中必不可少的物事。但是,不止我对灰斗这个名字的记忆有疑惑犯嘀咕,弟弟也想不起它的名字了,甚至,连我的父母都忘了它的名字——父亲当时可是经常使用这玩意儿的人。岁月就这样冲淡着我们的记忆。

感谢我故乡的朋友,还有不少记得这物事的名字叫灰斗的。灰斗和另一种物事墨斗,都是做记号用的,墨斗是木匠的工具,主要在木头上做记号,记号颜色是墨色的。灰斗的功用除了做记号一项与墨斗相似外,其他大不一样。灰斗也是一个盒子形状——过去称斗,不过体积要远大于墨斗,大概有三四十厘米见方，高大概有五六厘米。盒子一面有把手，方便提握，一面有盖子。盖子是一块活动的镂空薄木板，刻着字。盒子边沿有槽口，可以在槽口里随意抽插盖子。我们村的盒盖上刻的是"西朱西"三个字，这是我们自然村村名，也是生产队队名。盒子用来装石灰。这个物事，就叫灰斗，斗是器物象形，灰是指斗盒里装的石灰。

这灰斗其实是生产队的大印，村印。

故乡传统一年两季（曾短暂种过双季稻有三季），夏收麦秋收稻。无论稻麦，收割脱粒很难一天完成，脱粒扬筛之后的干净稻麦，还没干透，无法入库，也无法缴公粮、分口粮，通常要堆放在晒场上，白天晒场，晚上收场，若收进仓库来回倒腾费时费力，通常收场时堆放在晒场上。

那个年代，每个村子的晒场，夏天是麦堆，秋天是稻堆，一堆一堆，呈圆锥形，蔚为壮观地矗立在村里的晒场上。那个年代，粮食紧缺，晒场堆放着稻麦，村里通常要派社员值守，俗称看夜更。但是，即便看夜更的人有几人，也无法保证他们不串谋监守自盗。防人之心不可无，于是，灰斗村印就有了用武之地。

因为印章在中国，通常是权力的象征，每天傍晚，稻麦归拢堆成堆后，村里有权威的人，通常是队长，或者会计，他们在社员们及村里小孩的围观下，给稻麦堆盖印。队长或会计拎着灰斗，灰斗里盛放着石灰，把盖子插好。盖印时把灰斗翻过来，提着背面的把手，把灰斗朝稻麦堆上一摁，不能太用力，太用力容易导致堆好的稻麦哗啦啦地坍塌，但太轻了，则字迹不清，所以用力也是个经验活，主要靠感觉。盖上之后，稻麦堆上就出现了"西朱西"三个白色的字迹。一下，两下，三下……一个，两个，三个……

稻麦堆的四周上下，站在稻麦堆边缘手能够到的地方，大致均匀地盖上了白色的村印。盖上村印的稻麦堆，得小心呵护，别说人一不小心碰到了，就是跑过一只老鼠，都会哗啦啦散塌，印章无存。这些都是大事，因为担心这个过程中收成散失，吃亏的是大家。彼时缴纳的公粮是定额的，如果有散失，亏欠的实际上是社员的口粮，所以大家都是万分小心。家长都会提醒自己的孩子，游戏时远离稻麦堆。晚上看夜更的社员，也会随时提醒经过村子的行人，小心碰着粮堆。

其实，那个时候，看夜更的人，防的是偷盗，而灰斗盖在稻麦堆上的印，除了证明收成的数量，某种意义上，也有防止监守自盗的意思。不仅晒场上的稻麦堆要盖印，就是入库之后，围屯堆放的稻子、麦子，依然要在上面盖上大印。如果没有印记，被悄悄地偷了些也没数。有了印记，粮食少了也就一眼就可以看出了。这主要防的是仓库保管员及有权进出仓库的人。

说实话，这几个白色的石灰印，防不了小人，但君子是可以防的。通常，灰斗由生产队队长保管，队里仓库的钥匙则由专门的库管员保管，这也是一种制衡。我小时候曾听说有过粮堆上印章散乱的事,看护者推给了老鼠,或许是真的,或许……谁也说不清。

  我也是写此文时,方知用灰斗在粮堆上盖印,不只是我江南故乡才有,中国许多农村都有。这个物事的名称,各地也不一样,有印箱、谷仓印、麦印等等,但其功用都是一样的,防盗,其实,今天看来,我觉得更多是防止监守自盗。

  如今它早已经进入了历史,连曾经熟练使用它的人,也快遗忘了。

2015.10.20

耙 榔

每到端午节的时候，在对故乡粽子、咸蛋和甜白酒的怀想之外，还有一个物事，总是让我念念不忘。这个物事不是端午食物，而是一个小工具，故乡唤作"耙榔"。许多人也写成"扒榔""爬郎"，总是方言，缺乏统一的书写标准。不过，我自忖可能"耙榔"最是接近。耙，无论钉耙、竹耙、木耙，使用时都是往回钩耙，与耙榔使用相似，而这些耙齿，单齿形状也近似耙榔，加上耙榔的一头，无论圆或椭圆，近似榔头，所以，耙榔应是最靠谱的写法。

耙榔到底是什么？耙榔只是小孩在端午节用来挖鸡蛋吃的一种小物事。我们小时候，虽然家家户户养鸡，但难得吃鸡蛋。端午节是吃鸡蛋最名正言顺的节日，多穷，家里大人都会给孩子煮个蛋——这是我小时候过端午的标配食品。

小孩拿了鸡蛋，久久舍不得吃，总是揣在兜里，或者放在编织的网兜里，挂脖子上。小男孩玩斗鸡子斗破了，舍不得剥壳，小姑娘吃鸡蛋也舍不得敲碎蛋壳剥壳——那个时候乡下基本没有玩具，吃掉蛋白、蛋黄后，如果蛋壳保持完整，还可以当玩具玩啊——比如，在空壳里装上沙子、泥土，可以冒充真鸡蛋，继续跟伙伴玩斗鸡子；或者可以在蛋壳上乱画，有些像今天的彩绘，可惜，我们那时也没有什么人在鸡蛋壳上乱画画出名堂的；当然，也可以在鸡蛋壳里灌满水，玩水。

总之，尽力让吃完的鸡蛋保持完整的壳，是我们小时候过端午的一个非常重要的追求。

怎么吃完鸡蛋还能保持鸡蛋壳完好？这就需要耙榔了。耙榔与如今那些掏耳勺最是形似，有一个扁圆头。斗鸡子斗破后，通常只是鸡蛋一头有裂缝，小心揭去一小块蛋壳，把耙榔伸进去，一挖一掏，一耙一舀，一点点地把蛋白、蛋黄掏挖出来，送进嘴里。掏到最后，碎屑在蛋壳里，干脆不用耙榔了，就把蛋壳的窟窿对着嘴倒。耙榔掏蛋，就像掏耳朵一样，可以把蛋壳里掏挖得干干净净，一屑不存——那时哪舍得放过残渣呀。

把蛋壳里的蛋白、蛋黄掏空吃掉后，除了一头有破，蛋壳基本保持了完整性。把有洞的那头放在手掌里，没人知道你手上拿的是个假鸡蛋了。

如果不是斗鸡子斗破的，而是敲破的，蛋尖上的窟窿会更小，空蛋壳则更牢固。而这种情况下，通常在鸡蛋的圆头敲个小窟窿——这一头是空心的，把耙榔伸进去掏挖，留下蛋尖处最为结实。耙榔就起这么个作用。

我后来发现，如今的掏耳勺很适合干这事。不过，我们小时候可没有这样的掏耳勺，只好自制耙榔。一般小男孩都会自制耙榔，不过就是样式丑陋程度不一而已。找一根铜丝或铅丝，那个时候好像铜丝、铅丝的型号用几号几号来代替，我也记不得做耙榔用几号铜丝几号铅丝了，反正越粗越好。铜丝通常从废弃的电线里找。找根废弃的电线，用剪刀剪一段，六七厘米长即可，先用火柴烧一下头，塑料包皮烧糊后，容易撕开。剥掉外面的塑料皮后，把铜丝捋直，有时会用砖把它敲直了。然后用砖块敲击铜丝的一头，把它敲扁了，敲出了一个木锨样，然后弯曲过来，就可以当耙榔了。讲究些的，用剪刀把"木锨头"铰出一个近似圆形或椭圆形出来，这就跟今天的掏耳勺非常接近了。

用铜丝做的耙榔，即使留到第二年，也是亮闪闪的，永远像新的，算很讲究的了。找不到铜丝的时候，铅丝则成为了替代品。铅丝比铜丝柔软，做耙榔的工序与铜丝一样。不过，没有人用铁丝做耙榔，铁丝质地坚硬，敲不出来。太费劲了，所以，铁丝是做耙榔的弃儿。

做耙榔时很多时候也会把另一头弯过来，做个挂钩，或弯成一个小孔，可以挂线上，或者可以穿线过去。

小孩们好玩，有时也会比一下，谁做得更考究好看。一般都是铜丝做的胜出，材质闪亮，便是基本保证。做出耙榔之后，用水一洗，更多干脆是用衣服一擦，直接可用了。那个时候，乡下的孩子命硬,没有什么卫生讲究的,连铅都不怕,更不用说其他了。反正,有了一个耙梛,鸡蛋吃完,还可以玩,没有比这个让人更高兴的事了。

2015.6.21

脚炉煨东西

煨豆,是我小时候冬日故乡太阳下最常见的一个场景。

冬日的上午,太阳下走过任何一个村落,你都会看到背风的墙角或者杆棵、稻草搭建的遮棚里,围着一簇簇一群群的人,或坐或站,或蹲或跪,叽里咕噜的言语不断。不消说,这是在围着脚炉煨豆呢。

脚炉是旧时故乡冬日取暖的主要设备,用铜打制。取暖时,先放入砻糠垫底,然后夹一团已经烧完尚通红的草灰,放置砻糠上,用脚踩实,待未燃尽的草灰燃着地下的砻糠,便可慢慢作为取暖用具。

不过,这脚炉也是奢侈的生活必需品,一般一家只有一个,所以通常给老人、女人和孩子。尤其是老太太或者半大不小的女孩子拎着脚炉取暖时,周围小孩们都会围着,一来借暖,二来解馋。所谓解馋,是脚炉里可以煨各种各样的吃的,白薯干、束粉甚至稻粒!

当然，脚炉煨东西最常见的是蚕豆、黄豆和青豆。故乡产蚕豆、黄豆和青豆，质量不差。这些东西储存到冬天，一个很重要的作用，就是哄孩子，当零食解馋。

冬日农闲，有太阳的上午，吃完早饭，在大人们用杆棵编织的棚席和三脚架处，横一根篙竹，一头搭在屋檐下的挂钩上，一头搭在三脚架上，顺着篙竹铺开杆棵棚席，在漏风的地方堆上几捆稻草，一个防风晒太阳的好地方就造好了。端几张长凳，搬几张小椅子、板凳，老爷爷靠着墙角最稳当处，袖着双手在太阳下假寐，老太太带着大姑娘、小姑娘、小孩子们坐在棚席围起来的凳子上，有人手上端着脚炉，几双手或覆在脚炉盖上，或贴在边沿上，几双脚挨挨挤挤地踩着瓦罐做的简易脚炉，叽叽喳喳，热闹得很。不全是一家人，而是村里人。

突然有人提议，煨蚕豆吧。哗，建议受到热烈的拥护。通常是老太太站起身，掸掸身上的草屑，慢悠悠地走回屋里去取蚕豆。煨蚕豆非常吸引人，因为故乡过去大家都爱吃蚕豆。

拿来蚕豆后，打开脚炉盖，把老蚕豆一粒粒地插入热灰中，密密麻麻地，直到灰面上无处可插，剩下的就是等待。

草灰的火力不大，煨蚕豆需要耐心，但小孩们最缺的就是耐心，总有迫不及待的小手想伸过去拨弄蚕豆。"啪"的一声，通常是煨蚕豆的老太太或者大姐姐用夹蚕豆的筷子打了一下躁动的小手，"急煞鬼啊，一套套辰光都等弗及啊？"（方言，一会儿工夫都等不及的意思）

言语中有带着疼爱的责备。

煨蚕豆需要翻身。等了一会，估摸着差不多的时候，要把蚕豆翻个身，把另一头没插进灰的地方插进灰里，照例接着等，一直到熟。蚕豆两头一煨到有地方焦皮了，也就差不多了。用筷子夹起来，一人一粒分配。初接过蚕豆时，蚕豆还烫手得很。于是，这发烫的蚕豆，不停地在小手里从左手到右手倒腾，稍微凉一些，吹口气，吹掉上面沾上的草灰，或者干脆手一擦或往衣服上一擦，然后扔进嘴里，幸福全在脸上。

那个时候，我们的兴奋点就那么低，太容易感到幸福了，一粒蚕豆就可以。有的时候，小男孩们忙着玩轧猪油渣或斗斗机的游戏，顾不上，煨蚕豆的老太太或姐姐们，总是把煨好的蚕豆，整齐地码在脚炉襻手放下时和脚炉围成的槽里，就像罗汉一样，一个个排列着，直到小男孩们散了游戏呼啸而来。

脚炉的这种功能在我小的时候特别受欢迎。脚炉里煨的，不仅有蚕豆，还可以用黄豆、青豆，煨法大致与蚕豆一致。不过，黄豆、青豆因为没有硬壳，像蚕豆一样煨，容易煨坏，不过，就是煨得半焦的黄豆也不用愁浪费，小孩都会吃的，更何况，大人说过，吃了半焦的东西，晚上不会尿床。谁也不知真假，但倒是为煨焦的黄豆、青豆的出路找了很好的理由。后来为了避免煨焦黄豆，我们想了一个办法，就是在脚炉里炒黄豆。

脚炉里炒黄豆，怎么炒？简单，在脚炉里铺块纸，把黄豆搁在纸上，用筷子不停地翻炒黄豆。黄豆没熟，纸却糊了，甚至会着起来，怎么办？在纸废掉之前，把没炒熟的黄豆夹出，换张纸，接着炒，直到炒熟。我记忆里，一般三张纸，能把黄豆炒熟，两张纸时，黄豆有些软，其实还是半生不熟的。炒黄豆比煨黄豆看起来干净多了，虽说它们是在油墨上炒熟的。但那个时候我们都无所谓。

除了煨炒黄豆，还可以煨稻粒。煨稻粒是很好玩的事。找捆稻草，在里边寻着残剩的稻穗，揪下来，放脚炉里。过了一会儿，听脚炉里噼啪作响，稻壳破了，稻粒里绽放出一朵朵白里泛黄的米花，赶紧拿出来，把变成米花的稻粒弄下，然后把还没爆开的颗粒继续放脚炉里。脚炉里不同区域温度有差异，稻粒受热不均衡，所以没有一次性爆开。

脚炉里当然还可以煨山芋干。收了山芋后，故乡喜欢生切片晒干，放到冬天用山芋干熬粥，这个时候，也是小孩们的料。煨山芋干也就成了冬天煨脚炉的重要工作。

还有一个东西，很适合脚炉里煨的，那就是束粉（也即北京的粉丝）。束粉是脚炉煨东西最快的，只消一会儿工夫，插进炉灰的束粉便色变膨胀，变白、变胖、变大了，赶紧抽出来吃掉，否则就会成炭，然后再把还未完整蝶化的束粉插进炉灰……

当然，煨东西的过程中，也会伴随争吵，谁吃多了谁没吃到，虽然只是些小玩意。但脸红耳赤之后，一会儿工夫，又和好如初了。

有太阳的日子，每天上午十点以前，都是这样。没太阳的时候，是自家兄弟姐妹在屋里煨这些小东西。这样的生活，伴随了我的童年以及少年的部分时间，陪我度过了严冬，忘却了寒冷，充满着温暖，成了我成长的重要记忆。

如今故乡风物大变，生活的富足，家用电暖器具的齐备，彻底改变了旧时生活，这些生活场景，也就成了永远的回忆。

2016.1.26

旧时江南乡下牛泡澡

小时候，生产队养了几头水牛，我跟着大人放过牛，也独自放过牛，也曾被牛从背上扔下过。夏天天热，放牛娃的一个重要任务，就是给牛泡澡。给牛泡澡，苏北高邮旧时叫"打汪"——汪曾祺老在他的名篇《受戒》中写到过给牛泡澡，亦即"打汪"。海明到英子家帮忙：

傍晚牵牛"打汪"，是明子的事。——水牛怕蚊子。这里的习惯，牛卸了轭，饮了水，就牵到一口和好泥水的"汪"里，由它自己打滚扑腾，弄得全身都是泥浆，这样蚊子就咬不透了。

这个场景，我颇为熟悉，不过，我所亲历的给牛泡澡，与汪老笔下还是有些差异。在江南故乡，给牛泡澡，不叫"打汪"，叫"沉牛"，意思和高邮地区类似。那个时候，故乡养牛的村子，都有一口牛塘，专门用来沉牛。与苏北的"汪"大不同，牛塘通常离河不远。我们村那口牛塘，离我家后门不到百米（我家紧挨生产队的仓库和猪舍，旧时都是宗祠所在），在我家竹园和菜地边上，牛塘里一年四季都有水，不过水是浑水、泥水，偶尔也有鱼。秋冬水很浅，牛塘四周竖立了一圈青石板，大概是防止塘堤坍塌。塘堤上杂草丛生，夏日蛙鸣蛇游，很是常见，是钓黄鳝和田鸡（麻岔田鸡）的好地方，牛塘周边的黄鳝和田鸡，通常很肥大。

夏天天大热，适逢农闲，放牛的任务，就是在午饭时把喘着粗气的牛牵出来，赶到牛塘，让他们全身浸泡在牛塘里，这就叫沉牛。村里的这口牛塘，最多时能同时沉三头牛，不过，大多数时候，都是两头。

那个时候，治安条件尚好，把牛沉塘中，大人从来不会担心牛被偷走——牛是农村极其重要的生产资料，偷牛可是重罪，我们大队曾出了个偷牛贼，不过他不敢在周边偷牛，都是到很远很远的地方偷，后来案发，被判了好多年。不过，牛塘在后门竹园边，夏天中午后门都是开着的，视线很好，也常有人在竹园里乘凉。

沉在池塘里的牛，除了犄角和鼻孔，脊梁背也通常露在外面。牛皮薄，牛虻、苍蝇特别喜欢追逐沉在牛塘里的水牛，要是拿柄扇子去打，一下能打死好多牛虻和苍蝇。这牛虻都挺大个，被咬着挺疼的。水牛受不了，经常会在牛塘里扭动翻滚，以驱赶身上的牛虻和苍蝇。因为有水有泥,牛虻、蚊蝇也没有办法沉下水去吸牛血,只能叮咬牛头。牛不时甩头,呼着粗气,试图甩开头上讨厌的家伙。

跟汪老笔下不一样的是,我记忆中沉牛在泥水塘,不是靠泥裹牛身防咬,而是靠水,沉牛同时也是降温防暑。傍晚牛要入栏,不能一身泥进栏,还得去河里清水里沉牛,这清水里沉牛,跟过去傍晚牛干完活要归栏一样,放牛的都要把牛赶进河水不深的河边,让牛自己沉浸水中,打转翻滚,借水势洗刷身上的汗水泥垢,同时也让被牛虻、蚊蝇叮咬过的身子,放松舒缓一下。

沉牛的河滩通常比较浅,牛在河里的时候,村里的小孩也会一起过来凑热闹,围在离牛不远的浅水里,跃跃欲试,想上牛背。家养的牛通常很温和,牛背是很宽厚的,抓住牛毛,一点点往水深的地方去,直到牛背没入水中,但牛头还露在水面上。这个时候,牛虻、苍蝇就只能围着嗡嗡叫了。随手拍死的牛虻,很快就被窜条鱼叮走了。

清水沉牛时,牛通常很文静,很配合,任孩子们折腾,只要不过分。但有时牛也偶尔露狰狞,调皮一下,突然间站了起来,牛背上的孩子便会不小心被掀翻落水,呛了口水,引得大家哈哈大笑,而牛则又调皮地沉入水里。

沉完牛,踩着青草,在田埂上背对着渐渐西沉的夕阳,迎着树丛和竹梢间飘起的袅袅炊烟,慢慢牵牛回家,就差一支竹笛——可惜我不会吹,唱歌也五音不全。我小时候,好多个夏天,都是这样度过的。

　　故乡早已不养牛了,分田之后就不养了,放牛给牛泡澡的场景,永远停留在了记忆里。

2016.7.27

难忘竹鱼竿

春节期间送了同学父亲一套"江南旧闻录"(已出版的前两辑),节后在京小酌,同学说他父亲已经开始一边读书一边做笔记了,还提了不少建议,比如,同学父亲问我怎么没有写过用竹子做的钓鱼竿。竹子做的钓鱼竿,我怎么会忘记。我至今回家,偶尔在野河钓鱼,还喜欢用竹鱼竿。只是,时移世易,如今可以野钓的河塘越来越少,而且即便钓鱼,连我父亲都不再用自己做的钓竿了,都用上了买的鱼竿。

中国用竹竿钓鱼的历史,源远流长。"籊籊竹竿,以钓于淇。"《诗经·卫风·竹竿》里的头两句,即是描述远嫁的卫国女子怀想在淇水用竹竿垂钓的故园生活场景。可见两千多年前的周代,用竹竿钓鱼已经成了生活方式的象征。"太公涓钓于隐溪,五十有六年矣,而未尝得一鱼。鲁连闻之,往而观其钓焉。太公涓跪石隐崖,不饵而钓,仰咏俛吟,及暮而释竿。"晋时苻朗著《苻子·方外》所载的姜太公钓鱼故事,也是竹竿钓鱼的典范。

其实几千年来,中国人一直是用竹竿钓鱼,尽管名士富豪,可能比较讲究,会在竹竿上下些功夫,绘刻些图画,但用的还是竹竿。我小时候钓鱼,也是用竹竿。我的竹竿钓鱼生涯起自埠头。那时也就是跟着大人去淘米洗菜时玩钓鱼的游戏。那个时候用的鱼竿,是大人帮着做的,通常是用河岸边高埂地里永远长不大的野水竹做的,纤细,胳膊长短,用根普通的缝衣服的线,系在竹竿头上,线比竹竿稍短,连鱼钩都没有,只是把米虫系在另一头。坐在埠头上,手持小竹竿,把线头扔进水里,逗弄窜条、鳑皮、泥鳅、肉鼓浪之类的,虽难有收获,却充满童趣,也颇有古风。

稍长,也就七八岁吧,开始自己学着做钓鱼竿了。用的也是水竹,不过这种水竹比幼时玩的稍粗长,同样用的是布线,不过,已经开始知道做鱼钩了,通常是用大头针弯曲做成,系在线头上。然后,用蚯蚓作饵,也会用米虫、苍蝇和菜花,钓的还是埠头边或河岸边浅水里的窜条、鳑皮、泥鳅、肉鼓浪和青虾。

上学之后,身体气力见识都有了长进,我开始讲究钓鱼用的竹竿了。这个时候,最适合做钓鱼竿的,是自家小竹园里的"淡竹"。这淡竹跟文献上所描述的淡竹相去甚远——文献上的淡竹恰似故乡的"燕竹",而故乡的淡竹形似文献上的水竹,但不知为何故乡祖辈相传唤这种竹子叫淡竹。

这种淡竹大部分纤细长不大，粗的有拇指粗细，中指粗细居多，高的也可有两三米——父亲回忆说，其实过去有些淡竹也是长得很大的。这种竹子，身形虽小，但用处却多，主要有两种。一是做篱笆、棚架；二是蔑片可做些东西，如篾席、篮子之类。其笋味鲜美，比一般燕竹、刚竹晚出笋，季春才长笋，五一春假正是它出产的季节。

淡竹做钓竿，最是适合。挑一根长短粗细称手的淡竹，拖回家，削去枝叶，最好竹梢头留一个小枝丫，这样系钓线时容易结牢靠，系上钓线、鱼钩，一根最简陋的竹鱼竿也就成了。

不过，讲究些的，会用竹刀把竹节处刮磨光。如果发现竹竿有些弯或弹性不够，用火烤烤竹竿、竹节，趁热压直、压弯或揉压出弹性来。一根保留烟火熏烤过遗痕的淡竹鱼竿，代表着专业和讲究。

最初钓线依然用布线，但布线不结实，很容易断，只能钓钓鳑皮、肉鼓浪之类的。后来讲究了，用玻璃丝线做钓线，玻璃丝线的问题是不容易在竹梢处系牢。不过我有自己打结的方法，倒是不担心滑脱，只是担心会断。鱼钩最初也是用大头针做的，但大头针容易被鱼拉跑，条件好一些的，用缝衣针。缝衣针质地坚硬，做鱼钩时不像大头针那样可以随便弯曲，需要烤火之后，用钳子拧成鱼钩状。因其有针眼，鱼线穿过针眼后不易脱落。

我的印象中，竹子鱼竿强度高，韧性好，回弹性能好，而且很轻。当然要挑老竹子，新竹是不能用来做钓竿的，两年左右的也能做，但通常是外行做法。

小时候我家墙上永远挂搁着一摞各种竹制的鱼竿，那大多数是我父亲做的，比我们做的要讲究些，更长一些，我们兄弟做的也有，但我们做的大多数平常都放在了储藏室的门背后。

我熟悉家里淡竹园里竹子的习性，一直喜欢使用竹制钓竿。上大学时回家钓鱼用它们，工作之后回家钓鱼用它们，这几十年不知道有多少鲫鱼、昂公、鲤鱼、草鱼、白条、窜条、鳑皮、肉鼓浪等被我的竹竿拉出。后来偶尔在北京去鱼塘钓鱼，用现代钓竿，我颇多不适，觉得野趣全无，结果在北京再无任何垂钓兴趣。

2016.3.12

劈 豆 瓣

故乡人旧时喜欢吃豆瓣，与青蚕豆豆瓣是当季菜不同，老蚕豆豆瓣则是一年四季都可以用来烧菜的。只要家里的瓮头里还放着老蚕豆。不过，剥老蚕豆豆瓣可比剥青蚕豆要费劲多了。劈豆瓣是剥豆瓣的一种，属于老蚕豆做豆瓣专用。用"劈"字，说明弄老蚕豆豆瓣的不易。

劈蚕豆通常是这样的场景：一张长条宽板凳，一把竹刀（竹刀原本是篾匠的工具，但故乡多竹子，过去乡下每家都有竹刀，用来砍竹子，比菜刀要沉许多），一大碗老蚕豆，凳子边上放一个盆子，盆子里放着清水（也可以是空的）。然后人横跨坐在长板凳上，前面放着那碗蚕豆，蚕豆与人之间留一定的空间。劈豆瓣时，身子前探，伸手从碗里取老蚕豆，然后用竹刀顺着蚕豆头部的那条黑道印痕，搁在板凳上，轻轻一敲，竹刀顺着蚕豆的豆瓣缝隙进去，豆瓣就开裂了，然后把开裂的蚕豆扔进盆里。

一般初学劈豆瓣的人，通常把握不住力道，常常因为劲大，把蚕豆直接劈成带皮的豆瓣了。还有，初学的人常常是一粒粒从碗里拿老蚕豆，这也挺累的，因为一次次前探回撤，也挺费腰的。但老手都会一次从碗里抓一把蚕豆在左手，劈豆瓣时，左手用拇指和食指夹着送要劈的蚕豆，竹刀刀背紧抵着右手掌心，拇指和其他四指夹着竹刀的两面，食指和拇指探出刀刃，把要劈的蚕豆抵在竹刀刀刃上，轻轻在凳面上一敲，蚕豆裂了，右手顺手把劈好的蚕豆扔进了盆里，手法非常纯熟。我也能非常熟练地劈豆瓣，无他，手熟而已。

一会儿工夫，一大碗老蚕豆已经劈好了。外行不懂剥豆瓣的方法，生剥，也不是不可以，但是费劲啊，手疼啊，一个早上都剥不了几粒，因为老蚕豆豆皮跟青蚕豆两个概念，硬，且紧贴在蚕豆身上。

不过，对于我们而言，这都是小事情。劈好蚕豆后放盆里，用清水泡上一夜或者一天，原来平整光滑伏贴的蚕豆皮开始变得松软皱巴——水通过劈开的口子渗进了蚕豆，这也是老蚕豆剥豆瓣之前必须先劈开的原因。这样，就可以把蚕豆皮毫不费劲地从蚕豆上剥下来，豆瓣也就剥好了。

最初我们都是看着大人劈豆瓣，比如祖父母劈豆瓣，我们蹲在边上围观。慢慢地，这些活不用再由祖父母做了，我们学会了劈豆瓣，劈的次数多了，手法也跟大人一般熟练了起来，效率也就非常高了。

与青蚕豆豆瓣以青色为主不同，老蚕豆的豆瓣，通常是淡黄色的。老豆瓣也可以烧很多菜，比如豆瓣汤等。鲜嫩的豆瓣有鲜嫩的味道，老有老的味道。我最喜欢的是老豆瓣和老黄瓜一起烧汤，味道非常赞。如果条件好，放两块排骨，那简直就是绝味了。

我这些年在外面生活，回故乡的时候，味觉大抵都被故乡应季的美味所左右，很少再吃到老豆瓣了。但我总是会记起自己盘桓在祖父母跟前，跟他们学劈豆瓣，然后自己劈豆瓣、泡豆瓣、剥豆瓣的场景。

2016.4.17

"偷"桃子的童年

有关偷桃子的故事，最有名的莫过于孙猴子偷了王母娘娘的蟠桃，大闹蟠桃宴。另一个也很有名，但对于孩童来说稍逊，那就是伟大领袖说的，抗战胜利后蒋介石从峨眉山上下来摘桃子，抢占胜利果实。不过，虽然这些故事都很有名，我自小也知道，但于我终究只是传说。而偷桃子，却实实在在是我们童年的生活、成长的记忆。

江南故乡盛产桃子。最有名的是离我们不远的无锡产的水蜜桃，其实我的故乡常州也产，不过名声没无锡大。到我们周围几个村那个旮旯，尽管也有大桃子（家桃），却多了许多毛桃。相比水蜜桃等上得了台面的家桃品种，毛桃简直不堪一提：它们的个比家桃小了许多，如果说家桃身型算是圆润丰满，毛桃则是硬实瘦小；家桃多汁味甜，毛桃干巴青涩。即便毛桃似乎如此不堪，也没能挡住我们偷桃子的兴致。

我们东村头有一株毛桃树，在两片小竹园中间，西北侧的小竹园是毛桃树主家，南侧的竹园则是我同学家的。这株毛桃树就在行人必经的路上，我们上小学必然会从树下经过。这株毛桃应该有些年头了，有我前臂那么粗，主干大概有一米六七的样子，枣红色的皮，大部分光溜溜的，倒不是因为我们这些偷桃的人爬光滑的，这是毛桃树的本来样子。我们才不愿意爬毛桃树呢。毛桃树的结疤处常渗出油脂，黏糊糊的、烂兮兮的，粘在手上挺恶心的，不过这树脂常被用来粘蜻蜓、知了。另外，毛桃树叶上有蜇人的刺毛，颜色跟桃树叶相近，青绿色，形似豆瓣，故叫豆瓣刺，贴在树叶上，不易被发现。

每年春天，桃树开花之后，我们这些每天上下学都经过这棵桃树的孩子，就开始惦记上了。不是欣赏桃花美色，而是惦记着它花落果熟。我们开始观测这棵桃树上哪些地方桃花开得密，哪些地方疏朗，目力所及，每一朵桃花的位置几乎烂熟于心。

一场春雨之后，落英缤纷，我们的心情不是葬花的黛玉，而是焦虑这春雨打掉了花瓣，有没有打掉小果果。这些将来都是囊中物、口中食，怎能被雨水打掉呢？花落之后，小果子一点点长大了，有了些形状。初夏该死的风雨总是会刮落不少毛桃下来，这个时候的毛桃，还只有钢镚那么大。看着树下跌落的那些毛桃，一边心疼树上毛桃又少了，一边高兴地捡着玩，比我们年纪小的，甚至还在衣服上一擦，便咬着玩了——自然不能吃，这个时候是涩的。

随着温度的升高,毛桃个儿渐渐大了起来,依然是树叶的颜色。这时有人开始迫不及待地想试试了,但其实还不行,打下的毛桃,肚子里的桃核还是白的,软的。待到毛桃差不多有手表表盘那么大的时候,对它们的围剿开始了。

东村头的那株毛桃,虽然在路上,却不是无主之物。不过,主家男人常在城里干活,家里的老人也常下田,这方便我们偷毛桃。不过,他们家隔壁有个孤寡老太太,我不知其名,小时候大家都喊她"江北老太婆",小脚,一口不知哪儿的口音——在过去故乡的语境中,江北婆是带有明显地域歧视性质的,通常用来称呼苏北人和安徽人。这个老太太不出门,我们要偷打桃子,总是躲不开她。

那个时候偷桃子,不是爬上去摘——那也太明目张胆了,那不叫偷,是明抢了,更何况还有恶心黏糊糊的树脂和蜇人的豆瓣刺。自然也不会用棍子去打,这同样像明抢。怎么偷?

用砖块打。偷桃过程也练了眼力和手法,一举两得,其乐无穷。

两边的小竹园里提供了丰富的弹药,各种小砖块瓦片,是我们的武器弹药。人站在竹园边(以便一旦被发现可以迅速逃跑),拿块小砖瓦,瞄准了树上的桃子,笃出去,击中了,便会哗啦掉下几个毛桃来。就这样你争我抢的,几个小孩总是能打下不少,个个喜笑颜开。

动静一大,难免惊动江北老太婆,她迈着小脚,颤巍巍地出来，骂咧咧地追赶我们，我们便忽地钻进两边的竹园竹遁了。有时调皮，还会躲在竹园里，齐声喊骂"江北老太婆……"

把老太太气得够呛。

若是被老太太认出是哪家的来，也挺麻烦，倒不是因为偷桃子，而是骂人后人家找上门，家长会很没面子，觉得教子无方，难免一顿臭骂甚至揍一顿。不过，一个夏天，直到这树上的毛桃全被我们收拾掉，江北老太婆和我们之间猫捉老鼠的游戏才告结束。我们总是胜利者。

这被我们打下的毛桃，是我们的胜利果实，一般擦擦就啃了。不过，这青涩的还未真正成熟的毛桃一点都不好吃，常常咬了几下就吐掉了。即便如此，我们对于偷打毛桃总是乐此不疲。

这毛桃擦洗之后入嘴，根据大人的告诫，必须把头上的尖尖去掉，传言若吃了这尖尖，容易长"白蕾头"——一种脓包，有尖尖，尖尖里有白色的脓。我不知道这桃子尖与脓包"白蕾头"之间的关系是如何勾连的，难不成因为它们都有一个尖头？我至今也未明白。不过那时，每个孩子都会把毛桃尖去掉后再吃，谁也不想冒长脓包的险。

与偷打毛桃不太一样的是偷家桃，家桃通常种在房前屋后的篱笆里。在乡下，偷家桃就像偷菜一样，性质比偷毛桃严重得多，是真正的偷。通常种植了家桃树的人家都看得紧，所以，偷家桃更要小心翼翼，更要隐秘，不会像偷毛桃似的成群结队起哄。不过，乡下的顽童大多还是有过偷桃的经历。

在我的记忆中，故乡的毛桃永远等不来成熟的那天，因为在它成熟之前，早已不知所踪了，台风大雨会打落它们，但它们的天敌，则是乡村顽童。

一年又一年，东村头路上的那棵毛桃树，伴我们走过了好几个春夏秋冬。尽管主家都知道是哪些孩子偷打了，见了也只是说"××，你打我们桃子了吧，真是个贼赤佬，不要把我们家的树打死了"。骂声中带着笑意，一点都没有计较的意思。

这就是我童年时的江南故乡生活。

（后记：东村头那棵毛桃树不知什么时候死掉了。它的主家，后来去了无锡发展，发了大财，回来翻盖了房子，后来又回来盖了厂房，这厂房，就盖在我家的责任田上。）

2015.7.21

煨 山 芋

北京城里一年四季都有许许多多的烤红薯摊子，秋冬时，满城飘着烤红薯的香味。早些年偶尔吃过一次之后，就没有再买过。虽然香甜，终究不是故乡的味道。我的味蕾早已被儿时故乡的生活所固化了，没有什么能够压住故乡涵养的味蕾，除了辛辣和故乡的味道。

城市里商业化的不用等付钱即可取食，没有了眼巴巴的等候与期待，也让烤红薯对我失去诱惑。当然，还有一点，那就是这些属于乡野土货，它的至味，永远只有在它的土地上才能品咂出来。

故乡也有烤红薯的历史，不过，那是遥远的记忆了，我们叫煨山芋。我小时候，江南故乡乡下种的山芋，其实多是白薯，而不是如今北京遍地可见的红薯。白薯和红薯最大的差别，就是白薯不如红薯甜，煮熟后色泽淡黄或黄色，不若北方的红薯呈浅红色或黄红色，吃起来比红薯干涩，但淀粉却多。

那会儿在故乡偶尔会遇到红薯,我们称之为溏心山芋。要是遇上溏心山芋,小孩们会开心死的,那山芋煮熟后软乎乎的,颜色呈黄红色,入口即化,比我们平常闷熟的山芋容易下口多了,更重要的是,它更甜。

那个时候,生产队种过白薯,家家户户自留地上种过白薯。我这一代乃至我的父辈,吃山芋吃怕了。那是饥饿年代的当家饭,早上焖上一大锅,中午还要在饭锅蒸格上蒸上一圈,以补粥饭之不足。但有两样,我觉得永远没有过够,那就是偷山芋和煨山芋。偷山芋是另一个江南故事,这里我们聊煨山芋。

煨山芋的故事通常发生在冬天。与北京城里烤红薯需要做专门的器具大大的不同,煨山芋在故乡是顺手而来的事。故乡乡下做法,以砖砌灶台为主,炒菜、做饭、烧汤,皆以烧稻草、麦秸、树枝为主,我家至今仍是。

烧饭时,我们哥仨就会围在灶台边,总是眼巴巴地看着,无论大人烧什么,都会做垂涎状。这其实是饥饿和困穷的症候。当然,冬天做饭时灶窠里也暖和。这个时候,刚把灶膛里火点着的亲娘(奶奶,方言),会叹口气,站起来,拍着身上的围裙,说,"我给你们煨个山芋吧"。我们欢呼雀跃。我和弟弟总是会迫不及待抢着说,"我去我去"。我去做什么?拿山芋。秋天收了山芋后,通常把它们堆放在另一间屋子里。拿过来,山芋身上还有干结的泥巴,如果泥巴较厚,亲娘会把它剥下,然后用铁制的火叉把灶膛里熊熊燃着火的柴草拨开,把山芋扔进拨开的空档里，然后添把柴草，站起来，交代我们接着烧火时，别用火叉去戳或拨弄山芋。一拨弄或戳到了，容易把山芋弄坏。

过去，故乡的灶膛是双层的，中间搁着个铁制的小栅栏，为的是让烧尽的余灰，从栅栏缝隙里漏到下面，以免有时烧火多了灶膛里余灰太多，影响火势。所以，灶膛最下面是冷灰，最上面是发烫的热灰，铁格上也有一层还未彻底燃尽的热灰，山芋就趴在这层热灰上，身上覆盖着正在熊熊燃烧的柴火。

急不可耐的我们，总是不听亲娘的话，觉得山芋熟了，会用铁叉小心翼翼地去拨弄火堆里的山芋，或者干脆用火钳夹出来看个究竟，但柴火虽烈，煨山芋却需要足够的时间。通常一顿饭做完，才能熟。而且，做完饭，膛灰还有火星时，最好闷着它，这是收火，也是让灶膛里的山芋熟至最佳状态的需要。

山芋煨熟后，从灰堆里扒拉出来的时候要特别地小心，这个时候山芋煨熟了，便柔软了，无论是铁叉还是火钳，稍一用力，都会戳破它，那肉上就沾了灰，损失的不仅是量，还有味道。

从膛灰里扒拉出来的煨山芋，与北京烤红薯外表光溜干净不同，身上沾满了草灰，有些地方还煨焦了——煨山芋煨过火焦了，是常有的事，算不得学艺不精。煨山芋的焦，是一层层的，不过若是焦了，肉成了炭，哪怕最小的一块，都还是挺心疼的，吃时要剥掉的。那个时候，任何浪费都是一种犯罪。

煨山芋最容易焦的，是蒸团子时，这个时候灶膛里烧的通常是"硬柴"——所谓"硬柴",是相对稻草、麦秸这类而言的,主要指晒干的树枝、木块和杆棵棒,这些材料火大力猛,需要旺火时才用,平常做饭炒菜,是断断不会用的,若用了,那简直就是杀鸡用牛刀,太浪费了。但正因为其火大力猛,用于煨山芋却不是最好,最拿捏不住。所以煨焦的情况,以此为甚。

煨好的山芋捧在手上,还发烫着,一边双手来回颠转,一边朝山芋吹气。吹气的目的有二,一是吹掉山芋身上的灰屑,二是让它冷却下来,这都是土法子。俗话说烫手的山芋,我想大概更多来自灶膛里煨山芋吧,因为焖、煮、蒸的山芋是没有刚出灶膛的山芋烫手的,当然也可能跟野外煨山芋有关。至于北方满大街的烤红薯,跟烫手山芋八竿子打不着的,因为山芋更多是南方话语。

山芋表皮稍凉,便迫不及待地用一只手揭掉外面那层煨得有些焦黄还有些脏兮兮的皮——山芋煨熟后,它的外皮是很容易揭下的,挨着山芋皮的那层肉,外面呈丝状覆盖,淡黄的,一些地方还有些焦色,这个其实是最好的。一口下去,哇,烫!不停地在口腔里翻滚,然后下咽。从刚开始的烫嘴、烫心,到程度适中,滋味越吃越美。

我小时候,堂叔一家跟我们住一起,比我们年长不少的堂叔总是要和我们兄弟抢煨山芋,但堂姑她们则和我亲娘、姆妈她们一起,想方设法给我们煨山芋。有时晚上蒸东西,不再添柴时，亲娘还会扔进几个山芋，用尚在微微燃烧的火灰盖上，然后去休息。第二天一早，做早饭时，从余温的灰里扒拉出山芋来，这山芋煨得正是火候。

这个美，是煮山芋、焖山芋、蒸山芋以及粥锅里放的山芋所没有的。更是北京城里工业用铁桶改造的烤红薯器具所无法烤出的味道！

故乡的山芋，故乡的稻草、麦秸、木柴，故乡的泥土砌的灶台，更有我们那寒冷困穷岁月里无边的期待，和长辈想方设法满足我们的努力，这些才是煨山芋能有至味的关键所在。

现在的孩子们的味蕾，都被新的东西改造了，没有经历过这一切的他们，再也无法体会我们的期待、爱与哀愁了。

2016.2.1

上 水 鱼

故乡正在梅雨季节。

一早,我初高中的同学杨继泽君提醒我,可以写篇水渠里捉上水鱼的江南旧闻了。一下子,少年时代黄梅天赤脚在水沟里捉上水鱼的影像,恍若眼前。

我写《少年最爱黄梅天》时,写黄梅天捉鱼,曾简单提到捉上水鱼。梅雨季节,故乡常常雨连着雨。晚上一夜大雨后,河水已经漫溢到晒场、低秧田、河泥塘,而地势略高的地方,大小水渠沟里,水声哗哗,激流奔涌,甚至,河岸边菜地的垄沟,也自发形成了一道道水流。

少年的心最易被梅雨骚动,尤其像我们这样打鱼人家的少年。因为这正是少年捕鱼大显身手的时候。

天还没亮透,少年心急火燎不用催促就爬了起来,毫无倦意,找张塑料薄膜雨披一套(父叔一代,没有雨披的时候,他们通常穿的是蓑衣),左手拎只网眼较小的竹篮和一根竹棍,右手拿着或右肩扛着"海斗"(尼龙绳编制的捕鱼小网兜,用铁丝或篾圈口,竹竿作柄),光着脚,冒雨出门了。

这个时候,田野上还见不到几个人,但路上泥泞,走有草的地方,茅草扎脚心也不觉得,心里只有一个念想:先把村子周围几条河边上的水渠里的上水鱼捉了!要跟周围几个村子的同龄人甚至大人抢时间,所谓兵贵神速。

上水鱼是什么鱼?多数鱼喜欢活水,活水富氧,食物新鲜,又能借助活水"冲澡"。黄梅天,故乡的天气闷热,河塘水色混浊,河塘里空气不足,而好多鱼,正好也是产籽的时候,俗说"消籽"。所以,这些鱼对活水有着天然的追求。

黄梅天一下大雨,尤其夜深人静的时候,沟渠里哗哗的水声,则正好吸引了鱼儿前赴后继过来,鱼都会沿着流水的沟渠,逆水奋力上游,都有鱼跃龙门之志(其实真实原因,不外乎我前面所言)。这些逆水而进的鱼,故乡俗称"上水鱼"。

小沟渠上水鱼最多的,就是鲫鱼、窜条,一夜之后,许多沟渠里从河塘逆水游上了很多小鲫鱼、窜条鱼,少年不知道这些鱼想过顺水回游没,想来没有,因为这些鱼不停地与水势争斗,为的是游向更远处;少年也没有这个心思去想,其心思,完全被沟里潺潺流淌的水流吸引住了,不,确切地说,是被隐在水中的上水鱼吸引住了。

少年瞄准沟渠下游靠近河塘边的一处地方,迅速把海斗插进流水中。这一动作,看似简单,其实包含了一个乡下少年丰富的生活经验和知识判断：位置合适，靠近河塘，这有利于一网打尽，若离河塘远，估计会漏掉很多鱼；位置地形合适，与海斗宽度相距不远，若两边留出的空间太大，鱼容易溜走；插入时讲究眼疾手快，海斗插入流水中，动静容易惊扰上水鱼，把它们吓跑，所以插入要快，同时光脚入沟渠，双脚分列，堵住两边空隙，然后用手把海斗扶正插实，再扒拉边上泥土筑坝，双脚站立处用泥巴和草堵上，只让水从海斗里流走。

若水势较大，就用竹棍撑住海斗。然后爬上来，到上游处，用泥巴筑坝，把流水堵住，如果水势过猛过大，筑不了坝，就光脚在沟里从上往下赶水，其实就是赶鱼，把沟渠里的鱼都赶进海斗里。若是小沟渠，上游筑好坝后，随着水势渐衰，沟渠里常有鱼没来得及顺水而下，白乎乎的身子躺在沟渠底的水草上，张合着嘴，全无逆水进取的精神，很是可怜样。而海斗里，早就挨挨挤挤，全是小鱼了。拎出海斗，往篮子里一倒，活蹦乱跳的，全是鲫鱼、窜条，偶尔也会有黄鳝、泥鳅甚至鲶鱼！看着收获，少年满心欢喜。

当然，偶尔也会遇上不怕水的火赤练蛇。但少年不怕，火赤练蛇不是毒蛇，只是会感到有些恶心，与收获相比，这一点都不算什么。

捉上水鱼时，若无海斗，通常割草用的篮子同样可以，使用起来跟海斗一样。捉完一条沟渠的上水鱼，天色还不算太亮。少年回身上游处，用棍子一掘，把泥草坝掘开，水势汹涌，奔流而下，很快，沟渠里毫无刚刚打过一仗的痕迹。晚起的人不知，再次来到沟渠里想捉上水鱼时，常常会觉得奇怪，怎么几无收获？无他，上水鱼大多都是晚上或凌晨摸黑逆水而动的。少年拎着丰盛的收获（鱼还在篮子里折腾），看天色还早，便会找其他熟悉的沟渠，继续捉上水鱼；若不早了，则赶紧回家，洗漱之后，还要上学去。

这样的生活，在我的少年时代，年复一年，每年都一样，但我从来没有厌倦过，相反，总是乐此不疲，陶醉于中，即使上学放学路上，看到一条通向河塘的流水的沟，都有捉上水鱼的冲动。

上水鱼还有一种捉法，需用到张退笼——一种用篾制成的捕鱼工具，内有倒置篾片，以防鱼进去后逃出来。把头朝河塘，尾冲水来方向，通常用竹竿插住，埋在沟渠里，上面覆上草和泥。鱼逆水奋进时，钻进退笼，便出不得了。张退笼捉上水鱼，通常是晚上大人做的。

在我的少年时代，化肥、农药在农村使用还有限，河塘里野生鱼极多，鱼虾也极其鲜美，黄梅天时，不仅水沟里，连秧田里都有鱼虾翔游。不过，我小时候爱捉上水鱼，不为吃，只为捉——父亲是打鱼高手，我家不缺鱼缺油盐，所以故乡俗称砍柴富捉鱼穷，我小时不喜欢吃鱼，但喜欢捉。捉鱼成了一种游戏，一种生活方式。

自我往上，在故乡生活的一代代人，大概都有我这种捉上水鱼的经历。但如今,这种生活早已不再。河道或填埋堵塞,或污染,鱼虾少见,至于黄梅天的上水鱼,已经成了一种传说,一种凄凉而美好的回忆。

2016.7.3

下 水 鱼

每次在各地乡村游走，看到水流奔涌的涵洞口，我总是会想起故乡黄梅天捉下水鱼来。

故乡的黄梅天，阴雨连绵，到处水势汹涌。

我小时候，故乡河塘纵横交错，河与河之间通过坝相连，而坝上，过去是用青石板砌成的小桥洞，后来一些地方渐渐被水泥预制涵洞取代。但无论什么河塘，几乎都是活水，这是江南水乡的好处。

有小桥洞处和涵洞处，平时水势平缓，但到梅雨季节，雨水集中，地头的水都迅速汇聚至周边河道，每条河里都是河水暴涨，上游之水顺势汹涌而下，水流湍急，甚至漫浸了堤坝。

不过，尽管水势看起来吓人，但对当年的乡下人而言，也是稀松平常，从不大惊小怪，因为雨来得急，水走得也快。

过去河道都是生产队集体所有，不同的河道归属不同的生产队，每条河里都养鱼，平素都用栅栏或铁网围栏，怕鱼跑。

但黄梅天一来，若河水涨得太快，这些大多会被扯开以利走水，于是有了下水鱼。与黄梅天逆水而上的上水鱼不同，下水鱼是顺水而下，而且，下水鱼以大鱼为主，青鱼、鲢鳙、鲤鱼、白条都有，甚至连下水的鲫鱼，都比上水鲫鱼要大许多。

通常，这些涵洞口，也会有上水鱼，但水势汹涌，有这份能耐的鱼很少，除了些鲶鱼盘踞于边上草里。而更多是被水流裹挟顺水而下的下水鱼。在这种涵洞口，没有人会去捉上水鱼，只会去捉下水鱼。而且小孩通常是不被允许去捉下水鱼的，水太急，容易出事。

黄梅天的雨水，是白天连着晚上。通常入梅之后，在第一场大雨来临之前，捉下水鱼的人家就盘算"抢地盘"了——因为许多小伙子会去捉下水鱼。尽管鱼是养的，但按旧俗，捉到的上水鱼、下水鱼，都属于无主之鱼，归捉到之人，不算偷抢。

父亲是附近有名的打鱼能手，捉下水鱼自然是他的拿手好戏。捉下水鱼用的是用尼龙绳编制的大网兜，俗称"海斗"，这个"海斗"有大、中、小三种，小的主要是用于捉上水鱼，小孩玩得多，大、中型都是根据堤坝涵洞口子大小做的。我记得我家的大海斗，口子上用毛竹片箍成，口子有铜锣匾那么大，网眼也大许多，中型的口子也有苗篮那么大。"海"意味着大，"斗"则是指网兜的形状。

捉下水鱼也叫"装鱼"，在吴语里，"张""装"同音，也有用"张鱼"，其实无论"装鱼""张鱼"，都说得通，无论是用退笼还是海斗，都是去装鱼的，而用海斗等，是张开鱼兜的。

黄梅天的雨水白天连着晚上，如果没人抢地盘，父亲总是会在晚上八点左右，叫上堂叔，带上各式海斗，去捉下水鱼。下水鱼也是晚上最多。

父亲和堂叔对于几个村子周围那些河道那些涵洞口的地势地形非常熟悉，对哪些涵洞口下水鱼最多也最熟悉。他们通常是找我们村有份的河道、堤坝去张海斗装鱼。找到一处涵洞口，在涵洞下方，把海斗插进水里，然后用比较粗的竹竿或树枝，交叉插进水里，把海斗紧靠涵洞口固定住，然后在海斗口与涵洞接洽处敷上一把草作为掩饰，就可以了，既防水急鱼大冲走海斗，也可以增加过路人偷海斗的难度。大涵洞就用大海斗，小涵洞就用小海斗。

安装好后，回家稍微休息一会，晚上父亲和堂叔会轮流去查看，有时有人经过时发现有鱼，会顺手牵羊，连你的海斗一起偷走。其实，那时雨夜行人少，更多是因为鱼大鱼多，有时怕海斗撑不住鱼的折腾，会把海斗扯脱被水冲走，这种情况常有。一夜过去，通常所获不菲。到白天，除非雨大，否则通常会把海斗取回家，一来白天下水鱼少，二来目标明显，就在路边，明摆着会被盗，不值当。

我小时候印象最深的一次捉下水鱼，是没有用海斗的。那个时候，我们村边的西浜头连通南大漕的涵洞口，一条大青鱼挤在了涵洞口，下不去，我们几个小孩用鱼叉叉了它，反被它把小鱼叉带跑了,父亲拎着条板凳,在涵洞口瞅准机会,一板凳砸在青鱼的脑袋上,把鱼砸晕了,捞上来一称,有二十多斤重,全村分了。

如今故乡的河道水,许多已成死水、臭水,河道里不知道还有没有鱼,即便有,也是重金属污染很重。而下水鱼,基本上已成历史名词了。

2016.7.3

一把草秸里的中国

"焚烧秸秆就是犯罪""焚烧秸秆时,就是坐牢日""上午烧秸秆,下午就拘留"……

网上几张农村禁烧草秸的宣传标语图片震撼了我。

撇开这几句宣传标语本身就是法盲写的不说,单就这些标语也可以看出如今基层的治理水平之粗暴低劣,从来没有置农民利益于心上。不过,标语虽然更多出现在落后的地区,但此种管理理念,却是相当普遍的,在我故乡江南繁华地区,也存在。

稻草曾经是农民的至宝。在麦秸、稻草里,也可以看到一个国家的变化。我小时候,江南故乡是舍不得烧稻草、麦秸的。稻草、麦秸是故乡主要的燃料,彼时粮食产量很低,连麦秸、稻草也势利,长得不好,通常不够烧的。除了年关前乡俗点年财时,会允许大人、小孩在麦田里堆放稻草点烧,或者让小孩举着点燃的稻草把在地里路上奔跑之外,向来是不会允许烧整齐的稻草、麦秸的。因为彼时家里做饭用的柴草都不够。不过，远至民国之前，近至人民公社时期，夏收、秋收后，地里通常会点把火，把残剩在地里的麦秸或稻草，以及杂草，一并焚烧。

夏收、秋收之后，地里通常有些散落的麦秸、稻草，爬梳之后，地里再留下的，便与杂草一起一把火烧了，一来肥田——我自小记得家长老师教导说，草灰含钾肥，可以用来肥田，提高农作物产量，20世纪60年代从日本引进化肥之前，中国化工业特别落后的时候，草灰也曾担纲主要的肥料；二来焚烧草秸可以杀虫，所谓一举两得。

夏天傍晚时驱蚊，晒场常烧梧桐叶和树皮。当然，冬天时还会烧茅草和干枯的茭白棵。烧茅草主要是小孩干的，俗称炭茅柴，其实就是"野火烧不尽，春风吹又生"之意，第二年的茅草长得更好。烧茭白棵则有讲究，除了第二年让茭白棵长得更好之外，也是为防虫，同时传言还防治黑心茭白——故乡一些茭白，有时会有芝麻般的黑点，这个就卖不掉，也不会吃，传说茭白棵头年冬天焚烧之后，第二年不会有黑色素。所以，夏收、秋收之后，农村常见烟雾缭绕，不过向未有污染之说。而乡村烧稻草、麦秸的炊烟，在诗人眼中，甚至还有一种特别的美感，是安静和生活的象征。

除了作为燃料，麦秸、稻草在故乡工业化之前，还承担着一个重要使命——盖房子。用稻草、麦秸盖顶，或者扎起来，挂在用泥土夯筑的墙上——故乡过去多雨雪，泥墙受淋后容易出问题，挂上一层稻草或麦秸做外墙，防雨——雨水顺着稻草、麦秸跌落地下，就不会弄坏泥墙了。

在冬天，过去贫寒时，稻草还是取暖的好物事。秋收之后，农村家家户户都会晒稻草，晒干以后有很小一部分是用来铺床的——相当于城里人的褥子，稻草之上只要再铺张床单就可以过冬了。就是家里突然来客了，打开一捆捆稻草，铺在地上，就是一张床。我们小时候特别喜欢睡稻草铺的床，暖和柔软。我上高中时，我的同学如今也是中学老师的赵伟峰，他家离学校远，寄宿住校，冬天还曾到我家去挑过稻草铺床。当然，彼时墙窗常透风，稻草也是用来堵风的好东西。后来经济条件改善，被褥很多很便宜了，稻草铺床堵风的使命也就完成了。

分田之后，加上化学肥料和杀虫剂的广泛使用，粮食亩产迅速攀高，作为燃料的稻草、麦秸也迅速富裕了起来。早年还可以用稻草来搓绳编织草帘甚至直接卖稻草给那些窑场挣些外快——稻草帘子等主要还是用来防雨的，但在后来乡村窑场衰败之后，多余的稻草再也找不到用武之地了。于是，在留够作为燃料的稻草、麦秸之后，多余的也就散落在地里，一把火烧了肥田了——弄回去，费工费力，还占地方。我的父亲如今也是每年循例在地里烧多余的稻草、麦秸。

不知何时起，农村开始禁止焚烧稻草、麦秸。我记得最初似有报道称北方某地区焚烧秸秆影响飞机起降，所以禁止在机场附近焚烧秸秆，但我不知道农民被禁止焚烧秸秆后是否有补偿。后来禁止焚烧，则是说为了保护环境，防止污染。尤其是北京雾霾天多了之后，焚烧秸秆成了罪魁祸首之一。

我的故乡早些年也开始禁止农民焚烧草秸了。今年春节回家的时候，父亲也跟我聊起烧草秸之事。去年秋收之后，父亲循惯例，把一些不要的稻草在稻田里焚烧——自分田到户之后，这个习惯就形成了，乡里管环保的人找上来，要罚五十元，父亲不干。人说这焚烧污染环境，违法，罚款是最低处罚。父亲的脾气上来了，大怒，说，我在自己地里烧剩的稻草，你们说污染环境要罚款，那些厂把我们的河全污染了，你们咋不罚去？罚我没问题，你们把河面上漂的油花捞走了再来罚我！

罚款自是没交。父亲告诉我，我们家最好的地边上那条河，上游有几个厂，这河污染了，河面上漂着一层油，都是厂里排出废水时带下来的，父亲找了几回，没解决。他老人家一生气，把稻草点着了，扔进河里去了——父亲说本想把漂浮的油花点着，顺着烧上去，把厂给烧了！但水面漂浮的油花点不着，父亲也没奈何。我吓了一跳，赶紧说幸好没点着，要不然就成纵火犯了。不过，父亲的做法，有些类似工业革命早期英国那些抵抗大机器的小作坊主的做法。

我也劝父亲不要再烧了。但我们兄弟都不在家，稻草多了，谁能帮他收？我赞成禁止焚烧，但是，对于农民因此的付出，获益者及管理部门都应该给予相应的补偿，补偿农民在禁止焚烧后付出的劳力和成本。这才是接近公平的解决之道。

罚款甚至拘留，从来都是简单粗暴的选择。

2015.10.24

扳 麻 雀
——"落雪天捕雀"系列 1

扳麻雀,是江南故乡雪天捕雀的一种方法。

像我这般年龄以上的男女都有深刻的记忆。一讲起来,都是头头是道滔滔不绝。

无他,这个生活场景于我们太熟悉了。

我小时候故乡的冬天很冷,雪很多很大。那时农村生活比较困苦,冬天也很单调。下雪了除了在雪地上留点脚印打打雪仗堆堆雪人,只有捉麻雀了,捉麻雀过程充满了乐趣。扳麻雀就是其中的一种捉法。

我的记忆中,最早把扳麻雀写进文章的,是鲁迅。上学时课本上有《从百草园到三味书屋》,迅哥儿这样写扳麻雀:

这是荒园,人迹罕至……只好来捕鸟。薄薄的雪,是不行的;总须积雪盖了地面一两天,鸟雀们久已无处觅食的时候才好。扫开一块雪,露出地面,用一枝短棒支起一面大的竹筛来,下面撒些秕谷,棒上系一条长绳,人远远地牵着,看鸟雀下来啄食,走到竹筛底下的时候,将绳子一拉,便罩住了。

语文课上,学这课文洋溢着一种压抑的欢腾——看看,鲁迅先生小时候跟我们玩的一样!他还玩成了大思想家呢!这压抑的欢腾充满着自豪,也有隐形的抗议:不要再说我们不好好读书了。

迅哥儿当时还算是破落的大户人家子弟,说他的捕鸟的方法是闰土父亲教给他的。我们的捕鸟方法,都是自家长辈兄长教的,连老太太都会教你这个捕鸟的法子。不过,因为迅哥儿的这个描述,让我对绍兴一直有一种莫名的情缘,有某种相同的生活嘛。

我们扳麻雀的方法与闰土父亲教给迅哥儿的相似,不同的是,我们没有废园,我们就是在屋门前的晒场上。大雪过后,把晒场上的雪扫开一块筛子大小的地方,露出地面,地面有些干湿,撒上一些稻壳或砻糠,或者一些稻草屑,然后找根小棍子,通常是竹枝,支起一面筛子来。棍子上系上一根草绳,远远地拉进屋里,人就躲在半掩的门后,死死盯着筛子,坐等麻雀入筛。

有时为了掩饰得更好,还经常在筛子上面覆一层雪,这叫掩护,同时也为筛子背面不给麻雀落脚。当然,最好的方法,就是晚上下大雪时就用一面有些破旧的筛子在晒场搭好架子,第二天起来，外观天然掩饰——用破旧筛子，是怕夜行之人顺手牵走。不过，经常出现支筛子的棍子经不住雪压，筛子被雪压趴在地上的情况。

这个方法土名"扳麻雀"，而不是扳其他鸟，是有道理的。麻雀是与人类伴生的鸟类之一，生活在房前屋后或田野附近，飞不远，活动范围有限，飞行时经常要落脚，在地面活动时靠双脚跳跃。落雪狗欢喜，但对麻雀可能是大痛苦，栖息、觅食都是挑战。

我印象中麻雀应该是怕雪的，它们不敢轻易地落在雪地上。伴生的鸟中，白头翁个大，冬天少见，别咕咕（斑鸠）个也大，不到房前屋后，来的只有麻雀，筛子扳鸟也只能扳倒麻雀。故名"扳麻雀"。迅哥儿小时候在百草园偶尔能扳到"张飞鸟"，我们倒是没有这个经验。

就如闰土父亲教迅哥儿的，扳麻雀不能性急，像钓鱼一样需要耐心。不过，小孩子最缺的就是耐心。死盯着等待时，最怕行人经过。筛子支在晒场上，行人过村，常挨着房前走，离筛子很近，也可能会惊扰麻雀，常惹我们不喜欢。所以，扳麻雀时最讨厌有人路过。

麻雀冬天常常一群群活动，它们非常聪明、机警，好奇心强，雪天觅食困难，它们对于一切能够觅到食物的地方都敢尝试，但胆大敢靠近人的特点，却常常害了自己。几番逡巡考察犹豫之后，麻雀们下定决心，落到雪地上难得露出地面的这块宝地歇脚觅食，或许它们对自己的敏锐性和能力太自信了，一只，两只，三只，四只……

这边麻雀的警惕性随着吃食的获得越来越弱，那边我们等候的痛苦快到极限，屏住气，绷住劲，生怕任何溢出都会惊扰到筛子底下的麻雀。突然间，躲在半掩门后的同伴猛地一拉绳子，哗啦一下，棍子倒地，筛子如大厦之倾，黑压压一片扑麻雀而来。一片雀鸣声中，惊骇，哀鸣，呼唤，都有，一些麻雀扑腾着从将倾的筛子大厦缝隙飞了出来，一些却永远地飞不走了。最后化作了我们成长的物质激励。

不过，并不是所有的扳麻雀都会有收获，迅哥儿写的"明明见它们进去了，拉了绳，跑去一看，却什么都没有"，这样的情况我们也常遇上。

这样的扳麻雀，曾经伴随着我们的童年少年时代。那个时候，一到寒假，我们天天盼着下大雪啊。但后来雪越来越少，麻雀也越来越少了。不是因为捕捉，捕捉致麻雀少是把麻雀当害虫的时代和饥荒的时代。是后来乡镇工业的发展，越来越多的化工厂在故乡兴办，让麻雀再一次急剧减少。

现在故乡的麻雀又多了起来，不过，故乡的雪却更少了，冬天更暖和了。再也见不到扳麻雀的场景，如今的孩子，也没有了扳麻雀的快乐。

2016.1

掏麻雀
——"落雪天捕雀"系列2

小时候,江南乡下有很多种掏麻雀的方法。但是,我印象最深的掏麻雀,却是在江南落雪之后。

旧时故乡柴火灶当家,以烧稻草为主。我小时候,每年秋收之后,生产队会把稻草分给各家各户,当作一年的柴火。那个时候,虽然是乡下,但家家户户的面积,还是比较小,一下子分给了一年的稻草,全部堆在家里是堆不下的。一部分堆在家里,剩下的就码在晒场或者自家门口的竹园里。一堆堆,一垛垛,整整齐齐的。

没下雪之前,这稻草堆周边,是小孩们玩打仗或者捉迷藏的好去处,但是,大人们再三交代过,不准弄翻了草堆。偶尔,贪小便宜的孩子,也会顺手牵羊,从码放整齐的草垛里拔出一把稻草,偷偷带回家——故乡每一捆稻草,都是一把把捆成的,一般根本看不出。

冬天故乡大雪之后，到处一片白茫茫，晒场上的草垛，顶上更是顶着厚厚的白雪。竹园里的草垛顶上稍好，但也是一层白茫茫。天寒地冻雪茫茫，麻雀也是过冬忙。这麻雀怕雪天，每到下雪，是它们的苦日子。堆在晒场上或者竹园里的草垛，成了麻雀下雪天躲藏的一个去处。故乡的麻雀，下雪之后，晚上喜欢钻进稻草垛里过夜。故乡的草垛，因为码放不一，错位处或者被人抽走一个草把处，都有深浅不一的草洞，这是雪天麻雀最喜欢找的落脚处。在寒冷的雪夜，这样的草垛真是一个美妙的去处，温暖，而且可以梦想。只是，麻雀没有想到，在人统治的世界，这个好去处最大的危险，就是不安全。

晚上下过大雪之后，小子们最喜欢一大早就出门，除了溜达，要在茫茫雪地上留下自己的脚印，一个很重要的事情，就是趁麻雀未醒，去草垛掏麻雀。麻雀本来都是最早醒来的，但是下雪之后，竹梢、树梢、地上都是雪，无处落脚，麻雀也就和人一样，喜欢"赖被窝"，躲在草垛里休养生息。

麻雀还在半梦半醒中，小子们踩着雪，咯吱咯吱地走向了草垛。但凡看着有些凹进去的地方，便伸手进去，一摸，里边叽喳乱叫，哈，有了，出来时手里抓着一只麻雀，还在手掌里挣扎呢！小子们一下子兴奋起来，不管凹进去的地方深浅，总是探进去，有失望遗憾，也有快乐兴奋。不过，一些落入"魔掌"的麻雀的叽喳哀鸣，也会惊醒其他钻在稻草里做梦的麻雀，扑棱棱从草垛里飞出一些来，在白茫茫的空中盘旋哀鸣。

一个草垛摸下来，多少有些收获。接着就是第二个草垛，第三个草垛……雪天草垛里掏麻雀，很少有失手的。偶尔在草垛里抓住后，拿出来时不小心让它挣扎飞走了，会后悔死。这种情况也有，但不常见。不过，在这边这个草洞里掏时没掏着，边上扑棱飞出一只，却也是常见的。那个时候，总是会懊悔为什么自己掏了这边这个洞而没摸边上那个。

掏麻雀收获最丰的，总是起得最早的。所以，那个时候下了雪，小子们总是比谁起得早。后来的经验是，一看到草垛周围凌乱的脚印，后来的人就明白了，这个地方被打劫过了，没戏了。不过，那些刚学会掏麻雀的孩子，总是不死心，会胡乱掏一下，但却毫无收获。纵使这样，鞋袜湿了也没意识到，直到归途脚冷才反应过来，回家少不得挨说，只好躲在灶寞或用脚炉烤干。

当然，早上掏麻雀是小孩最喜欢的。还有晚上掏麻雀的。不过，晚上掏麻雀，得有年纪大一些的人了，小孩们晚上还是害怕。我还记得我们兄弟晚上跟着堂叔去掏麻雀的场景。夜里大雪纷飞，麻雀纷纷归巢。夜深人静时，堂叔兴高采烈地唤我们兄弟，晚上跟他一起去掏麻雀。堂叔拿着一把手电，我们跟在后面，深一脚浅一脚地，围着竹园里的草垛掏麻雀，这个时候麻雀刚归巢歇下，警惕性最低，最容易被逮住，而且像堂叔已是成年人，手脚利索，所以常常收获颇丰。不过，在这种风雪交加的暗夜去掏麻雀，主力是大人，我们小孩也就是打着手电,跟在大人后面。不过,夜里掏麻雀很辛苦,那个时候,我们还没养成熬夜的习惯,所以,也就是难得一次两次地跟着半夜三更去掏麻雀。

掏麻雀干嘛?打牙祭啊。这麻雀在生活困苦时代,可是一道营养丰富的菜肴啊。我的童年少年时代,就是这样一年一年地在对雪天掏麻雀的期待中,在一次次成功的兴奋和失败的懊丧中度过了。好玩有趣,从未觉得无知残酷。即便在今天,若有机会,我还是想重温一下儿时的生活。

但如今故乡的雪也是偶尔才下,而原来晒场上堆着的稻草,一个也不见了,就像我家,稻草都是堆在家里了。生活方式改变了。

当年情景,永不复来了。

2016.1.11

赶 麻 雀
——"落雪天捕雀"系列 3

　　故乡旧时落雪天捉麻雀，单次收获最丰的，莫过于赶麻雀。这个赶麻雀可不是在空旷的野地，也不是普通晚上的竹园里，而是在大雪之后大地一片白茫茫时，在破败的屋子里。

　　人民公社的时候，我们村有一个土制的晒场，农忙时当晒场，农闲时当篮球场，不过等我们能打篮球时，这球架已经朽烂掉了。晒场北边是个仓库，冬天堆些稻草及收拢的风车匾等属于集体所有的杂物，平常都是铁郎中看门，用锁锁住，钥匙通常在队长或会计那里。虽说仓库是公物，但生产队也缺钱，只要屋顶不漏即可，就算窗户破了，也不修补，就用稻草在窗户的栅栏后面一堵，门角也常缺个口子。

　　每年冬天，麻雀都会光顾仓库，里边温暖，也还可以找到吃的。不过，冬天之前，这仓库人来人往的，麻雀待不住，最多也是晚上从有洞的窗户或门角处钻进去，一早就飞走。但是冬天下雪之后，四下一片白茫茫，吃的难觅，能落脚的地方也少——过去常去的树枝和竹梢头上，也是一簇簇的雪花，麻雀能去的地方不多，这仓库就成了麻雀的天堂。

麻雀通常就在房前屋后休憩、飞翔、觅食，对周围环境很熟悉。它们很容易在困苦的时候寻觅到草堆、仓库及其他破败的屋子歇脚。麻雀又喜欢群居。一只麻雀发现了一个好去处后，通常会呼亲唤友一起去，就跟我们人一样，喜欢叽叽喳喳扎堆。白天下雪的时候，麻雀还躲在竹园里的竹叶下，但雪越下越大，渐渐堆积了起来，竹叶上的雪堆沉起来，雪水下滴，麻雀在竹子上待不住了。

不知什么时候，一只麻雀冒着雪花飞离了最喜欢待的竹园，围着雪花中的孤零零的仓库飞旋，直到发现窗户有缝隙，于是开始尝试着接近窗户，四顾之后，瞅准了，钻过草堆附近的缝隙，进了仓库，第二只、第三只……入夜的时候，仓库里的麻雀更多了。或许，若有懂鸟语之人，半夜经过这表面上孤零零矗立在雪原中的房子，也会听到房子里幸福欢快的低语。

天亮后，管仓库的人用钥匙打开门锁，一定惊扰了屋里的麻雀，一推开门，扑棱棱一群麻雀迎头扑来，躲闪间，麻雀们一只接着一只，飞向了仍在飘散雪花的空中。

不过，麻雀遇上我们这样的人，通常不会有这么好的命。对于熟悉麻雀习性的人来说，这雪后的仓库，通常成了麻雀命运的终点。我小时候，一遇到大雪天，第二天一大早，父亲就会叫上叔叔和几个朋友，有人在前面抬着一张网，通常是用尼龙绳编织的拖网（夏秋时在河里拖鱼用的网，要多人合力才能使用），有人扛着长竹竿，我们小孩则跟在后面，咯吱咯吱踩着厚厚的雪，去仓库捉麻雀。

大人们卸下网，几人分工合力，把网挂在窗户和门上，然后迅速打开门进去，一边进去一边发出"嘘"声，意欲把门口附近的麻雀赶离开。待到人都进入了仓库，迅速关上大门，把窗户口堵着的稻草拉开一些，让光线照射进屋子，然后用竹竿使劲地在屋里晃悠，追逐麻雀，并伴随着口中的各种怪叫呼啸。这就是赶麻雀，颇有些关门打狗的感觉。受惊的麻雀四处奔突，梁上待不住，墙上歇不了，草堆上刚落脚，小孩们就爬上来手伸了过来……

麻雀在叽喳的惊恐和哀鸣声中，看到窗口的亮光，便飞扑过去，试图突出重围，不过，窗外张挂着的拖网正等着它们，脑袋一钻过网眼，身体却卡住了，怎么挣扎也摆脱不了，只能徒劳地卡在网眼里蹬脚。眉开眼笑的小孩们则爬到窗口，把卡在网上的麻雀一只只摘下来，塞进装鱼用的窭篓里——这个时候它是用来装麻雀了。这是我亲眼见过的真正的自投罗网。

在欢呼声中，在尖叫声中，伴随着不断摇动的竹竿，屋子里还在飞腾的麻雀数量越来越少，麻雀气力的消耗越来越大，但赶麻雀的人的兴致却越来越高，偶尔有躲闪得慢的麻雀被竹竿打中，噗地掉在了地上，挣扎中便给眼疾手快的小孩捉住，塞进了窠篓。终于，剩下的麻雀再也飞不动了，或者挂在了网上，或者跌落在地上、草堆上，一只只成了篓中之物。原来空荡荡的窠篓，这个时候已经沉甸甸了，里边挨挨挤挤的，都是受伤或没受伤的麻雀。

每个赶麻雀的人都是喜笑颜开，一边回忆着刚才的场景，一边打扫战场，把稻草杂物归位。然后收网回家。兴高采烈地满载而归。

我小时候每年冬天，每次大雪后，仓库里躲避雪寒的麻雀，大多数最终落入我们之手。

分田之后，仓库晒场彻底破败坍塌了，那个时候故乡乡下开始造起了楼房，因为经济实力，一开始通常只造了一层，而且没有装修，经常窗玻璃都不安，就是用稻草一堵挡风。每年冬天，尤其雪后，都会有零散的麻雀钻了进来，被发现后基本上也就是被竹竿捅掏了下来。与过去张网在仓库赶麻雀不同，这个时候在自家屋里的赶麻雀，更多是一种好玩，尽管同样很残忍。

故乡现在都住楼房，也都装修好了，仓库早就没了，不过破败的残垣断壁还有，但雪少了，赶麻雀的人更少了。没人再去赶麻雀了。

我们的赶麻雀时代，带着困苦时代生活的梦想和乐趣，永远留在了儿时的记忆中了。

2016.1.11

油　树

十一长假，我在故乡小村边寻访曾经熟悉的植物——"油树"！

我眼睛一亮，一株胳膊粗的油树，掩映在杂树丛中，树叶碧绿透亮，间或有几张小树叶，呈枣红色，叶子间的枝顶上，过了花期的果蕾收在一起，表明秋天已到。不过，气温尚暖，油树叶还未显出更为漂亮的红色出来。叶落之前，油树叶和榉树叶一样，会变成靓丽的红色，与冬青竹子等常年绿植交杂，突显出故乡物种之丰富。

油树曾经是故乡很常见的树种之一，过去竹园边、自留地篱笆边、老房子的阴山背后，都会有油树。不过，通过检索我并未找到油树的资料，网上也有说就是榆树的，其叶与榆树叶相似，却没有榆钱。油树是故乡著名的实用木材，树质坚硬，"榉油栎朴（朴，故乡音'bō'）"，油树位列故乡材质坚硬的树木之二，旧时故乡乡下中上之家，打家具都用榉树、油树。

我一直认为油树是榉树的近亲，它们的树叶形状接近，不过,油树叶相比榉树叶更透亮绿碧,大概是有油性之故吧。油树与榉树不一样的是,榉树长得更直更粗,树身干净,而油树则常生油脂,树身常滴出油脂来,凝固在树上,新脂偏红亮,老脂淡黄,轻轻一捏,柔软好玩,稍重则破,油乎乎粘在手上。

我们小的时候,常收集油树的树脂,粘在篱笆棒头上插的篾片圈上,用来粘知了和蜻蜓,尤其是蜻蜓。知了力大,油脂黏性不足,常被知了挣脱。偶尔,也会发现油树老树脂里,粘着蚊虫之类,状若琥珀。

故乡过去有一种昆虫,俗称金牛,是我们儿时的主要玩物之一,我不知其学名。金牛能振翅高飞,色泽有淡黄或黑色,其头顶角上分别长两根类似野雉尾的触须,长长的,就像京剧里穆桂英头顶的雉鸡翎一样。其中黑金牛最喜待在油树上,我们常常围着油树捉金牛。不过,我对于油树的记忆,最深的不是采集它的树脂粘知了、蜻蜓,不是围着它捉金牛,而是吃用油树叶子做的糠饼、糠团!至今一想起来,难免喉咙上下抽动,不由自主咽口水——这可不是馋的,而是一种不寒而栗的自然反应。

故乡四季分明,气候适中,鱼米之乡,物产丰饶,本是人间天堂之地。但在过去,人民公社期间,无论丰年歉收,乡下农民家庭,几乎都有吃糠饼咽菜团的经历!故乡民风淳朴,老实柔和,过去的收成,服从政府要求,大部分收成缴了公粮,留给队里农民自用的,常常不够吃。父亲告诉我,尤其1961年和1962年最是难过。吃糠饼、糠团最多的,便是这两年。

所谓糠饼、糠团,就是把油树叶子焯熟之后,和着细糠烙饼或做团子,当主食!细糠是什么?稻谷脱粒成米,风扇吹掉粗大的砻糠,米粒中还有一些没有被吹掉的细微糠末,用簸箕可以颠出来,放在细丝网筛里筛过,漏过网眼的,便是细糠,也称精糠,过去都是喂猪的。把煮过的油树叶子往细糠上一滚一揉,或做团子,或做饼,饼在铁锅上一煎,团子一蒸,便可食用。不过,糠饼、糠团都缺油,加上油树叶子材质比较粗硬,吃起来呛、辣嗓子。吃糠饼和糠团,都是青黄不接时,渡过饥饿难关的无奈选择。父亲说,通常在夏粮未下时。那个时候,油树叶子还嫩。

我对糠饼、糠团的记忆,是在20世纪70年代。不过,父亲说,那个时候,条件已经好多了。到我们那时所吃的糠饼,大多是米粉做的了。把用水焯过的油树叶子揉碎,搓团,在筲箕里撒上一层米粉,把油树叶团往筲箕里一滚,外面便粘了一层米粉,揉熟揉韧,或蒸或烙,蒸为团,烙为饼。当然也会有用细糠、油树叶做团子烙饼的,不过,已经很少了。

我印象里,奶奶做了糠团、糠饼,我们吃第一口时是很稀奇的,抢着吃。一口下去,油树叶的呛辣干涩,便让嗓子眼冒了火似的,难以下咽了。当然,或许跟缺油也有关系。父亲说,虽然七十年代还吃过几年,不过就像吃着玩似的,真的算条件很好啦。

父亲跟我聊起吃油树叶菜团、糠饼的日子的时候,轻描淡写,不以为然,但我和弟弟却觉得浑身起鸡皮疙瘩。所以,我对油树的至深记忆,不是油脂金牛,更不是家具,而是来自呛辣嗓子眼,那难以下咽的不幸生活的痛苦记忆。及后我外出求学,知道饥馑年代,北方有以榆树叶求生的。我老是觉得这油树和榆树也是近亲。

如今故乡的油树少了许多,以至于我得四处绕走,才能发现了。

2013.11.3

蠓素子

前不久在广安邓小平故居参观时,我穿了条短裤,结果两条腿上不幸被黑色的小虫咬得全是包。我不停地拍掌下去,细到针眼都能穿过的黑色小虫,却让我的腿上手掌上血迹斑斑。

广安连续多天下雨,加上小平故居周围植被很好,也有水塘,潮湿闷热,很适合各种小昆虫生存。

"蠓素子!"我一边不停拍打,一边脱口而出。少年时可怕的记忆奔涌而出。离开故乡北上求学工作后,我还是第一次被蠓素子叮咬。蠓素子是我江南故乡方言对这种咬人的小昆虫的称呼。这种小虫的大名叫"蠓虫",北方地区也有人称之为"小咬"。

对于这种小昆虫,文史典籍也有记载。《红楼梦》第三十一回有言:"难道那些蚊子、虼蚤、蠓虫儿、花儿、草儿、瓦片儿、砖头儿,也有阴阳不成?"这蠓虫儿便是蠓素子、小咬。

蠓素子可能是世界上肉眼能够看到的最小的昆虫了,细微到肉眼几乎看不清它的形状结构，入眼粗一看，就是一个小黑点。其实蠓素子虽然细小，但其形状结构还是有的，不是简单的一团黑。它有一双翅膀，否则它就不会在空中飞舞，追逐叮咬对象；颜色有黑有灰，在广安把我咬得难受至极的蠓素子，都是黑色的，不过，我小时候在故乡，还见过许多灰褐色的；当然也有眼睛、尾巴。"固然你平常不信报应，可是蠓虫过去都有影，雪里能埋住死尸么？"所以姚雪垠在《长夜》里的这番话，言蠓素子之细微，依然飞过有影，掩饰不了。

蠓素子主要滋生在潮湿松软、有腐殖质的土壤，以及水塘、树洞和住区附近的粪坑、污水沟等地方。过去乡下不讲卫生，室外也多"野茅坑"，一般内急，临时找野茅坑解决，一过去，轰然一声，一大群密密麻麻的蠓素子从草丛中翻飞出来，声势浩大得很。至于挨咬，那是逃不掉的命运，只能一边蹲着，一边不停地拍打，或者用纸扇风赶蠓素子。

与蚊子怕光不一样，蠓素子既喜欢光也怕光，它们喜欢光，但怕强光。所以，夏天，每天早上太阳升起来前，以及太阳下山还有余晖时，是蠓素子最喜欢出来的时候，温度不高不低，光线不明不暗，正适合这种嗜血昆虫的习性。当然，还有一种天气，那就是阴雨天后，空气湿润，没有太阳，蠓素子也最喜欢出来袭扰人群家畜。我对蠓素子所有可怕的记忆，都在这些时间地点。比如夏天的早上，太阳没升起，露水还没掉落，但天色已明，这个时候蚊子基本没有了，蚊子怕光。这个时候，却是蠓素子最多的一个时间段，出门放牛，或者收头晚上下的黄鳝钩、甲鱼钩，在田埂上的草丛、河边的树枝间行走，最怕蠓素子。下午，一般到四点多，太阳西斜，也没中午那么猛烈时，蠓素子开始出门。不过，这个时候的蠓素子，一般还不怎么咬人，大概还没完全清醒，或者，太阳的烧烤的余热，还让它们惧怕。直到傍晚，太阳下山，天色还亮，蚊子还没出来，这个时候，便是蠓素子的天下。到处飞舞的，都是蠓素子。这个时候，正是农村孩子割草、放牛、浇水的时候，但干这些活的农村男孩，没有不成为蠓素子的盘中大餐的。一边干活一边扑打，但蠓素子实在太多，它们不怕死，总是前赴后继地扑上来叮咬你，哪怕被你打死。就像我在广安时，虽然不停拍打两条腿，打死无数蠓素子，但两条腿还是被叮咬得全是红包，触目惊心。

为什么特别强调说男孩？过去乡下物质匮乏，没有驱虫药水，甚至连风油精、清凉油都舍不得买，自然不能在身上涂抹药水防蠓素子了。但是药水之外，乡下防蠓素子最好的方法，就是穿上长衣、长裤，多一层保护，蠓素子便不会叮咬到人了。但江南夏天闷热，乡下小子们都是短打，通常只穿一个裤头，光着上身，下田居家都是如此，感觉爽快通透，裸露的身体部分，自然有诲叮诲咬之嫌了。但女孩不同，乡下女孩保守，即便闷热的夏天，也通常穿得多，尤其下田，怕虫豸，更注意保护。所以，被蠓素子叮咬最多的，都是小子。

据说蠓虫跟蚊子一样，雄的吸食植物汁液，雌的吸血。所以，一般在腿上、胳膊上被拍打死的，都是雌蠓素子。被蠓素子叮咬后，叮咬处常出现红疙瘩，奇痒难受，厉害的甚至引起全身性过敏反应——所以，被蠓素子叮咬后也会引发其他感染性疾病。

我在广安被叮咬后，靠风油精解痒。小时候农村没这个条件，被咬得难受了，条件好的，打上肥皂；条件差的，拿草叶、菜叶使劲擦，解痒；或者，干脆抓把泥涂在上面；当然，还有一种，就是赶紧下水清洗，最解痒。

蠓素子通常喜欢群居，出行都是成群结队的，群舞时也在完成交配。小时候无论傍晚或早上，常迎面撞上一团团的蠓素子，若是你正开口呼气，一下子会有几只闯入你的嘴巴，让你感觉恶心。这个时候，伸出双手随便拍打，从不会落空，总是有几只、十来只甚至几十只一次性被拍死。

拍打飞舞盘旋的蠓素子，对于当年我们这些小孩来说，有一种报复的残酷的快意在里边。

2014.7

百脚猪草

2016年春节期间,故乡的同学带我们去黄天荡清水蟹养殖场看看,同学每年从这儿的养殖场订螃蟹送到北京给我们在京的同学一慰乡愁。

在蟹池边上,到处是螺蛳壳和水草,而那种水草,竟然是百脚猪草!我很好奇。蟹农夸我识货,告诉我这百脚猪草是用来喂螃蟹的。我一愣,从小到大,只知道这猪草用来喂猪和喂鱼,还不知道养蟹人家用它来喂螃蟹呢。蟹农跟我解释说,河蟹食杂,什么都吃,但主要吃水草、小鱼虾和螺蛳,所以蟹池边上才会有螺蛳壳和百脚猪草,这就是用来喂螃蟹的。春天的时候,要收好多百脚猪草来喂螃蟹。原来如此。我一下子长了见识。

百脚猪草在中国大概分布很广,不唯在我故乡,我在北京奥体公园边的水塘里,也见过不少,摇曳在北方阳光下的浅水里,小鱼蹿游其间,倒也独成风景。倘若徐志摩见了,大概也会吟咏几句，未必输于康桥的荇草。

尽管我对这水草很熟悉，但我一直不知道这水草的大名。直到乡友一枝一叶兄告诉我，这水草叫蓖草，也叫麦黄草——2016年春节我曾经在他家养睡莲、金鱼的大缸里见过这草，如今小康人家，喜欢养育这水草用来装饰。

我还是习惯性地称它为百脚猪草。百脚猪草，是故乡对这种水草的旧称。因叶附着茎秆顺序生长，一层层，其形状如蜈蚣，蜈蚣在故乡称为百脚虫，故这草也称百脚草，而百脚草在故乡主要是当猪饲料，故这猪草也就有了百脚猪草之名。

小时候故乡到处都有百脚猪草。它常生长于河道池塘的浅水滩上，或者沟渠里，一旦长开，密密麻麻。那个时候，故乡无水不清，百脚猪草在水里的形状，清晰可见。每年春天，在故乡温暖的阳光下，看着百脚猪草在水中长出青绿色，其间有鱼游虾蹿。待气温渐高，太阳更烈，这青绿色的水草，在水下渐渐变为黄褐色，鱼虾依然绕草信游，但鱼虾的颜色常混同于水草之色。这个时候，一些地方称百脚猪草也叫麦黄草，它的色泽变化呼应了麦收季节的到来。

据说这百脚猪草来自美洲，繁殖生长能力超强。不过，我小时候似乎没有听说哪个生产队养过百脚猪草，百脚猪草通常算是野生之物，可以任人打捞。我们那里的百脚猪草来自何方，无人知道，大约是水系相通，漂游而来。

作为水乡，百脚猪草生长在河道、池塘，自然也是食草鱼类口腹之物。草鱼喜好各种水草，百脚猪草自然也是草鱼的美味。我小时候喂猪，主要靠的是草，百脚猪草与水花生、水浮莲、水葫芦一起，成了喂猪的当家草。打猪草捞百脚猪草，通常不会在早春。一来早春百脚猪草还没长开，二来早春水凉，小孩子们干这活，弄得湿漉漉的，得不偿失。

打捞百脚猪草的时候，通常在晚春或夏天。用两根竹竿，分开伸进河里或沟里，就着百脚猪草一夹，拧动几下，主要是把百脚猪草卷夹在竹竿上，然后使劲一拖，把猪草根部拖断，在水里来回涮几下，拖上来，松开竹竿，猪草就打上来了。

用竹竿打捞百脚猪草时，里边会夹着几条没来得及逃走的小鱼或者小虾，也是常有的事。

夏天的时候，除了用竹竿打百脚猪草，我和弟弟通常也会去河塘浅水滩里一把把拔，以拔猪草之名，行洗冷浴（游泳嬉水）之实，当然这个时候拔的猪草，不仅有百脚猪草，还有面条草，都是回家喂猪的。

百脚猪草里，小鱼、小虾极多。我清晰记得，我们村前后两条战备沟里，百脚猪草丛里，都是小糠虾。每年夏秋，祖父、父亲、堂叔，都会拿着搪网，在百脚猪草丛里搪糠虾，每一网拖上来，里边不仅有百脚猪草杂物，还有活蹦乱跳的小鱼和糠虾。数量最多的自然是糠虾，网网不落空。大概虾也爱百脚猪草吧。

这次在黄天荡蟹池边，我不仅知道了百脚猪草可以用来喂蟹，也知道了它还可以用来净化水质呢。不过，故乡周边，百脚猪草少了，养蟹需要的量大，都是从外地订购的。这也算是故乡之变吧。

2016.9.18

八角茅藜

　　茅藜是故乡方言对蒺藜的俗称。八角茅藜是故乡旧物,是蒺藜中的一种。八角茅藜是一种常绿灌木,单株也可以大如小乔木。一般其树皮呈灰白色,有些光滑,它的叶子与通常树叶的柔软不同,有些发硬。

　　这种植物最引人注目的特征,不是其经冬犹绿,也不是它的叶子发硬,而是它绿油油的叶子上通常有八个角,还都长着硬刺!八个角和硬刺,从其形其意,"八角茅藜"之名也由此而来。

　　我自小到大,一直以其故乡俗名"八角茅藜"谓之。有友过访故乡,见此物相询,我也总是以故乡俗名告知,坦诚不知其学名。我也从来没有打探过它的大名,毕竟,这并不妨碍我对它的熟悉。小时候,把八角茅藜嫩叶捣烂,有很强的黏性,可以弄在竹竿上粘知了。

　　今春返乡,朋友院里植有两株经过修正的漂亮的八角茅藜,我好奇打问其学名，方知原来我熟悉的八角茅蔾的大名叫"枸骨"。至于如何得枸骨之名，我不知道。《诗经·小雅·南山有台》有"南山有枸，北山有楰"句，陆玑疏"枸"云："枸树高大似白杨，有子著枝端，大如指，长数寸，啖之甘美如饴，八月熟"（转引自《诗经注析》，程俊英、蒋见元著，中华书局）。

显然，诗经之"枸"非我故乡之枸骨——八角茅蔾。一来故乡之枸骨从未见过"高大如白杨"者，二来虽也有子"著枝端"，但很细小，断无"大如指长数寸"还"甘美如饴"。这让我这种好"祖上也曾阔过"的心态颇受打击。不过，虽然《诗经》里的"枸"非故乡的枸骨，但不影响我对故乡旧物的推许。

故乡的八角茅蔾一年四季常绿，即便遭遇最寒冷的极端天气，仍然保持着鲜亮的绿。到得春天，八角茅蔾开白花，清香四溢。秋冬子成时，一簇簇娇艳的红果密集于枝端，也是非常地漂亮。其果色红，细小如枸杞子，但硬度远胜于枸杞子。我不知这红果是否能吃，但祖辈相传，人是不吃的，落地鸟可食。其实鸟可食，人自然也可食。

八角茅蔾枝叶密集，刺硬易伤人，连鸟也怕，故也称"鸟不宿"——八角茅蔾丛中从来找不到鸟窝，飞鸟过而不歇脚，怕其刺。这也是八角茅蔾的红果落地后鸟才会啄食的原因所在。不只是鸟怕八角茅蔾，老鼠也怕。在故乡，八角茅蔾据说还有个别名，叫"老鼠残"（"残"为吴方言音，是对蒺藜的一种称呼，相当于老鼠刺）。过去乡下都有稻草编织的米囤，用以储存粮食，乡下鼠多，老鼠最喜欢去咬破稻草做的米囤偷米，旧说用八角茅藜放在米囤四周，可以防鼠，可见其刺之厉害。

当然，很多时候也用八角茅藜来防人。过去乡下竹园边，春天春笋季节，常用高埂上割回来的八角茅藜及其他荆棘围拦，防止行人踩踏竹园或者偷盗春笋。所以，竹园边上，也常有几株不大的八角茅藜生长，大概是过去割下的八角茅藜上掉落的果实，后来生长出来的。

除了竹园边上，八角茅藜也喜欢生长在河边的高埂地上、房屋山头边，以及小山坡上。

故乡现在开发得厉害，原来到处可见的野生的八角茅藜，多被采挖，如今只有山区才多了。不过，据说八角茅藜可以避邪，加上其四季常绿，春日白花满枝头，秋后红果累累，经冬不凋，而多为富家喜欢，成为观赏植物。如今故乡多有培育。而且朋友告诉我，也有六角的"六角茅藜"——我从未注意过六角的，如今更是栽培出了无刺的枸骨——没刺了，自然不能叫八角茅藜了。

据说八角茅藜还很有经济价值。中医说八角茅藜可以入药，可以治跌打，洗风湿，还能当壮阳的春药，其叶子浸泡后可以解毒。据说提炼其液体，还可以避孕。其种子含油，可作肥皂原料，树皮可作染料。这些功效，我过去多不知。以为除了防范、观赏，别无他用。

故乡旧物,从来没有无用之材。我想这才是真正的物华天宝之地吧。

2016.2

白 乌 龟

乌龟竟然还有白的？

许多人一看这个题目，一定会惊讶于自己的"识见浅陋"。先闲扯一段关于常州人的笑话：

一位常州人在外地出差，到饭馆点菜："老板，来一份红烧白乌龟。"饭馆老板一听，惊呆了："什么？红烧白乌龟？乌龟还有白的？这得多金贵啊？我长这么大没见过白乌龟啊。"

常州人看老板惊着的样子，想解释，一着急，忘了词，结结巴巴解释不出来，干脆拉着老板到院子里，指着圈在院子里的鸭子说："那个，白乌龟，是这个哥……"老板恍然："哦，鹅，是吧？""哦，对，鹅，白乌龟。"常州人一下子如释重负。

"这人真是奇怪，明明是鹅，非要说什么白乌龟，不知哪来的怪人。"老板嘟囔着做饭去了，而常州人则安之若素坐在饭桌前，等着自己的红烧白乌龟上桌。

这个笑话，自我小时候起，就流行在常武地区。老板不知道,把鹅唤作白乌龟的,其实远不止常州,整个江南吴语地区,甚至包括一些越语地区,至今依然唤鹅为白乌龟。

小时候养鹅,就唤作养白乌龟。我不知道为什么把鹅叫白乌龟——当然白是鹅的颜色。询问乡邑朋友,朋友皆说不清楚,或者拿百度百科来解释;问长辈,长辈多是张口结舌,最后来一句:老辈人都这么叫,我们也就这么叫了。也是,农耕时代,文化习俗的传承大致如此,口耳相传,常常忘了最初的源起,只记住了具体的用法。

把鹅和乌龟这两个不相干的东西比附,确实需要很多想象力。网上介绍说,鹅行动起来颇像乌龟,故江南人称其为"白乌龟"。我觉得这是胡扯。其实,鹅是由鸿雁驯化,属鸭科,素食,乌龟是爬行动物,属龟科,肉食;至于鹅的外形与乌龟,相差何其千万里!鹅与乌龟虽然都好在水中,但戏水的习性也大不一样,尽管脚掌拨水的样子有几分近似。

网上也有说是"白乌鬼",乌鬼指的是鸬鹚,渔民养着帮助捉鱼,养鹅帮着看家,陌生人来了鹅会叫唤,这两种渔民的帮手被称为黑白乌鬼,黑的是鸬鹚,白的就是鹅了。

乌鬼是鸬鹚的说法古已有之。杜甫有诗《戏作俳谐遣闷》中有"家家养乌鬼,顿顿食黄鱼"句,元稹《江陵》诗中也有"病赛乌称鬼",沈括《梦溪笔谈·艺文三》云:"克乃按《夔州图经》,称峡中人谓鸬鹚为乌鬼。"所以,把鸬鹚称为乌鬼的,大抵是巴蜀楚地习俗,这与江南习俗大异其趣。江南水乡称鸬鹚为"衔鱼老喔""捉鱼老喔"(喔,方言音,对鸟的统称),且从未有说巴蜀楚地把鹅叫作"白乌龟"或"白乌鬼"的,把鹅唤白乌龟的,只有江南吴越语区。无论从文化还是战势,魏晋以降,大抵都是由东及西传播,习俗之流变,当从此,大致应该是没有逆向传播之理的。可见,网络检索到的一些解释同样不成立。

编《文选》的昭明太子萧统是南兰陵人(今常州武进),有道士认为其母墓地风水不好,恐不利长子,"乃为蜡鹅及诸物埋墓侧长子位",事发,昭明以忧惧而死。史称"蜡鹅厌祷"事件。这蜡鹅,大概是用蜜蜡所制之物,昭明太子用此作母亲陪葬,厌禳以除灾降福,或许隐有"纳我"之意(吴语中,"鹅""我"同音),只是事与愿违,反让皇帝更生厌恨,终致昭明一脉失势。清人缪若光有诗云"遗恨何堪说蜡鹅",说的就是此故事。

易中天在《大话方言》中解释说,上海话甚至忌"鹅",因为"鹅"与"我"同音,弄不好"杀鹅"就成了"杀我",所以上海人把鹅叫作"白乌龟"。避讳讨口彩求吉利是中国人的传统,"鹅""我"在吴语中音同,避讳是很有可能的。上海也属吴语区,但易中天可能忘了,现代上海人说"我",多用"阿拉",这是宁波方言,直到20世纪30年代,上海街头说"阿拉"的,还多是宁波人。可见,鹅为白乌龟之称,可能更久远,远不是近代以来的上海人所称。但是,即便易中天也只讲到了"我鹅"之讳,同样没能解释为什么把鹅唤作白乌龟。

或许,江南人把鹅唤作白乌龟,除了避讳,也有更多的祈福在里边吧。毕竟,在农耕时代,乌龟是吉祥之物,既能问卜,也代表长寿,把"鹅"同乌龟勾连比附,或许就隐有"我有福"之意吧。

2016.5

戆 鹅

江南故乡常州、无锡等地,除了把鹅叫作白乌龟外,还有一种叫法,叫戆鹅。吴方言中,是很少找得到像戆鹅这样如此贴切的现代普通话和汉字来指称一种东西的。用戆来称鹅,吴语中大约是从了音意。汉语中,戆字发"gāng"音,而这音与鹅的叫声接近,鹅通常都是"戆哩戆哩"地叫唤。《说文》解"戆",愚也。通常称呆傻冒失鲁莽有棱角为"戆",吴语中有"戆头"之谓,意为一个呆傻、愚顽、倔强的人,褒贬两用,常有明贬实褒之意。

呆傻是鹅的性格。这大概是从鹅行动蹒跚,反应迟缓而来。越剧电影《梁山伯与祝英台》里"十八相送"段,英台不断暗示提醒山伯自家是女儿身未果,不由得气恼地唱了句"他就是一只呆头鹅"。

鹅还有一个性格,就是愚顽、倔强。

"鹅鹅鹅,曲项向天歌。白毛浮绿水,红掌拨清波。"

骆宾王咏鹅，千古传唱，但骆宾王只写了鹅在水中仪态优雅美观的一面。鹅平时在陆地，更多是呆傻，还有愚顽、倔强的一面。养过鹅的人知道，鹅平时喜欢伸长脖子，拧来拧去的，尤其是追逐时，更是如此。我觉得用现代那个俗话"拧巴"来形容，无论形意，尤为贴切，懋鹅是真正的"拧巴"。

当然，从倔强拧巴一面，还延伸出了懋鹅鲁莽冒失一面。鹅好斗，见到陌生人，先是"懋哩懋哩"乱叫一通，接着伸长脖子"掠人"，尤其是追逐陌生的小孩，常把小孩追得乱哭乱叫。被它掠上，还挺疼的——这是鹅最具攻击性的一面。不过，懋鹅从来不会攻击自家人，所以过去有说养鹅有看护门卫之意，也不用担心被人偷走，跟养狗一样。我记得小时候看过一部反特电影，好像是《古刹钟声》，说的是蒋帮特务，躲在山上道观里，观里的老特务养了几只鹅做警卫，生人一接近，鹅便"懋哩懋哩"叫唤，就像预警一般，观里的特务便迅速转移。这一桥段，我印象极其深刻。

但是，尽管懋鹅有此能耐，但却也很鲁莽。它除了喜欢追逐陌生人外，还好与狗斗。家养的土狗大多有些怕懋鹅，常被鹅追逐，大概是仗了自己那长脖子，打起来有先手之利。不过，懋鹅这算冒失愣头青做派，全不知道土狗厉害起来，一寸短一寸险，一口就能咬断懋鹅的脖子的。幸好，土狗通人性懂事，知道懋鹅虽懋，却是有主家养的，也就不以其为死敌了，不像懋鹅，总是得理不饶人似的。

我少年时代家里养过戆鹅，养戆鹅比养狗经济。鹅吃青草，放鹅时只要把它赶到地里，它自己便会掠草自养。而且，戆鹅还会生鹅蛋。鹅蛋不仅个大，还可以当药引。故乡土方子，蚕豆花蒸煮鹅蛋，据说可以安神，治疗神经性头疼。而在端午节拥有一枚鹅蛋，是所有江南儿童少年旧时的梦想——在端午节斗鸡子的童年游戏中，一枚鹅蛋是能够让全村所有对手臣服的，打遍全村无敌手。但是，不知道为什么，我家的戆鹅从来没有生过蛋，我曾经和弟弟们共同拥有过一只鹅蛋，是舅舅家送的。

我们村四周虽然多河塘，但养鹅的并不多。前黄往南的寨桥灵台，因离滆湖（西太湖）近，养鹅人家颇多。旧时寨桥灵台一带乡村，小青年谈嫁娶，上丈母娘门都会带一只鹅。白日村里顽童突然闻听戆鹅叫，都知道村里有新女婿上门，会去围观。而如今常州十大土菜中的第一名菜，就是寨桥老鹅，也算是戆鹅为故乡做出的另一个贡献。

2016.5

鹁 鸪 鸪

三月初,江南蚕豆开花时,我写蚕豆开花的旧时记忆,自然而然会写到鹁鸪鸪。因为蚕豆开花时,鹁鸪鸪"啵咕咕啵咕咕"叫得欢实,以至于故乡旧谚云,"咕咕归家,蚕豆开花",或者"蚕豆开花,咕咕归家"。这个俗语,普通话无法读出其味,但在常州老阳湖地区吴语中,它韵律节奏是非常地般配且强烈的。

鹁鸪鸪的这个俗语,或许既有春天已到,鹁鸪鸪犹如凯撒般"我来了,我看到了"的豪迈宣示,也有叫唤伴侣归巢的急切,当然,人也会以此声比兴,言唤旅人、游子归家。自然,无论是喜庆欢愉,还是幽怨哀伤,这都是人的想象。

鹁鸪鸪是故乡的一种野鸟,有时也称"别咕咕",我们也叫它野鸽子,但比鸽子可漂亮多了。鹁鸪鸪通常栖息在河岸边的树枝上,也常歇脚在芦苇、菖蒲、茭白棵里。

鹁鸪鸪其名之得,大约缘于它的叫声。你仔细听,"啵咕咕啵咕咕",通常第一个音"啵"是半吞咽下去的,短促而低沉,不若"咕咕"声清晰豁亮。

我一直认为,鹁鸪鸪是一种布谷鸟。不仅是因为"鹁鸪"与"布谷"音近,叫声也特别相近,同样因为鹁鸪鸪在蚕豆开花时叫,在芒种前后布种插秧时也叫,仿佛报时的,历朝历代都有大家吟颂过它。

宋人梅尧臣《送江阴金判晁太祝》诗云:"江田插秧鹁鸪雨,丝网得鱼云母鳞。"

陆游有诗写鹁鸪鸪叫与布种插秧的关系:"村南村北鹁鸪声,水刺新秧漫漫平。"(《小园》)

乡邑前辈诗人赵翼亦有诗云:"何处遥天听鹤唳,鹁鸪声里晓耕云。"(《泚水》)我前黄中学的学弟陶丰认为鹁鸪鸪不是布谷鸟,因为布谷鸟属鹃形目,而鹁鸪鸪属鸽形目,两者不同。所以,陶师弟说,关于鹁鸪鸪与布谷鸟的混淆,大概从古就错了,毕竟,对鸟类的分类,是很晚来自西方的方法,古人混认,相传至今,也是可以理解的。

在江南乡下,人们还可以根据鹁鸪鸪的叫声,来判断晴雨。陆游《东园晚兴》云:"竹鸡群号似知雨,鹁鸪相唤还疑晴。"我们小时候的经验,天要下雨时,鹁鸪鸪常常在河岸边急促地叫着"啵咕咕啵咕咕",似在召唤伴侣归家,免得被雨淋个落汤鸪。而雨后天放晴,鹁鸪鸪又开始叫唤起来,不过相比下雨前的急促,此时的声音,轻快清脆。

宋人章甫在自家诗作《闻鹁鸪》中，可不仅写了鹁鸪鸪知晓晴雨，更写了鹁鸪鸪的伉俪情深，是世人难追的：

阴云欲暗江头树，屋角先闻鹁鸪语。
潇潇渐作打窗声，谁道巢居不知雨。
雨晴唤妇却同飞，须知此物心无机。
岂比人间情义变，衔冤誓死不相见。

即便如此，在我们顽劣的童年，一旦看到鹁鸪鸪，明知追赶不上，也是照追不误，毫无同情之心。

鹁鸪鸪就是斑鸠，我知道是很晚很晚的事了。原谅一个乡下小孩的无知。阴差阳错，我一直把斑鸠误以为是滆湖边芦苇荡里的大黄雀。就算不知道鹁鸪鸪是斑鸠也无妨，我只要知道鹁鸪鸪的名字、叫声和样子，知道它叫代表着什么就行。

现在养鸽子、养斑鸠的很多了，但我对这些不甚感兴趣，我对野鸽子，也就是鹁鸪鸪感兴趣。乡友一枝一叶兄前些天给我发了些照片，说是自己在溧阳拍到的鹁鸪鸪，很漂亮。不过，我不知道在我家附近还有没有鹁鸪鸪的叫声，那里的水已经黑脏了。

2016.3

"苦喔苦喔"叫唤的苦恶鸟

苦恶鸟，是江南故乡的一种水鸟。我原来只知道它的俗称，方言发"苦喔"音，它的大名我一直不知，百科全书式的父亲，也只知道叫它"苦喔"（音）。询问了许多同学，读书出来进城了的同学朋友中，还记得苦恶鸟的人并不多。毕业于复旦大学精研吴语的前黄中学学弟陶丰，也对我说的这种水鸟表示无印象，他干脆帮我发了许多水鸟的图片和叫声过来，让我辨认。我挑了张名为"上海野鸟"的图片，告诉他，我记忆中的"苦喔"鸟与此类似。

过了一会，陶丰发我微信，告诉我，我说的大概是这种叫白胸苦恶鸟的鸟，它的鸣叫声音似"kū ē, kū ē, kū ē"，故称"姑恶鸟"或"苦恶鸟"。陶丰还发来了苦恶鸟的声音。对，就是它了！我一看陶丰给我发的鸟名，以及听了发过来的鸟鸣声，非常兴奋。我跟陶丰开玩笑说，编列这个苦恶鸟词条的，大概是我们吴语地区的人，我阳湖方言唤这鸟为"苦喔"，与学名

"苦恶",在吴方言中是一模一样的发音啊。

无论是方言中的"苦喔",还是学名"苦恶",一个"苦"字,已经把这种鸟的命运写照出来,其名也是取其形音之意。其形,苦恶鸟白胸灰背,灰色,本身就是沉重之色。其幼鸟通体色黑,色如乌鸦,因常在水边生活,奓拉披散着黑羽,类似落汤鸡般不堪,一看就是苦命娃。此其苦一。

苦恶鸟鸟鸣时,其声即为"苦喔苦喔",发情期、繁殖期彻夜鸣叫,单调重复,显着急迫。而暮春及初夏雨后傍晚,河塘边苦恶鸟的"苦喔"声,则拖长了音调,充满着凄惨悲切,听得人头皮发紧,身上发麻,内心有惊,勾起一种说不出的悲凉来,恨不得立马操起一把鱼叉,到河边找到它一把把它叉了。

小时候长辈谆谆教导我们,即便生活不好,也不能说自己过得不好,这会真的过不好,老说不好,说多了,好日子也过坏了。苦恶鸟天天叫嚷着"苦喔苦喔"的,命能不苦嘛!此其苦二。

其实古典文献里,对于苦恶鸟有许多记载。旧说苦恶鸟叫声似"姑恶",故也名"姑恶鸟"。宋民间有姑恶鸟乃遭妇所化之说,是婆媳关系不佳的象征。

苏东坡谪居黄州时,作《五禽言》,最后一首即写到姑恶鸟:

姑恶姑恶,

姑不恶，妾命薄。
君不见东海孝妇死作三年干，
不如广汉庞姑去却还。

东坡自注："姑恶，水鸟也。俗云妇以姑虐死，故其声云。"但苏诗只言妇命薄。陆游有诗《夏夜舟中闻水鸟声甚哀若曰姑恶感而作》亦云："君听姑恶声，无乃遣妇魂。"陆游耳中，姑恶鸟鸣虽哀，但他却没有从姑恶鸟鸣中听到被休的前妻唐琬的抱怨，大约也有维护尊长之意吧。但另一个宋人邵定所作诗《姑恶》，却是很直白地说做儿媳妇的不是：

姑恶，姑恶。
姑不恶，新妇恶。
不闻姑声骂妇错，但闻妇声数姑虐。
汝夫汝夫汝所严，汝姑又知天之天。
高高在上胡可言，纵有可言当自冤。
以天感天天自还，姜归愈敬姑复怜。
胡愤而死鱼龙渊，至今谇语春风前。
姑恶鸟，家私休与外人道。
道与外人人转疑，去归何尝说姑好。

到清人龚自珍时，则有洗刷之意了，他在《金侍御妻诔》

写道:"鸟名姑恶,谁当雪之?蕨名慈姑,又谁植之?"说姑不好,传统时代,乃不孝之言,自是不当,所以有苦也只能打落牙齿往肚里吞。但无论是姑恶还是妇恶,说来道去,还是一个苦字。原来关于苦恶鸟有如此的掌故,只能怪自己学识不足。不过,虽然这些学识不足,我的祖母也没给我讲过这样的传说,但对于苦恶鸟的生活习性,我还算是比较熟悉,多少可以聊以自慰。

我所知道的苦恶鸟,以昆虫、小型水生动物以及植物种子为食;白天常躲在芦苇或水草中,多在清晨、黄昏、夜间和雨天活动;通常是在芦苇、水草中沉默潜行,或蹲在河边的杨树桩上;亦能游泳,但水性一般;能飞,却不善飞,飞不快也飞不远,迫不得已也会扑棱着翅膀飞上一段;它的腿稍长,走路却是鸟类中少有的轻快敏捷,颇有铁掌水上飘的感觉。

苦恶鸟平素叫声清脆而快,但暮春及初夏的雨后或傍晚,其声甚哀。苦恶鸟性机警,极不易被捕捉,通常人们在河边听它"苦喔苦喔"地叫唤,近在咫尺,却很难找到它。而它一发现人,迅速钻入水草、茭白或芦苇中,无从寻觅。我多少次曾端着鱼叉想去叉苦恶鸟,从来没有抓到过成年苦恶。至于幼鸟,倒是经常能逮到。但即使是幼年苦恶,虽然通体色黑,但体形算很大了。

苦恶鸟做窝,喜欢用芦苇、茭白、菖蒲或稻叶缠成,巢内垫有细草、植物纤维及羽毛等,呈浅盘状或杯状。鸟蛋比其他鸟蛋要大许多,椭圆形,白色麻点,或者淡黄色,我们小时候掏过不少苦恶蛋,抓过不少小苦恶。我后来想,故乡的苦恶鸟并不多,是不是因为我们掏蛋抄了它窝的缘故,还是蟒蛇把它们吞了的缘故?我不知道。

我也不知道,现在故乡还有没有"苦喔苦喔"的鸟叫了。

2016.3.29

淡 竹
——"故乡的竹子"系列 1

小时候,我们老村东南侧有一片不算小的竹林,其中有一块大概三十来米见方的,属于我家。

与其他竹园不同,这片竹林里,竹子挨挨挤挤,非常茂密,而且似乎永远长不大,也就比拇指略粗,甚至还有更细的,三四米高。边上的竹子斜伸着,茂密的竹叶低垂着,似与竹林周边低矮灌木、荆棘呼应,形成了一圈天然屏障。这样一个竹园,小孩躲在里边,外面人很难发现。

这是一个淡竹园。在关于竹子的文献中,我所查到的淡竹与我自小知道的淡竹是两回事。文献上的淡竹,直径和高度都比我从小熟悉的淡竹要粗大高长不少,但我自小知道的淡竹,就是故乡最常见的三种竹子淡竹、燕竹、刚竹中最细的一种,与朋友跟我描绘的烟竹相近,也跟粗水竹接近。

记忆中第一年的新淡竹和燕竹一样,外表都会有一种白色的粉末。淡竹是做鱼竿最好的材料。老淡竹的粗细长短适中，尤其是淡竹的柔韧性好，回弹性好，正合适做在遍地小河塘的故乡垂钓的鱼竿。我稍微大一些时在河塘里钓鱼用的鱼竿，主要是自家淡竹园里淡竹做的。

除了做鱼竿，还可以用淡竹做篱笆、瓜棚和豆架，所谓"鸡豆棒"。当然，淡竹的柔韧性好，也意味着它们能够做更多日常的东西。比如，把淡竹劈剖成篾后，能做篾席，能做淘米笤箕或者酒糟篓子、鱼篓、竹篮，当然除了篾席之外，故乡主要用它做小一些的竹器。这是很奇怪的现象。比淡竹粗大的燕竹，主要是吃它的笋，它的竹竿，只能用来晾晒衣物；而刚竹，则主要用来做锄头柄。淡竹的多用，与它的柔韧性强有莫大关系。

故乡一些地方的旧俗，村里有老人过世后，通常由老者去竹园挖两棵淡竹，带着竹根，上面系上白幡，出殡时由死者家里的小孩扛着走在第一排，到了坟地，栽种下来。扛竹子的小孩还能得一份利市钱。如今回乡少，这个旧俗是否还在，我已不清楚了。

我小时候，淡竹还有个功能，就是给小孩当玩具的刀枪。把淡竹去掉头尾，中间留个一米长短，系上一根草绳，就可以给男孩当竹枪玩了。小男孩无论是横挎在前胸，还是背在后背，都是趾高气扬的。当然也还可以比作砍刀，拖在地上。更小一些的孩子，则把淡竹竿当竹马骑，跨在裆下，双手扶着，就像骑着高头大马般神气。"郎骑竹马来，绕床弄青梅。同居长干里，两小无嫌猜。"我曾经研究过李白的《长干行》和郭沫若的那首"小小少年郎，骑马上学堂。老师嫌我小，肚里有文章"诗，这两首诗中少年所骑之"马"，换作我故乡，定是淡竹，因为只有淡竹，才最适合当竹马。

淡竹多用，其笋生长期比燕竹来得晚，季春才长，味道比刚笋、毛笋鲜美，用来烧咸肉，烧咸菜，炒新韭，烧其他东西，都是佳品。五月时节回家，才能吃到时令的鲜淡竹笋。如今家里很少自己做竹器，篱笆也少了，用到鸡豆棒的地方也很少了，所以，淡竹笋第一拨出土后，不再像过去似的要留种长竹子，而是直接挖了回家当菜吃了。这也算是时代之变。

淡竹长得低矮密集，大人们很少进去玩，像在燕竹园中乘凉休憩的场景，淡竹园中永远无法想象。不过，淡竹园同样是我们小孩的乐园。小时候身材瘦小，喜欢在淡竹园里钻来钻去，也喜欢躲猫猫，躲在边上的灌木、荆棘附近，或者土堆后面。

而少年在淡竹园最大的乐趣，就是掏鸟蛋。故乡有一种小鸟，叫黄头，学名棕头鸦雀，最喜欢生活在燕竹园里，在淡竹上做窠搭巢，我似乎从未有印象。它们在燕竹和刚竹上做过窝。一近淡竹园，"轰"的一下子，一群黄头叽喳着飞起，盘旋在淡竹林上空不远处。

少年时代，我们热衷掏鸟窝，淡竹上的鸟窝是最好掏的。淡竹不高，鸟窝自然也高不到哪儿去，容易发现。淡竹柔韧性好，发现鸟窝后，把淡竹慢慢扳下来，甚至能把竹子扳成三段近 N 形。把鸟窝扳到触手可及处，鸟窝和竹梢头都能保持正向朝上而竹子却不断裂。掏空鸟蛋后，一松手，淡竹弹出，迅速复原，丝毫看不出刚才的委屈。当然，这种淡竹园掏鸟窝的手艺，也是损失很多黄头鸟蛋后才学会的。

故乡 20 世纪 90 年代乡镇化工业大盛，空气污染严重，燕竹、刚竹相继死亡，但淡竹的生命力却明显强过了燕竹和刚竹，没有死掉。这些年随着环境复原，淡竹也是最早复苏的。

如今我家那块不大的淡竹园，依然郁郁葱葱，尽管当年淡竹园对着的老宅早已破败不堪，另一边的低矮的稻田，早已填高盖起了楼房。

2016.3.12

刚 竹
——"故乡的竹子"系列 2

故乡家种的竹子,主要有三种,燕竹、刚竹和淡竹,父亲说其实原来还有一种,叫哺鸡竹,我几乎没有印象了。不过,刚竹我至今还有很深的印象,尽管我家的刚竹园早已经变成杂树丛了,东西两村也不见一块刚竹园了。

我小时候村子后面团团河边有一片刚竹园,应该历史比较悠久了,分属村里几户人家。其中我家的刚竹园在最西边,紧挨着牛塘,是和堂叔家共有的。因为刚竹园在后门口,村里人乘凉一般不会到刚竹园去,除了村里菊生公家的沉默寡言的老太太,因为菊生公曾因是马山一贯道的点传师,因参加反革命会道门被判过刑,老太太很少跟村里人聚在一起,夏天乘凉,总是在后门口自家的刚竹园里。

村后的刚竹园边上,荆棘密布,里边常有长虫、黄鼠狼之类游弋,不过荆棘里的蛇糜子长得特别好,我们都喜欢拿着竹棍敲打着然后去采蛇藨子。而挨着牛塘这边，比较潮湿，火赤练、蛤蟆等较多。白头翁之类，也常出没在这片刚竹园里。

刚竹也是故乡比较高大的一种竹子，与燕竹相比，它每一节都比燕竹显得修长，尽管有些刚竹其实比燕竹还粗大不少。据说刚竹有很多种，我家的刚竹有些泛黄，大概属于黄皮刚竹。

刚竹竿高挺秀，其笋虽然质地鲜嫩，但味道苦涩，是故乡竹笋中最差的一种。虽说也算春日时令鲜货，但农村人很少吃。母亲说晒干后笋干的味道要稍好些。

刚竹竹材坚硬，柔韧性比燕竹还差，不宜劈篾编织。编制竹器的，主要用的是柔韧性最好的淡竹。但刚竹有个用处，却是燕竹和淡竹无法取代的，那就是做锄头、铁耙柄，尤其是耙河蚌、搪螺蛳用的耙柄、网柄，只有刚竹能够胜任——因为可以找到足够长的刚竹。

那个时候，农业生产力低下，锄头、铁耙柄可是重要的生产工具，一个农具有一根称手的柄，能提高不少效率。做农具柄时，父亲通常会去刚竹园转悠，找粗细、竹龄合适的刚竹，用锄头连根挖回来——很少有人家用竹刀砍刚竹的，一来砍竹子时震动大，容易把竹子砍坏，二来留一截在竹园，容易伤人。

挖回来后，去掉带土的竹根，去掉竹枝、竹梢，斫成长短适宜的竹段，然后端张长凳，摆在场上。凳子头上绕上麻绳，宽松些，再在凳子上搁上一块砖，横着立放，边上搁一盆清水、一块抹布，再堆上些柴草，点着。刚竹一头戳地，手持着，端详好,然后搁火焰上烧烤。但听得竹竿烧烤发出嗞嗞声响,竹竿滴出液体,原本淡黄的地方渐渐变黑。拿着竹竿,一头套进麻绳,然后把烧烤过的地方搁在横着立放的砖上,以砖为支撑,慢慢往下压。压的过程中,用湿抹布摁在烧烤处,伴随着青烟一缕,还有嗞嗞声。一来二去,刚竹校直,烧烤变黑的地方,水一擦印迹就很淡了。然后可以做锄头柄也好,铁耙柄也好。可以用很长时间。

分田之后,随着农业机械的发展,传统农具锄头、铁耙的用武之地越来越少,也带着刚竹的没落。我曾经见过一小片刚竹园开过竹花,这是我在故乡唯一见过的竹花。开花之后,这片刚竹也就离死不远了。

故乡后来乡镇工业尤其化工业勃兴,农村的生态遭遇了数百年来最大的破坏,刚竹是最早绝迹的。我们家刚竹园里的刚竹,也是这样很快就死掉了。如今这片刚竹园,早已成了菜地。

这些年我在周边村子漫游,似乎再也没见过什么刚竹园。

2016.3

凤 仙 花

前些天一人在家时，北京的天气喜怒无常，上班前去阳台关窗户，忽然发现有几株小苗在一个小花盆里，挤在各种花草之间，安静，纤细，弱不禁风的样子，带着锯齿的绿色的细叶，肉色而渐红的茎秆，陌生中又颇觉眼熟。陌生是因为以前没注意这小盆绿植，眼熟，是因为它曾经是我少年时代熟悉的一种植物，我已多年未见过了，竟然在自家阳台见到了！我拍了照片，发乡友群里，问谁识此物。"凤仙花！"乡友们的答案完全一致。同时，乡友提醒我，应该松土了，凤仙花喜欢阳光和松软的土壤。是的，阳台上这小盆绿植是凤仙花。我一问远在故乡的太座，方知是丫头从学校拿回的种子，撒播在这个花盆里，长出来的。

不过，我记忆中这个季节，故乡的凤仙花早不应该是阳台花盆里那般纤细柔弱的模样了。炎夏蝉鸣萤舞时，凤仙花也应该和荷花一样，正是它摇曳绽放，大放异彩的时候。"荼蘼花开春将尽,楝花开将入夏"。传统二十四花信风里,只到晚春初夏,不知为何没有盛夏绽放的凤仙花。但夏日才盛放的凤仙花,确实是艳丽娇嫩,与荷花并领炎夏风骚。

僻居乡间的少年毛泽东这样为凤仙花鸣不平:

百花皆竞春,指甲独静眠。
春季叶始生,炎夏花正鲜。
叶小枝又弱,种类多且妍。
万草被日出,惟婢傲火天。
渊明爱逸菊,敦颐好青莲。
我独爱指甲,取其志更坚。

据说这是毛泽东少年时(1906年)写的一首旧体诗《五古·咏指甲花》(节选自《毛泽东故土家族探秘》,西苑出版社1993年9月版),这个指甲花就是凤仙花。

春季百花盛开时,凤仙花才开始长叶,并不急于争春,待到炎夏,百花落尽,它始绽放,此一特色;凤仙花开,多在夏日早晨,此时蝶蜂方在梦中,不知凤仙花开:"香红嫩绿正开时,冷蝶饥蜂两不知。此际最宜何处看,朝阳初上碧梧枝。"(唐·吴仁璧《凤仙花》)

炎夏朝阳初上,万草慑服,唯有凤仙花傲然摇曳对火天,所以是"最宜看处"。这也算是凤仙花独来独往于世间,不从众花万草,孤高之意立见。所以少年毛泽东说"我独爱指甲,取其志更坚"。

凤仙花一点都不像我家阳台花盆里的那几株那般娇嫩弱不禁风。我小时候村里凤仙花很多,茎秆粗的有大拇指一般,一棵也能有一米多高。夏天雷雨后,倒是满地零落,碾落成泥花作尘。

凤仙花之名,《群芳谱》说:"其花头、翅、尾、足,俱翘然如凤状,故又名金凤。"中国古人将凤仙花视为凤凰仙魂幻化而生。其花色颇多,红白、紫红、粉红皆有。红色凤仙花花瓣捣碎,可染指甲,宋周密《癸辛杂识》记曰:"凤仙花红者,用叶捣碎,入明矾少许在内,先洗净指甲,然后以此敷甲上,用片帛缠定过夜。初染色淡,连染三五次,其色若胭脂,洗涤不去,可经旬直至退甲方渐去之。"故毛泽东诗中,也称凤仙花为指甲花。虽然经过"文革",我小时候也常见村里的大姐姐们夏天这般玩耍,大概对花草的熟悉,是斗争消灭不了的。

我小时便知凤仙花能活血消肿。故乡男孩,夏天皆容易上火,脑袋上爱长小脓包(俗称白蕾头,可能就是青春痘),用手挤破后,把凤仙花叶揉软变色后,贴在脓包创伤处,凉快,据说消炎。老人们常常这样给我们整治。那个时候,村里遇上个老太太,脸上贴个揉变色的凤仙花叶,一点都不稀罕,就像受伤贴了创可贴一样。对,如果说马兰可以成为春天或秋天的创可贴,凤仙花就是我们夏天的创可贴。

据说凤仙花还有一个名字,叫凤仙透骨草,名字也来自其治疗功能,可作治疗风湿疼痛和跌打损伤的药。不过,按文献,江苏一地,只以白色凤仙花为透骨草用,其他花色不入药。

凤仙花结果成熟后,籽荚只要轻轻一碰就会弹射出很多籽儿来——而这也是凤仙草传播的方式,所以凤仙草都是一簇簇长的。

凤仙花果荚弹射籽儿后,外壳马上会卷成圆形,小时候我们常把卷成圆形的外壳,挂在耳朵上玩,就像青色的耳环。

我小时候,家里外墙外,长着许多凤仙花,黄花菜边上,也有不少凤仙花。传说蛇怕凤仙花,我小时候问过祖母,为什么蛇怕凤仙花,祖母回答说:"凤仙花是凤凰变的啊,蛇怎么能不怕凤凰呢?"

2016.7

故乡的黄豆鸟

故乡有一种小鸟，名叫黄豆。

我小时候，故乡的淡竹园里，芦苇丛中，高埂上的杆棵岗里，河滩边的杂树、荆棘中，常见它们成群结队，飞来飞去，边飞边叫，声音嘈杂尖厉，不停叫唤，似乎永不觉得累。

黄豆鸟是我在故乡见过的最小的鸟，从头至尾，不过一把小学生用的三角板长，我想，所以叫黄豆，大概与其身形细小有关吧。我很晚才知道，它的学名叫棕头鸦雀，这个名字，我非常陌生，我熟悉它的时候，只知道它叫黄豆，或者叫黄头，反正吴语地区"头豆"也不分。黄头这个名字，也多少跟它的身形颜色有关。

黄豆头顶至上背呈棕红色，或棕色、黄褐色，身上颜色，暗褐的基调色中带着黄褐、红棕等亮色。黄豆模样很可爱，小巧玲珑的，但是它非常喜欢叫闹，这点比较烦人。它们总是喜欢围绕在栖息地活动，灌木丛、芦苇荡、杆棵岗……在故乡，甚至连燕竹园也不去,大概是飞不了太高,也飞不了太远。

在故乡,它们喜欢生活在淡竹园中,淡竹低矮细密,不若燕竹、刚竹高大,黄豆最喜欢在淡竹上做窠搭巢。不过,黄豆虽小,做窠却是最上心的。在我小时候掏过和见过的所有鸟窝中,无论是麻雀、白头翁还是燕子、乌鸦、喜鹊的窝,做得最精细最具艺术意味的,是黄豆鸟窝。

淡竹上的黄豆鸟窝,很漂亮,鸟窝主要用草茎、草叶、竹叶、树叶、须根、树皮等材料构成,外面常常还敷以苔藓和蛛网,内垫有细草茎、棕丝和须根,有时还垫有羊毛、猪毛等,看上去有些平滑,很是讲究;鸟窝形状有些像老式的乡下喝酒的酒盅,当然更像是蚕茧一头剪去后的放大状。鸟窝通常架在淡竹靠近顶部的竹枝上,背靠竹竿,很是牢固。

通常一个黄豆鸟窝里,会有三五粒鸟蛋。黄豆鸟的蛋,也是我见过的最小的鸟蛋,但很特别,鸟蛋的颜色呈蓝色或淡蓝色、淡白色,通体莹莹如玉,晶莹透剔。有时掏鸟窝时赶上鸟蛋将要孵出,透过蛋壳还隐约可见里边的鸟雏形。

少年时代的乡下男孩,都喜欢掏鸟窝,最大的受害者是黄豆鸟窝。因为淡竹长不高,淡竹上的黄豆鸟窝容易被发现,也方便掏。

最初我们没有掌握技巧的时候,总是喜欢用鱼叉或竹竿去捅鸟窝。那是很残酷的,经常捅破鸟窝时也连带着把窝里的鸟蛋捅破了——本来目标是想捅个窟窿,让鸟蛋从窟窿里掉下来,下面用草帽接着，这是我们小时候经常做的。用鱼叉的时候稍好，主要是想方设法把鸟窝从竹枝上整体叉下，这得有技巧。黄豆鸟窝精细，需要用鱼叉小心叉断鸟窝与竹枝的连接，然后小心用鱼叉叉住整个鸟窝，慢慢收竿，保持鸟窝朝上。其实当我能熟练叉下一个鸟窝时，是建立在牺牲了许多黄豆鸟子孙的基础上的。

当然，后来我们学会了徒手掏淡竹上的黄豆鸟窝。淡竹柔韧性好，把淡竹慢慢扳下来，甚至能做到把竹子扳成三段近N型，把鸟窝扳到触手可及处，鸟窝和竹梢头都能保持正向朝上。伸手掏空鸟蛋后，一松手，淡竹弹出，迅速复原。当然，这种徒手掏鸟窝的手艺，也是损失很多黄头鸟蛋后才学会的。

掏到的鸟蛋，有时会拿回去，放饭锅上蒸了，有时干脆现场啪的一声，敲破了倒进嘴里生咽，颇有些腥味。不过，当时幼稚无知，全然不惧。

黄豆鸟个小，小时候捉鸟吃，通常不捉黄豆鸟，太小了，小孩们只是捉了玩。至于幼鸟，黄豆的幼鸟也是不好养的。

黄豆鸟喜欢群集，性活泼而大胆，不是特别怕人，常在栖息地灌木或竹枝上攀缘跳跃，人一近淡竹园，或者芦苇荡杆棵岗，轰的一下子，一群黄头叽喳着飞起，盘旋在不远处，叫声低沉急速，嘈杂恼人。

当化工业在故乡兴盛的时候，白头翁一度消失过，麻雀也曾少过，但印象中黄豆鸟无甚特别变化。反正你走近淡竹园，它们都是轰然一群而起。至今犹是。

  不过，故乡越来越多的地方搞起了万亩良田或科技园区，竹林少了，洗脚进商品楼安置社区的人多了，当然，被越来越丰富的电子产品吸引的人更多了。至于掏鸟窝的调皮少年身影，故乡终究再也见不到了。

2016.3.12

故乡的楝树

乡友一枝一叶兄早上发微信说,意外在对面的村里发现了一株有四十年树龄的楝树。照片上楝树高大挺拔,枝丫繁复,树叶郁郁葱葱,已过花季,枝丫、树叶间,已结出细小的绿果。

久违了,楝树。

春节回故乡,还跟父亲聊到楝树,父亲说,活见鬼了,村里一棵楝树也不见了。许是空气污染造成的吧,我想。

我一直很奇怪,楝树的称谓,在普通话和吴方言中,竟然也是发一样的音,就像鸶鹚一样,这很少见。

我小时候楝树常见,村前屋后,河边、篱笆边,随处可见。我们村前竹园边上,有一株高大的楝树,主干斜直,枝丫部分伸入竹园,大部分探出在田野的上空,夏日成荫,迎风摇曳。那个年代的夏秋,我们这些不知愁之味的顽劣少年,爬上蹿下,看紫白花、打树籽、玩打仗,曾经在这株楝树上度过了多少难忘辰光!回想起来,往事历历。

楝树是落叶乔木,在故乡不若银杏、榉树般受人待见,是一种比较贱的树种,尽管它也算是浑身是宝,不过这宝没那么宝贝。

小时候,竹园里楝树树苗常见,小孩们挖了栽种,大人们多当小孩瞎玩。我小时候见到的楝树,无论是在竹园边,还是河塘边,大概天落天养的居多吧。与银杏、榉树、油树等相比,楝树是属于长得比较快的树种。但楝树多弯曲,挺直的少见,一枝一叶兄照片里的那种挺拔的楝树,确实不多见。

楝树在春天开花,开紫花,带白。它的花季来得很晚,也比较长,盛开于暮春,花落则是夏初。明遗民西湖花隐翁陈淏子撰《花镜》,说"江南有二十四番花信风,梅花为首,楝花为终"。按农耕时代传统,从小寒到谷雨,八个节气二十四番花信风。谷雨有三候:一候牡丹、二候荼蘼、三候楝花。宋人董嗣杲作《楝花》诗,有"风信到花春自往"句,当是指楝花开,即送春而迎夏。所以,楝花之后,便是夏日。江南再起花信风,且要待冬日北风呼啸,腊梅盛开。

楝树花的香味,我已经全然没有印象了。不过,晚唐温庭筠有诗《苦楝花》:"只应春惜别,留与博山炉。"一说楝树花意味着与春惜别,二说楝树花可以作为香料,放在博山炉中当熏香用。可见其香。

楝花落尽后,会长出一簇簇细小的绿皮果子,经夏日骄阳曝晒、风吹雨打,青果渐渐长大。其果实最后大约比一分钢镚稍大，绿皮，饱满瓷实，颇为硬朗。小时候男孩玩耍，楝树籽是一种非常实用的"弹药"——无论是用弹弓打鸟，还是玩打仗游戏，这楝树籽做弹药最佳。我小时候跟同龄伙伴玩打仗游戏，有时一方会爬上楝树，盘踞其上，这个好处，就是对阵之际，居高临下，弹药充足；不利之处，就是四面受敌，躲避无门，全仗树枝有限遮挡。树下对阵之顽童，可以躲避楝树籽之攻击，同时行使分兵合围围魏救赵之法，在同伴攻击掩护下，抢拣地上撒落的楝树籽做弹药，以轮番攻击，让楝树上的对手疲于应付。

秋风起后，楝树叶渐衰黄而落，没被玩闹弄没的楝树籽开始抽缩，不再如青皮后生般饱满，外皮皱巴起来，其颜色也渐黄，最后蜡黄，赤裸裸地悬挂在冬日光秃秃的枝丫上，连鸟都不屑一顾，最后被呼啸的北风吹落。偶尔，还会留个几粒，孤零零地死守在枝丫上，迎接春天的到来。

楝树籽有毒，不能吃，连鸟也不啄，世代相传人吃了会变哑巴。有传这楝树籽会被人误以为是枣子，我觉得这种说法一定来自不分韭麦的城里人。乡下的孩子，自打有记忆起，就不会把楝树籽误认为枣子的。

不过，楝树籽还是有用的，据说可以入中药，或者做肥皂。我这般年纪的人，小时候除了用楝树籽做子弹玩游戏，大概都拿竹竿打过楝树籽，拣起来晒干，然后由大人卖给公社的供销社或药店，不过价格极其低廉，大概一斤晒干的楝树籽，也不过二三分钱。不过，在困窘的日子里，好歹也算在玩耍之余为家里做了些微薄贡献。

因为长得快，楝树的木质比较轻软，容易加工，通常用来制作农具，比如楝树扁担，长凳凳面，甚至，做那个春凳——古代色情小说里常见的道具，当然也是古时嫁女的陪嫁之物。

清人屈大均著《广东新语》载："苦楝最易生，村落间凡生女必多植之，以为嫁时器物。花紫多实，实苦不可口。故童谣云：'荔支（枝）好食不生子，苦楝无甘坠折枝。'花可入香……"

惜楝树虽多籽，却不若朴树、石榴，为江南故乡所爱。乡间多植朴树、石榴，意求多子多福。而楝树虽多籽，却苦而有毒，谁家生子，愿意求苦且毒呢！

2016.5.31

角落鼠与猫头鹰

"你还记得角落鼠是嗲东西伐?"前些日子,我光屁股时的玩伴无锡观山楼堂主突然在微信上问了我一个问题。"仓鼠吧,大概因为在角落里"。我信口回答。"赤佬,猫头鹰啊,你也忘本了啊。"兄弟笑话我。国落鼠、角落鼠,一下子全在脑子里浮现了出来。

在吴方言中,国落鼠、角落鼠发音是完全一样的,发"guō luō cù"音,所以,我们所能记得的,不知道是"国落鼠"还是"角落鼠"。

兄弟问我为什么老家会把猫头鹰叫作角落鼠时,我再次哑然。我真的不知道。我后来想,猫头鹰脸形有些近"国字脸",大概是"国落鼠"说法的来历,但这种穿凿附会很难解释为何要加个"落"字。更为要命的是,猫头鹰是吃老鼠的,吃老鼠的东西以"鼠"冠名,更不合常规了。至于"角落鼠",就与猫头鹰更不般配了。

猫头鹰也叫夜猫子,小时候长辈都告诉过我们:"夜猫子进宅，无事不来。""角落"是房屋建筑特有的名字，这夜猫子猫头鹰虽然爱吃老鼠，通常却栖居于室外，进入房子是非常罕见的非常态事情，所以会被视为不吉祥。

那么，无论是"角落鼠"还是"国落鼠"，猫头鹰的这个乡土名字到底是如何来的呢？

我翻吴方言词典，没有给我解释，翻《康熙字典》，也没找到答案。我突然想起猫头鹰在古时也叫鸺鸟，而鸺音与鼠音（cī 与 cù），在吴方言中也是相近易混。于是顺着"角落鸺"寻访，终于发现，有一种猫头鹰叫"角鸺"。或许，"角落鼠"真的就是"角鸺"演化而来，还颇有古意呢。

猫头鹰在古代有好多别称。《本草拾遗》著者唐代名医陈藏器认为，猫头鹰即"鸺鹠，即《尔雅》鸱鸺也。江东呼为鸺鹠。其状似鸱有角，怪鸟也"。李时珍说蜀地也称其为"毂辘鹰"等。关于猫头鹰，多有不利的说法，除了"夜猫子进宅"之外，还有"宁听夜猫子哭，不听夜猫子笑"。这两个典故，其实最初可能都来自陈藏器："夜飞昼伏，入城城空，入室室空。常在一处则无害。若闻其声如笑者，宜速去之……作笑声，当有人死。"后来的李时珍也有类似说法："昼伏夜出，鸣则雌雄相唤，其声如老人，初若呼，后若笑，所至多不祥。"

小时候长辈给我们讲"角落鼠"的故事的时候，多与这种不祥有连，但是，长辈们也会讲到"角落鼠"晚上如炬目光，捉老鼠之神奇。不过，我小时候从未见过角落鼠——猫头鹰，不知何故。少年时代政平公社的南码头村放电影《钢铁战士》，前面加映了两场科普电影，一部主角为猫头鹰，一部主角为鼬，我是第一次把长辈所述与影视作品结合起来，大开眼界，以至印象深刻。及长，读《庄子》"鸱鸺夜撮蚤，察毫末，昼出瞋目而不见丘山。"更是复苏了少年时代的那种记忆。

中国人更多把猫头鹰与不祥之物勾连，但外国人不是。我20世纪80年代读哲学系，第一次读到黑格尔说的密涅瓦的猫头鹰在黄昏起飞时，才知道罗马神话里猫头鹰是追随着智慧女神密涅瓦的，是思想和理性的象征。

英国女作家伊丽莎白·冯·阿尼姆在她的小说《伊丽莎白和她的德国花园》里，这样描述猫头鹰："我近边有两只猫头鹰正在谈天，娓娓长谈，我爱听他们的语音和爱听夜莺的歌声一样。猫头鹰先生在说'1335'，他的夫人在不远处的一棵树上回答'2446'，柔美和谐地同意而顺从他的意志，她真是一个道地德国产的女性猫头鹰。他们的语句，老是重复又重复着一件事，我想一定是在说我的坏话，但是我怎会因猫头鹰的讥诮而退避呢。"看看，这猫头鹰何来不祥呢。

我后来当然见识过真正的猫头鹰，也即我小时候听说的角落鼠了。中医说猫头鹰能治病。1994年，我在襄樊第一次吃了别人款待的猫头鹰。惭愧得很，原谅我年轻时的无知无畏。

2016.5.7

面 条 草

面条草，故乡一种水草的俗名。华北地区也有一种俗称面条草的，是饥荒时救命之物，但却是旱生植物，形状用途与其大不一样。在我江南故乡，华北俗称面条草的叫"棉茧头草"，可以食用。但我江南水乡的面条草，是一种水生植物，主要用来喂鱼、喂猪，我从未听说过它可以食用。

面条草的大名，是不久前同学告诉我的，据说叫苦草，也叫蓼萍草。这两个名字我从未听说过。蓼我知道，我抄《诗经》数遍，自然知道蓼莪，水边甚多，故乡离我家十多公里处有蓼莪寺，但也与面条草无关。面条草的大名不知其何来，但它的俗名土名，却透着熟悉和亲切。除了面条草之外，还有叫扁担草、水韭草和鸭舌条等的，这些名字虽土，却切合着这水草的特性。

无论是面条草，还是扁担草、水韭草、鸭舌条，得名的由来，是依其外形。水里生长的面条草，真像过去乡下没有轧面机时用擀面杖擀出来的刀切面条，形宽且薄。除了形似面条，我们小时候打猪草，捞面条草时，通常也是用两根细竹竿伸入水中的面条草中，夹住，卷上，拧断，涮一下，拖出水中。这夹、卷之举，犹像小孩使筷子吃面条的模样。不过，与面条的颜色不同，面条草是绿色的，绿色的叶子可以在水下进行光合作用。但接近根部，颜色却是白色的。

面条草扎根于淤泥中，根系比较发达，在静水和湍急的水流中均能生长，所以打猪草时要使劲拧，才能扯断它的根系。一般在水流湍急的沟渠中，它们都是顺水倒伏。而在荷塘及静水渠中，它们一根根直立着安静地待在水下，风过水面，水波荡漾时，它们随着在水底微微摇曳。面条草也会开花，不过很少见到。面条草的花会升出水面，花很特别，白色。

内河池塘里和沟渠里的面条草，一般也就两尺来长，湖里则不然。我在湖边生长的同学说，太湖、滆湖里的面条草，都有一米多长，打猪草时，常常一打就堆了满满的一船。与内河捞面条草仅用竹竿夹卷不同，湖面宽大，捞面条草时，常是先夹断再捞，故要用竹竿或绳子在湖面上围住，防止夹断的面条草漂走。

我小时候的印象，面条草是草鱼的重要饵料，鲤鱼、鲫鱼之类，大概也会吃掉一些，而河里的那些小鱼、小虾、螃蟹，大概也喜欢。除了养鱼，面条草最大的功劳就是喂猪。小时候一个重要的辅助农活，就是打面条草回家煮熟了喂猪。因为小钉螺喜欢吸附在面条草上，也可以把面条草扔在鸭棚里，任小鸭子糟践。

2016年春节期间，我去往故乡黄天荡青蟹养殖基地，有一户养蟹人家，用来喂蟹的，就是面条草，据说面条草也可以用来养小龙虾。

《本草纲目》上说，面条草还可以入药，这我小时候没听说过，也不知现代医学怎么看。

不过，面条草吸附污物能力强，可以用来净水去污。虽然在岸上透过水面看面条草很清爽好看，但我小时候戏水，是不太愿意到面条草生长的地方去的，因为水折射看起来很干净的绿色草叶上，总是黏糊糊的，心里总有种不洁感。大概这就是面条草吸附污物的结果。

我最初读徐志摩《再别康桥》，没老师教，生物知识也没有，不知剑桥水下那软泥上的"青荇"是何物，以为就是面条草，因为在我印象中，故乡水下软泥上的青色的水草，只有面条草！及长，方知青荇为何物，但这错误一直伴随了我多年。

记忆中，无论是在春天的浅水中，还是在夏、秋的浅滩中，透过温暖的太阳，我们可以清晰地看到，水下的面条草安静地矗立着，小鱼、小虾嬉戏游荡，风过处，它们的叶片则随水波微微荡漾。扔一块小泥块进去，会在面条草中惊起一堆小鱼虾四处逃窜。惊起的水势摇曳着面条草东倒西歪，但它们的根基却永远稳定。

阳光照射下的水下的面条草,就像良家女子,温婉沉静,有一种别有味道的端庄从容。

2016.10.1

水 葫 芦

冬日在杭州西溪湿地边上漫步,见到了一片片的水葫芦。虽然茎秆仍然色泽饱满,但大部分水葫芦的叶片边缘经霜打之后,已经枯萎,整片看过去,凋败态势明显,全无盛夏及初秋时的鲜艳明丽,更无紫花绽放的盛景。

我上次见到水葫芦,还是去年春节回家,在吴稚晖故居前的运河里。零散的几株水葫芦随着水流漂荡,那是我几十年之后,再次看见水葫芦,说不出的亲切。我蹲在码头上拍照的时候,弟弟和他的朋友笑话我,说这水葫芦有什么可拍的,痴鬼呵。

当然,弟弟他们每年依然会见到水葫芦,我却有二十多年未见过了。水葫芦曾经在我的生活里,留下过深刻的记忆,至今回想,依然清晰如电影在眼前回放。

我的童年和少年时代,正是水葫芦、水浮莲、水花生"当家"的时代——这三种水生植物,都是当时农村养猪的主要饲料,无论是人民公社时期生产队集体养猪,还是后来分田到户初期的个体养猪。

水葫芦是一种外来物种,与水花生这种革命草一样,原产于南美洲。不过,据说水葫芦传入中国的历史,比革命草水花生更悠久,有说是1901年就引进中国,不过我没有去考证。我很晚才知道,水葫芦有一个很好听的大名:凤眼莲。但我记忆中只有水葫芦,这是农民的习性。

水葫芦是一种水生漂浮植物,根垂水中,叶浮水面,蔓延相叠。水葫芦的叶子,光滑润泽鲜绿透亮,在深绿色的叶盘下,斜立的茎干稍膨大,似葫芦状,中空,内里如海绵,因而得名水葫芦。盛夏时,叶面上探出花茎,开淡紫色的花。

我小时候的印象里,故乡的河道里,一片片都是用竹竿围起的养殖水葫芦、水花生的地方,盛夏时河面上一片深绿,紫花盛开,风摆摇曳,颇有味道。水葫芦的繁殖能力惊人,以无性繁殖为主,也能开花结实产生种子进行有性繁殖。彼时故乡养殖水葫芦、水花生,都会划出特定面积,用竹竿隔离成为水葫芦、水花生的保留地。怕的是水葫芦之类疯长,覆盖了整个河面,这对养鱼是致命的打击。因此,偶尔会有水葫芦、水浮莲被风吹浪打,逸出竹栏,远离了密密匝匝的群体,孤独地漂浮在水面上。

与水花生根部纠缠交织生长不同,水葫芦的根系是单个的,所以,看着密密麻麻的水葫芦覆盖在水面,其实一戳就开,不像革命草水花生,甚至能够让少年站立其上。夏天少年比试水性时,在水葫芦底下,也不必担心像在水花生底下,不小心会憋死。

那个年代,水葫芦的主要功能是用来当猪饲料。打捞水葫芦比较简单,省时省力。用网兜往水葫芦里一插,撑开密密麻麻的水葫芦,探入水里,水葫芦很快把撑开的空间补上,这时,只要把网兜往上一挑,一兜水葫芦已经有了。在水里拖荡几下,算是清洗根部的水锈,拎上来,倒在苗篮里,直到苗篮装满。当然也可以在岸边,用铁耙扒拉,拖水葫芦上岸。

回家之后,摘掉水葫芦的根须,用铡刀或者菜刀,把水葫芦切好,倒进猪食锅里(故乡灶台,过去有一口锅是专门烧猪食的,倒进糠,一起煮烂,喂猪)。

我的记忆中,似乎没有用生水葫芦喂猪的。人民公社的时候,农村养猪主要是供给城市,没有饲料,水葫芦、水花生、水浮莲就成了养猪的当家饲料。

水葫芦何时引入大规模种植并成为猪饲料的,我不知道,也不是历史学家,没去考证,但我有记忆的 20 世纪 70 年代,故乡应该已经在用这些水葫芦们养猪了。我后来翻阅文献,中国 1958 年出版的关于养猪的杂志里边,已经谈到了水葫芦养猪好。不过,这些水草虽然是养猪的当家饲料,猪却长得并不快,或许,还是这些水草营养不够吧。及至 20 世纪 80 年代中后期,水葫芦这些猪饲料才在我故乡退出了猪圈,从受宠的贵妃成为弃妇，被冷落放弃。而水花生，至今仍在祸害故乡。

水葫芦的另一种用途，就是用来积肥。和河泥混杂，堆在田角路边，发酵后当肥料沤田。与水花生容易生长不同，水葫芦积肥，不必担心它会还魂活过来，糟蹋田地，这是水葫芦、水浮莲不同于水花生的地方。我小时候打猪草时，或者夏日下河嬉水时，喜欢做一件事，就是捏破水葫芦的葫芦，听它破裂时发出的噼啪声，很残忍，却充满童趣。

故乡有句俗语，叫"打死的都是拳教师，淹死的都是水葫芦"，这水葫芦指称水性好的人，意指仗着自己的本事自以为是的人通常不会有好下场。不过这句俗语，在我爷爷那辈已经有了，很难跟南美来的外来户水葫芦勾连，尽管我小时候一直以为这句耳熟能详的话里的水葫芦就是我们常见的水生植物。很晚的时候，我才知道有种水鸟，刁鸭，在吴语区，也叫水葫芦。

过去看新闻，听说在一些地方，水葫芦造成了生态灾难。不过，我的印象中，水葫芦在故乡，并没有像革命草水花生那样蔓延生长造成生态灾难。我反而觉得，水葫芦还是挺"仁义"的——在故乡遭遇人祸而陷入困顿的时候，它提供了猪饲料，它给少年的生活增添了许多乐趣，它摇曳的紫花，如果开在盛世，也会引发许多诗情画意，更何况，水葫芦还能起到净化污水的作用。

如今水葫芦成灾，想来应该不只是水葫芦的原因，更多是因为生态链条的破坏——在它的原乡，有天敌；来到我故乡之后，那时养猪用，虽然营养不高，如今猪嘴的口味也被添加剂提高了；更何况，现在的水质，不只是生活污水，更有工业污水，这些脏水滋养着水葫芦，让它在异乡疯狂生长，直至成为一种生态灾难。

我故乡那些早年盛开紫花的河道里，如今也很少见用竹竿围成保护地繁殖生长的水葫芦了，但水质，却永远地失去了清粼……

2015.12.20

消失的水浮莲

水浮莲是我小时候故乡常见之物。现在故乡已经很难见到水浮莲了。年轻一代,恐怕连听都没听说过,更不用说见过了。

水浮莲、水葫芦和绿萍,在我小时候,都是河里的养殖之物,常见。搜索水浮莲,"度娘"基本上都是把水浮莲和水葫芦搞混在一起。虽然水浮莲和水葫芦娘家都在南美,嫁到中华的时间估计也差不多,但两者叶子和外形上还是有很大差别的,一看就不是一家人,连表亲都攀不上。

在故乡,一说起水浮莲,大家都不会与水葫芦搞混。水浮莲漂浮水中,叶片厚实起伏,娇柔咪嫩(叶子松脆,容易折断),充满生机。它丛生成簇,叶形摊开如花,状若观世音莲座,身上细白绒毛,遇水则闪耀光泽,不吸水。水浮莲之名,在故乡大概是从其形意,故得其名。这个名字,中正而又风雅,颇得文物乡邦的神韵。当然,其他地方也有称其为水白菜的(我故乡可没这么叫),也有些形象,不过,水白菜之名,总是土里土气的。

　　小时候，故乡到处都会看到水浮莲，河里、塘里、沟渠里、水稻田里。稻田秧苗开始疯长的时候，稻田里经常会有一朵朵小小的没有张开的水浮莲，惬意地漂浮在稻田里的水面上，或缠绕在秧苗的根部。合着水捞起来，水浮莲在摊开的掌心，张着几张稚嫩的叶子，惬意懒散的样子，我见尤怜。但是，别给它骗了，水浮莲的侵略性很强的。随着秧苗成长，水浮莲也在长大，农夫见到，总是随时捞起，扔在田埂上。到得农家耘稻时，农夫更是毫不客气地将稻田里所有的水浮莲和杂草一起，扔在田埂上，任烈日曝晒，人畜践踏，毫无一点怜悯之心。在农夫心里，只有稻苗。

　　稻田里的水浮莲，大概是随着灌溉用水进来的。所以，沟渠里也常见零散漂浮水浮莲、水葫芦，它们来自大河。不过，夏天的时候，沟渠里的水浮莲都是长大了的，它们随着水流在沟渠里流淌，在沟渠里游泳的顽童，总会相约着顺水追赶漂漾过去的水浮莲。

　　河里的水浮莲，大多都是养殖的。与菱棵类似，水浮莲总是从几株丛开始，渐渐队伍扩散，很快就会覆盖住一大块河面。所以，养殖水浮莲，都会一开始就用竹竿或绳子围圈，把水浮莲固定在一定面积内。若任它自由生长，恐怕一季下来，整个河面都是它的天下了。

　　长大了的水浮莲，单株依然很好看，夏天会开乳白色小花。

但若一起，则是密密麻麻，挨挨挤挤，壮观则壮观矣，但却也挺不好的。不好在何处？水浮莲根须短，生长却快，夏天河里水浮莲多了，水容易脏，容易出"水锈"（下水后沾在身上黏乎乎的，颇为恶心）。若是覆盖了河面，对鱼可不是好事，容易造成缺氧，只有草鱼才喜欢吃它。当然也会堵塞河道，影响灌溉，滋生蚊虫。这个时候，恐怕就一点都不像观世音的莲座那么招人喜欢了。

当然，水浮莲也有其他用处。在故乡，水浮莲除了草鱼爱吃，主要是用来做猪饲料和积肥。我们小时候一个重要任务，就是到河里打水浮莲。用小铁耙，一扎，然后沉浸水里，涮两下，拖上来，放苗篮里。回家用菜刀剁碎，放猪食锅里烧烂，拌上其他饲料，一块喂猪。

大规模用水浮莲喂猪，是在20世纪50年代或20世纪60年代才开始。在20世纪50年代中期的生物学杂志上，我曾翻到科学家探讨栽培水浮莲养鱼、养猪的专题。我小时故乡养殖水浮莲，都是生产队集体养殖，还派人看守，怕人偷呢。不过，分田之后没几年，水浮莲便很快退出了养猪的饲料队列。为什么这样，我也不清楚了。大约是用水浮莲之类喂猪，长得慢吧，况且泔水多了，很快就出现新型猪饲料了。

水浮莲还有一个用处，就是当肥料。把水浮莲跟河泥混在一起，堆在田头发酵，冬天或第二年当肥料，也有。秧田里的水浮莲，除了随灌溉水而来之外，恐怕也有肥料里在复活的。

生产队时，故乡的水浮莲再怎么疯长，都没有形成生态灾难，因为每年都要处理，喂鱼、喂猪、积肥，感觉还不够。但据说如今水浮莲在许多地方成了生态灾难，大约是生物链断了没人料理之故。

水浮莲的老家在南美，有说晚明时期就已经传入中国，但我很好奇，以水浮莲的繁殖侵略能力，怎么以前少见记载水浮莲泛滥之祸的，而到当代，才成生态灾难？所以，这个说法，肯定是以讹传讹。水浮莲应跟水葫芦一样，都是近世传入中国的。

2016.9.4

野荸荠

不知道故乡是否还有人记得野荸荠？

前两天岳母买了些荸荠放在了家里，晚上回家见到，突然间想起了许多与荸荠有关的往事，比如偷荸荠、拾荸荠，等等，当然，我也想起了野荸荠。

野荸荠的棵苗跟荸荠非常相近，圆柱形，绿色，中有横隔膜，枯老后色泽黄，且有节，不过略细瘦。野荸荠苗青葱时跟荸荠苗一样，一捋过去，噼啪作响，小孩儿好玩这个。

野荸荠棵苗的根茎，是一个细小的圆球形，形状色泽长得跟荸荠一样，铜褐色，只是具体而微，个比荸荠小许多，只有无名指指甲盖大小。洗干净了，吃起来味道跟荸荠类似，不过因为个小，水分口感自然不如荸荠。但在物质匮乏的年代，这些却是孩子甚至大人的一种"零食"。

我小时候，故乡的野荸荠很多，它的生命力很顽强，某种意义上是一种"公害"。每年黄梅天拔秧的时候，很多野荸荠苗混杂在秧苗里或者田埂边上的秧田里。拔秧的时候，大人们总是给我们提要求，要把野荸荠苗扔掉，而且要扔田埂上——野荸荠是水生植物，只有扔田埂上，待夏日太阳出来曝晒，才能晒死它，若扔在地里，它又可能会活过来。虽然秧田此前也有收拾，拔过杂草包括野荸荠苗，但很难消灭尽，只有靠拔秧时再行剔除。

其实小孩拔秧时很喜欢野荸荠苗，捋着它的叶管，噼啪作响；拔出一棵时，总是怀着期待的心情去瞧它的根部，希望能看到一个小圆球，也即野荸荠。自然不会有，不当季。但小孩们也不会失望，总是习惯性地审视它的根部，然后扔在田埂上。

虽然拔秧时很小心地剔除了野荸荠苗，但是故乡灌排时，灌排沟里经常漂过来野荸荠苗，这些野荸荠苗随着水流进入秧田，然后与秧苗混杂生长，还有一种是上季麦田里留下的野荸荠种子，这个季节它也长了起来。所以，秧田里的野荸荠，总是跟秧苗一起抢夺养分阳光。

于是，它总是被农民当作杂草拔掉。那个年代，除草剂还很少，效力也没那么高，一般杀不掉野荸荠。没有其他办法，只有手工拔除。那些不幸被逮住的，最后都被扔到了田埂上，往来干活的人，千踩万踏之后，野荸荠终于失去了生命力，成了一簇簇干瘪的杂物，混同于泥中。

但总会有漏网之鱼。躲过了农民伯伯辣手的野荸荠，经过了酷暑，开过了花，等来了秋天。此时的野荸荠，年老色衰，由青葱而变枯黄，原本挺拔的身形，此时如果不是倚靠在稻棵上，必定已耷拉下垂，甚至折节倒伏。它所有的精华，那些经历风吹日晒雨淋，那些与水稻比拼，那些躲过了农民的五指山的所有的勇气、智慧、力量和幸运，此时全部转入了地下，凝聚在了地下那个无名指指甲大小的铜褐色圆球上。

野荸荠的人生，终于走到了一个关键节点。如果没有其他变故，到明年春天，待春水漫过，野荸荠将会重新钻出地面，开始新一季搏杀故事。但是，此时的野荸荠的命运，如同它从发芽到青葱到枯黄的一生，还需要幸运呵护，才能等到春天。不幸的是，它最大的杀手——人，一直如影随形，死死地纠缠着它，就算它暴露于地面的枯黄的叶管棵苗已经消失不再暴露。

故乡水稻收割之后，开始翻地准备种麦。这个时候，地里是干的，小孩们都愿意随着大人下田，从做麦垄到排麦种化肥，故乡冬天的麦田是可以随便踩踏的。翻开的地里，哪怕已经种下麦子，大人和小孩们仍会在麦地里翻寻到一粒粒的野荸荠。

尤其是小孩，每翻找到一粒，都会忍不住欢呼。不过，从最初刚发现野荸荠迫不及待把野荸荠上的泥在身上擦一擦就扔进嘴里的极度兴奋，到战利品越来越多时的沉稳的快乐，到最后在一起比拼谁找到的多，然后去沟边、河边洗干净去向没有翻检到的小孩、大人炫耀，这种胜利者的快感，只有经历过的人才能体会。

相比孩子们胜利的快感，哀泣的是那些裹着泥巴以为能够平安迎来春天的野荸荠，它们的明天，许许多多都进了我们这样的顽童肚子。

记忆中我们村野荸荠最多的地块，在离村子最远的地方，叫北三亩，是村里最好的良田。如今我家那边还有几亩责任田，不过父母年纪大后，不再种粮食，弟弟去年种上了水果和杂树。不只是在正经的麦地里，人们能够翻检到野荸荠。在一些河滩的一小块野地里，也会有成片的野荸荠。不过得用铁耙翻开，耗费力气，与已经翻耕的麦地里顺手牵羊捡拾野荸荠相比，费力不讨好。但孩子们还是会去抢地盘。

但是，如今故乡的田里，应该没有野荸荠了吧，或许在某个偏僻的角落，还有。它们的物种在田地里躲过了我们小时候的嘴馋与好玩，估计躲不过高效除草剂的时代。

2015.12.29

偷荸荠

荸荠是故乡常见的一种传统食物，是"水八仙"中的一种。

荸荠是多年生草本植物，有种植和野生两种。野生和种植的荸荠相比，野生的叶管和地下的球茎更细小，恍若大人和小娃娃之别。当然，野生的荸荠多是小孩无聊时吃着玩的东西，上不得台面。不过，种植的荸荠，却是能登大雅之堂的"水八仙"之一仙。

通常人们所说的荸荠，都是指栽种的荸荠。荸荠地下的球茎呈扁圆形，色泽有暗红、铜褐、红褐等，洗净之后，有的鲜亮，有的灰褐。荸荠皮薄，削皮之后，一个白色扁圆物，湿漉漉的，扔进嘴里，清脆可口，汁多味甜，老少咸宜。荸荠带泥存放，可以存较长时间而不干瘪，削皮后依然能保持鲜嫩的味道，故在冬日，最受欢迎。当然难免也会碰上一些荸荠过老了，或者品种问题，吃起来会觉得一嘴渣，不够清脆爽口。不过这样的情况还是相对比较少。

除了生吃，荸荠还可以烧着吃。无论是切片当配菜，还是炖汤当配菜，或者作为凉菜，荸荠都是餐桌上颇受欢迎的一道菜肴，算得上是登堂入室的角了。不过，过去荸荠估计是不能登大雅之堂的，最多也就是饥荒时救急之物。写过"江山代有才人出，各领风骚数百年"的同乡先贤赵翼曾经在《晓东小岩香远邀我神仙馆午饭》中写道："君不见古来饥荒载篇牍，水撷凫茨野采蕨。"饥荒时以凫茨、野蕨为生，是自古刊载在书籍里的。这"凫茨"也写作"凫茈"，就是故乡的荸荠。"老稚满田野，斫掘寻凫茈。此物近亦尽，卷耳共所资。"这是北宋苏舜钦在《城南感怀呈永叔》里描述的饥荒场景。更早的时候，《后汉书·刘玄传》载："王莽末，南方饥馑，人庶群入野泽，掘凫茈而食之。"可见，在过去，荸荠是作为荒年救济之物而为民所掘食。能救民于危急，实在算是荸荠的大功德。今天它能成为故乡正餐桌上的美味，成为大人、小孩的零食，也算是一种造化。

我小时候故乡种荸荠的村子很多，都是生产队种的，我们村好像没有种过。荸荠通常是种植在水田里，或者低洼地方，因为它是水生植物。

每年过年，乡下的孩子总能分到几粒荸荠，那是过年的礼物。这玩意儿能放好久。再穷，家里也会去找些，或买或要或想其他法子，给孩子过年当个零食，团团圆圆，高高兴兴的。孩子拿到手，总是有些舍不得，不停地把玩，吃的时候也是小心翼翼的，常咬切成块分食。自己的吃没了，总是眼巴巴地看着其他小孩的，最终总是从家里大人那儿，尤其是祖父母那儿满足那种渴望，那通常是祖父母牙缝里省下的。那个时候，荸荠是永远满足不了胃口的。

那个时候最盼着村里有人家要办喜酒做隔夜，会请村里人帮忙，其中一项，是削荸荠皮。若是家里有大人去帮忙了，小孩少不得可以蹭几粒荸荠解馋。

到了春天，地里的荸荠新芽钻出了地面，在我们这些乡下孩子急切的期盼眼光中，在阳光雨露下，一点点蹿了起来。这个时候，调皮的孩子已经开始盘算荸荠了。此时从地下偷偷挖出的荸荠，好像还是荸荠的模样，不过一捏，一泡水了，已经空了，转化成棵苗的营养了。

随着春风摇曳，随着夏风起伏，这个时候，我们这些乡下孩子的眼睛越发亮了。

上下学路上，割草的时候，趁人不注意，顺手一薅——这个时候，荸荠地里还有很多水，荸荠很容易被拽出来。其时叶子上的养分还没有传输到地下，根茎部还是什么也没有，最多也就是个非常细小的玩意儿，比野荸荠还小的东西。失望中把荸荠扔回地里，只要有水，它还会活，不过，如果没有土，它就只长苗不长荸荠了。

一天天过去了，秋天来了，荸荠苗从青葱变成了灰黄，从俏立挺拔到灰黄干枯，倒伏下来了。这个时候，地下的荸荠初长成了,但顺手薅是拉不出根茎了。通常是下午,割草的小孩总是想方设法要去用割草的镰刀和铲刀,对着根部挖两下。当然得小心被人家村里人看见追赶谩骂,所以有人望风,有人偷挖,得有分工配合。通常会有些收获,几个小孩躲到桑园里或者河边的杆棵岗里,把匆匆挖到的几粒荸荠分配,算是分赃。有人迫不及待先在草上一擦,然后再用袖子或衣角擦擦,啃着皮就吃。此时的荸荠,其实还未到真正好吃的时候,小孩更多只是好玩。但是,偷荸荠运动会一直持续到村里正式开挖荸荠。当然,小孩偷荸荠也讲究,一个地方挖几下,一定要再换地方。挖了之后,还得用干枯的荸荠棵盖上,否则容易被发现。

偷荸荠时,也会发生冲突。主要是荸荠产权村的小孩和外村小孩之间的冲突。产权村的小孩也偷,但他们总是不愿意外村来偷,有些像肥水不流外人田的味道。不过,即使有冲突,也只私下对骂,不会去报告村里大人的,这既是怕自己偷荸荠事暴露,也是小孩的江湖道义,道上事道上了。

故乡的荸荠,过了冬至挖,最是甜美。村里种荸荠的,这个时候就会组织人去挖荸荠了。那些种了荸荠的村里的小孩,可以光明正大跟着大人下田了。大人挖着,小孩也挖着,随时擦擦吃几粒,没人会说。这个时候的场景,倒是颇有些苏舜钦诗所描摹的场景:"老稚满田野,斫掘寻凫茈。"不过这是快乐的时候,而非苏诗写的悲惨的困境。

挖完之后,邻村的小孩蜂拥而至,甚至大人也会来,在翻掘开的地里翻检遗漏的荸荠，每在翻开的泥里发现一粒，总会发出一声惊呼。一般总会有收获，多少而已。不过，翻检的时候，同样会遇上产权村孩子恶狠狠盯着的眼光。

后来分田之后，各村都不再种植荸荠了，附近也只是偶尔在低洼地种一些。但集市上的荸荠却丰富得不得了，价廉物美，家家都会买了给孩子解馋，甚至做菜。荸荠依然是美味，但再也没有从前那般诱人了，更不会诱人做贼了。

当然，据说荸荠能入药，至少我记得感冒后喝荸荠汤（类似喝梨汤）也算是一种土法吧。

2015.12.30

荸荠往事

晚上回家,在餐桌上发现了一碗洗净的荸荠,酱紫黑色的皮,在灯光下泛着光泽。

原来是老太太给我丫头买来打牙祭的。

荸荠是故乡旧物,形若马蹄,也称马蹄。不过,我故乡只说荸荠。小时候过年,虽然生活困穷,家里长辈也总是要想方设法买一些荸荠,以及乌菱角,洗干净沥干后,跟花生、瓜子混杂一起,也算是过年奖励孩子招待客人的零食,透着新年的喜庆。不过,小时候荸荠还是没少吃。因为周边有人种荸荠。

荸荠是一年生水生植物,水中生长,泥中结出球茎。我已经记不起种荸荠的经过了。

荸荠在水中生长时,翠绿的茎秆丛生,直立田中,刺向空中。荸荠的茎秆呈圆柱状,中间有横膈膜,中空有节,花穗聚于茎端,花呈褐色,在风中摇曳,恰如美人头上的簪子。自然界的阳光雨露,通过茎秆传输到地下,成了根茎的养料。

小时候掐了新鲜的荸荠秆，常用手指捋它们，速度拿捏得好，捋的过程茎秆会发出细微的哔哔声，听声音自娱自乐，也是我们小时候常玩的一种游戏。待到秋天，荸荠茎秆也由绿而衰黄，从直立而倒伏，茎秆上的生机已经转化为泥土地下黑暗中的球径。冬天是收荸荠的时候了。关于收荸荠，汪曾祺老《受戒》里有令我难忘的描述，与我们的收法有相仿也有不同：

秋天过去了，地净场光，荸荠的叶子枯了，——荸荠的笔直的小葱一样的圆叶子里是一格一格的，用手一捋，哔哔地响，小英子最爱捋着玩，——荸荠藏在烂泥里。赤了脚，在凉浸浸滑滑溜的泥里踩着，——哎，一个硬疙瘩！伸手下去，一个红紫红紫的荸荠。

我故乡比汪曾祺老的故乡还要靠南，但我们很少像小英子似的，用脚踩荸荠。通常立冬以后，要把荸荠地里的水放掉，让太阳将原本稀烂的泥土晒一晒，使其既不板结，也不稀泥，能够轻松用铁耙翻开。用铁耙翻开地，荸荠安静地躺在泥地里，这个时候才露出真容。翻荸荠地的时候，常常会吸引很多小孩围观。大人们会顺手扔几粒上来，小的们抢了，先用草把泥擦掉，然后再在衣服上擦擦，哪怕还沾着泥屑，也迫不及待地用牙齿啃掉酱紫黑色皮，大嚼起来。那个时候，零食太少，甜食更少啊。

其实，对于嘴馋的小男孩们而言，绝不会甘心等到收荸荠时大人扔给你的三五个赏赐。他们通常早早地盯上了荸荠田。比如，佯装割草经过荸荠田边的田埂，乘人不注意，用镰刀或铲子伸进田里，偷挖荸荠的事常有。一旦被发现了，便被追赶着拎着篮子逃走。我小时候也偷过荸荠，因为嘴馋。另一种情况则是收完荸荠之后，总有小男孩们到翻过的地里，在一块块地土块里仔细寻摸，找出收荸荠时的漏网之鱼。也常常会有不少战利品，高高兴兴地带回家去。

种植的荸荠，个大。有些颜色深，紫黑色，一般这些荸荠相对老一些；一些呈酱红色，颜色鲜亮些，这样的荸荠水口好。

除了种植的荸荠，故乡还有许多野荸荠。野荸荠个小，一般小指甲盖那么大，但味道与种植的相仿。过去我们经常在麦地里寻找几种小东西，一种是小贝壳，一种就是野荸荠。小贝壳大多是摘河泥或者灌溉进入地里的，刚进的时候应该还是活物；野荸荠应该是长在稻田里或者也是随着河泥或灌溉进入地里的。

故乡一年两季，一季水稻一季麦子。水稻田里和边上的灌溉沟渠里，经常会有野荸荠秧苗生长。稻田里长了野荸荠是个头疼的事，它与秧苗争水土，争阳光，争肥料，所以耘稻拔草时，秧田里的野荸荠苗是必须除掉的对象。即便如此，摘河泥灌溉，也总会卷着一些野荸荠进入稻田麦地，到得秋冬做麦地，常常能够翻到，是逗小孩玩的好东西。至于田边沟渠里的野荸荠,虽然长得很茂盛,但果实却小,经常等不到立冬,便被小孩们摸挖掉了。

每年冬天,镇上的集市都有卖荸荠的,有带着泥土的,也有洗干净的,还有扦光荸荠(把荸荠皮削掉只剩荸荠肉)。但家里人买带泥的荸荠多,因为好存放,不易坏,也不易跑水发干。荸荠肉质洁白,味甜多汁,清脆可口,很受人欢迎,除了生食,也可煮熟了吃。故乡冬天许多菜肴里,也常有荸荠做配料的。

当然,小孩吃荸荠不讲究,用嘴啃皮,用手指甲剥皮,甚至连皮嚼吃都有。用刀削刨子刮?太麻烦了。偷吃大人们削好的荸荠,也是一种乐趣。如今每年冬天回故乡,父母总是少不得要买荸荠,嘱咐削一些放床头,晚上口渴,荸荠可以生津止渴。

文学史上,除了大名鼎鼎的《受戒》中有荸荠的描述,还有更有名的篇章在前。

过去读归有光,归大人通过一瓯荸荠,寥寥数笔,却将一个活泼懂事惹人怜爱的小姑娘形象永留在我的脑海:

婢,魏孺人媵也……婢初媵时,年十岁,垂双鬟,曳深绿布裳。一日,天寒,爇火煮荸荠熟,婢削之盈瓯。余入自外,取食之。婢持去不与,魏孺人笑之。

翻译成白话,就是老爷你好馋,这是给夫人准备的,就是不给你吃！夫人在边上看着笑了。

多么和美温暖的一幕！

此文名《寒花葬志》，是归有光为夫人的使女寒花写的墓志铭。寒花早逝，以归有光之身份，在当时世道之下，如椽巨笔，为一下人写志，实堪为一代宗师。我吃荸荠时，也常想起这些故事。

当然，荸荠除了味美，也是传统中药。《食疗本草》载："荸荠，下丹石，消风毒，除胸中实热气。可作粉食。明耳目，止渴，消疸黄。若先有冷气，不可食，令人腹胀气满。小儿秋食，脐下当痛。"

明耳目，止渴，如今应该是人们吃荸荠的主要目的了吧。

2013.12.25

香　橼

春节在故乡，与太座送学姐回家，小路边一排绿植，挂着几个冻坏的黄色果子，一些掉落在地上。果子形似桔子。太座和学姐问我此为何物，我犹豫一下，回答说是"香橼"。犹豫是因为我记忆中的香橼，树木要比路边这些高大许多，过去大多还是青涩时候，都被我们搞掉了，断然留不到冬天变黄的时候。

我记忆中树上的香橼，永远是青色的。除非把偷摘下的香橼，埋藏在麦堆或石灰里，才会变成桔子般黄澄澄的。我少年时代，紧挨的邻村竹园里有一棵香橼树，那时我一直以为是"香元"。在故乡方言中，元、橼同音。

香橼属灌木小乔木，但故乡竹园里的这棵香橼树有些高大粗壮，比一般竹子高，更比现在常见的香橼树高大。因其长得高大，在茂密的竹园里，我从来没有见过香橼开花，每年想起竹园这棵香橼，通常是它结果之后。每年它的果实，就像固定在记忆中的闹钟，到时总能召集我们去找它麻烦，偷打它的果实。

　　香橼树是别人家的,只能偷盗。乡下孩子偷盗香橼,办法很土,通常有三种。第一种是用竹竿打或鱼叉叉,这种方法偷香橼效率最高。不过竹园就在村子的晒场前,用竹竿和鱼叉动静太大,容易被发现,被发现逃跑也不易,扛着竹竿、鱼叉在竹园里跑路,横横搁搁,又不能扔掉"作案"的工具,所以通常选择在主家走亲戚没人在家时的午后用这种偷法。第二种最常见,就是捡了砖块朝树上砸扔,砸中或能掉下。这个方法效率比较低,对偷香橼的人的眼力、手劲都是一种考验,而且还得注意安全,对面不能站人,也要防止砖块跌落下来砸着人。不过,乡下孩子这种"偷盗",更多是一种游戏性质,好玩,所以,这种方式特别受欢迎。第三种就是爬树上去,用小竹竿打。这种方式效率也不低,那时男孩都喜欢爬树、爬竹子,爬在树上能看清周边形势,还不易被发现。不过这种方式的问题在于,香橼树茎枝多刺,而且刺很长,容易扎人。乡下粗言俗语说"戳卵泡"。但是小男孩依然乐此不疲。

　　此番见到路边和朋友家的香橼树,我最大的犹疑,就是无法理解为何如今它们这么矮小,当年我们怎么会去爬这种树,朋友笑着回答我的疑问说,那时我们个头都太小了,什么树对我们都是"参天大树"。当然,我们村竹园这棵香橼树是老树,时间长了,树枝高大一些也容易理解。

　　小时候乡下少吃玩的,任何一种果实,我们都会去冒险品尝。香橼青碧时便被我们打落下来，也是为了抢先解馋——若动手晚了，这果子就轮不到你了。但大家都知道青香橼不好吃，于是回家埋在麦堆或石灰里催熟，等它泛黄了，再用刀切片，哇，酸涩，近似如今的柠檬味。

关于香橼之味，刘伯温在《郁离子》中讲"梁王嗜果"的故事，这与香橼味有关：梁王嗜果，使使者到吴国求水果。吴国多水果，先送了桔子，梁王吃了很高兴。又索，再送柑，梁王吃过，美之。梁王意犹未尽，使者发现吴人有种果子，比柑桔个大，名枸橼（香橼的别名），使者认为"煌煌乎柑不如"，求，吴人不予。使者归告梁王，梁王认为吴人吝啬小气，再派使者索求归食之，"未毕一瓣，王舌缩而不能咽，齿柔而不能咀，希鼻顣頞以让使者。使者以诮吴人"。"梁王嗜果"后来也就成了欲壑难填的代名词。不过，我们小时候纵然知道香橼虽香，其实难吃，仍然每年偷盗食之，宁可酸涩吐舌，也要尝食。毕竟，酸涩，也是寡淡岁月里有滋味的东西。

旧时文人雅士，多植香橼树于庭院，或置香橼于条几。香橼以其香味，颇受文人雅士追捧。故乡搜罗文物遗存的朋友张骏和刘毅诸兄告诉我，旧时故乡文人，取成熟的香橼放置于簏箩，放在案几上，闻其香，"明朝士人最喜欢这样"。晚明名士冒辟疆回忆董小宛的《影梅庵忆语》中提到，自己去董小宛处，屋里也有香橼诸物。"落落此非橘，幽于味外饶。摘香童仆手，分静素瓷窑。"

明末东林党人陈以廷的儿子，也是复社成员且号称四公子之一的宜兴陈贞慧著《秋园杂佩》，写有香橼一文。晚明闽地佛手盛行江南，士人多置之，但陈贞慧认为本地香橼的香与韵远胜闽地佛手，佛手"实不及香橼之祖籍耐久耳"。前述引诗，即是陈贞慧录"菘儿"写香橼诗，言其诗"似能绘趣"。

晚明变乱后，佛手、建兰、茉莉等物，五年不能至江南，偶尔有，也非寻常寒士所能得。陈贞慧庭前有几棵香橼树，"每当高秋霜月，赭珠金实，累累悬缀，不下四五百球，摘置红瓷，幽香一室，凡吾之襟裾梦沈，皆是物也。以不用钱买，余得分赠亲知，一时沾沾为贫儿暴富矣"。

明亡后，陈贞慧隐居乡间，十年不仕，文多寄托故国之思。宜兴是常州旧地，离我家不过十数公里。

中医则认为香橼可以入药，趁鲜切片，除去种子及瓤，晒干或阴干，有理气宽中，消胀降痰之功效。至于香橼树干，则可做刀砧板。

新年去横山桥朋友培忠兄家做客，培忠庭院植有一株香橼，"赭珠金实，累累悬缀"，一如陈贞慧言。虽然果实经过少见的严寒略有些萎瘪，但树枝挺拔，绿叶满枝，全然不似边上数枝半死不活的桔子树。友说，这香橼毕竟是本地所产，不是外来物种，哪怕严寒，也能适应，所谓一方水土一方风物，当是如此。

2016.2.25

野 甘 蔗

乡友一枝一叶兄拍了张照片发在了群里,问大家为何物。我一瞧,咦,这不是野甘蔗嘛。瞬间,我嘴里泛出了酸涩,腮帮子都抑制不住地酸了起来。我的同村"光屁股"兄弟如今在无锡发达的观山楼主,跟着确认这是野甘蔗,并问我吃过没,他说小时候撕了皮蘸酱油吃。

我自然吃过。有关野甘蔗所有的印象,开始浮现在我眼前。人民公社时期,我们村也种过甘蔗。但我们说的野甘蔗,跟通常我们知道榨糖的甘蔗,毫无血缘关系,也没有甜味,除了名字沾了"甘蔗"两字,可以说八竿子打不着。

野甘蔗是故乡的一种野生植物,喜欢长在沟边或高埂地上。冬天的时候,它就像所有衰草一样,耷拉着灰色干枯的残叶,丝毫看不出一丝生命的迹象。但它的生命力却沉潜在温暖的地下。待到春天,春风吹过,新绿出来,最初就像一棵江南小菠菜,趴在地上,其外形、叶子及趴在地上长的样,也与菠菜有些相似,所以也有名为野菠菜的。但故乡的菠菜,是决计不可能长到这么大的。

无论牛踩人踏,它就承受着江南春天的阳光雨水,在一边慢慢生长。及长,野甘蔗叶子越来越大且肥厚,有一些野甘蔗的叶子色泽由青绿而杂入了浅红棕,有些像一种暗红色的莴笋叶,也有一些色泽依然保持青绿。渐渐地,它的叶芯中会抽出一根甚至几根细杆,跟菜苔一样,不过一棵菜只有一根菜苔,野甘蔗可不是。随着时令进入清明前后,野甘蔗的茎干已经完全成型。我小时候见过最高的,能有一米左右高,比钢笔管粗,紫红色的皮,有节,就像甘蔗一样。野甘蔗之名,大概由此而来。不过,一米左右高的野甘蔗,也是很罕见的,只有漏网之鱼才能长成这样。

小时候放牛,牛见了野甘蔗是一定要把它啃掉才走的,牛喜欢野甘蔗的红枝绿叶。不过,我们割草时可不会去割野甘蔗回去喂牛,牛的胃口大,你得割多少才能喂饱牛的胃啊。而羊、兔、猪都不喜欢吃野甘蔗,因为野甘蔗味道酸涩。羊、兔、猪不喜欢,少年们却喜欢。因为彼时生活困苦,嘴里乏味,所有有味而无毒的东西,都能成为我们当时的"饕餮"之物。牛喜欢吃,说明野甘蔗无毒,加上口耳相传,这野甘蔗的茎干好吃着呢。

于是,春和景明的日子,少年挎着竹篮拿着镰刀,相约去割草,割着割着,看到了在阳光下随风摇曳的野甘蔗,那就毫无顾忌地折断它，然后撕掉皮，塞进嘴里咬嚼……哇，一边嚼一边吐渣，虽然爽口，却又酸又涩，不像蒺藜（方言音残漏刺苗）爽口甘甜，但好歹胜过寡淡无味。所以一边"呸呸"地吐渣，一边还在剥皮咬嚼。

但是，我从来没有过观山楼主兄弟说的那样蘸酱油吃的经验和体会，或许，酱油能解酸涩？我小时候想都没有想过把野甘蔗撕了皮蘸酱油、蘸糖吃。观山楼主家庭条件好，当年他父亲是"国家户口"，吃的是皇粮，可以把野甘蔗撕皮蘸酱油吃。我们虽然是同村好兄弟，生活还是不太一样，我们兄弟要是拿野甘蔗剥皮蘸酱油吃，我祖母一准会拿着笤帚追打我们的，哪舍得那点酱油啊。

我离开故乡进城后，再也没有见到过野甘蔗。故乡经历工业化大变后，我不敢确认这野甘蔗是否还存活，直到今天一枝一叶兄给我们看他拍到的照片。我也一直不知道野甘蔗的大名，写这文章查资料，才知道它属于酸模，也有名野菠菜、土大黄的。还有地方说它的叶子能够凉拌吃，我也从未吃过。不过中医说这是一味中药，有清热、行瘀、杀虫、解毒之功效，我也不知是指其茎叶还是其根。其实我对野甘蔗的根长什么样，也毫无印象了。我不知道土大黄是什么，也不懂什么叫酸模，这些不熟悉的名字与我毫无关系，我只知道野甘蔗，那就够了。

我的童年少年时代，每年春天，在野地里采摘野甘蔗生食解馋，都是必有的项目。这是少年春天的慰藉，也是少年春天的记忆。

2016.4.3

我爱青红番茄

番茄,又名西红柿,自哥伦布发现新大陆把它引入欧洲,后来经东南亚引入中国,曾经是我故乡夏季的当家菜肴。

我小时候,故乡种植番茄的很多,几乎家家户户的自留地上都会种上多则几垄少则几棵的番茄。我们家每年都会种很多。我的祖父,每年春天都会在自留地上育苗。然后在清明前后,挑着竹篮,里边都是挖出来的一整块泥土,泥土上黑色的湿草灰清晰可见(湿草灰其实是土产钾肥),一排排番茄苗挤在这块泥土上。老人挑着竹篮,走村串乡,最远,西到南夏墅街,南到前黄街,东到走马塘礼嘉,北到庙桥,叫卖他的番茄秧,贴补家用。

那个时候,村里人家买番茄苗也是一棵棵买的。多少钱一棵,祖父去世也久,我已经无从得知了,通常买得多了,会饶一两棵。万一不能卖完,祖父回家路上,路过亲戚家,总是送几棵给亲戚。过去家里的几个远亲近戚,都是到我家菜地上挖,后来干脆坐等我祖父捎过去了。卖完番茄苗,把留给自己的挖出来,一一栽种。剩下的浇水、浇尿的事情,就是我们兄弟几个的了。

当然,浇水、浇尿通常都在傍晚。天热起来了,早上浇水,秧苗容易死。就这样,一天天过去,我们一天天盼着番茄苗长大。番茄苗从栽种时的耷拉着叶子,到吸足地气水分之后的渐渐挺拔,终于蹿了起来,成了番茄棵,郁郁葱葱了。该给番茄棵支架子了。番茄棵头重脚轻根底浅,一下大雨或者一刮风,容易倒伏。有经验的种番茄人家,总是弄些细竹竿或鸡头棒(杆棵棒),插在地里,然后把番茄棵的主干绑在棒上。

终于熬到番茄开花了,看着那些黄色的小花,小孩们心里也乐开了花,有盼头了。一点点,花谢了,细小的青果结出来了。那个时候,我们几乎每天都要跑去自留地,看结果的番茄,甚至记住了每一个青果的位置。有时忍不住手贱,想去摸,总会被大人喝止。按照过去的说法,番茄长的过程中不能摸,摸了长不大。当然,番茄结果之后,感兴趣的不仅是自家的小孩,村里甚至邻村的小男孩们,基本上也是蠢蠢欲动了。斗智斗勇开始了。

番茄从细小的青果,承天露吸地气,一点点长大了,从一分钱钢镚大小终于到了手表表面那么大了。有人已经按捺不住,路过时,四顾没人,迅速解开篱笆索,掠进去,顺手摘个,擦擦,一咬,哇,涩死了,忙不迭吐出来。一般都是半大不小的坏男孩才在这个时期偷番茄解馋。事实上,我们都这么干过,当然不是摘自家的,都是摘别人家的,所以,村子里总体上是扯平的。

慢慢地,青番茄的个越长越大,越长越丰满,颜色开始从单纯的青色,开始泛白,甚至,一些大个的,开始泛出浅浅淡淡的黄色来了!每一个男孩都会盯上自己看到的最早泛出浅浅淡淡的黄色的番茄来。待黄色稍微深一些,便迫不及待地偷偷去摘了,藏在草篮里带回家——这叫先下手为强,你若不下手,恐怕会被人摘走。

回到家,趁着大人不注意,把偷摘来的番茄,塞在米囤或麦堆里。干啥?催熟。按我们小时候口耳相传的经验,麦堆或米囤里,温度高闷热,生涩的果子,主要是青番茄、香橼、生柿子等,塞在里边,容易发软变色变味,过几天便可食用,那生涩味便减了许多,而酸甜味则增加了不少。所以,那个时候有男孩人家的米囤和麦堆里,都有着这样的秘密。其实这是瞒不过大人的,他们小时候也干过,所以装着不知道而已。

到番茄成群结队泛黄的时候,那番茄地才成了小孩们真正的战场,每家每户的番茄,这个时候少不得被踩躏。彼时的农家,还没有学会把番茄催红,番茄也等不到自然红。所以,夏天作为农家中午当家菜之一的番茄汤,都是青黄色的番茄,没有红的。青黄色的番茄,或切片,放在饭锅上一蒸,便是中午的菜肴;更多是烧汤,条件好的,烧汤时敲个鸡蛋,俗称番茄子花汤(其实就是青黄西红柿蛋汤),最是馋人!

我记忆中那个时候的番茄，味道是独特无二的。若是黄色很重了，这番茄的甜味和酸味已是比较适中了，但大多数酸酸的，带着淡淡的甜，不用加醋便已够酸味。红番茄，更多来自米囤或麦堆里的私藏。

我的朋友猫姐，常州名门瞿氏之后，母亲是著名农业科学家，听说我们小时候都吃青黄色番茄，一直跟我说青黄番茄容易中毒，但我们小时候可真没少吃，也没听说谁中毒了。毕竟，它们都是经勤劳的手长出来的农作物。

后来物产丰富了，街上也有红番茄卖了，偷番茄就没这么盛了，自家种的番茄也就有红的了。慢慢地，听说有人开始给番茄打针了，一打针就红了。再接着，我在大城市居住生活，番茄已经从夏日的期待，变成了一年四季各个菜市场遍地都是，而且，再也找不到酸甜的番茄味了。嗯，只有西红柿了。

如今面对那些红红的诱人的一年四季都能吃到的西红柿，我几乎从不买了生吃，自己做饭，也几乎从不做西红柿炒鸡蛋、西红柿蛋汤，更不用西红柿拌糖做凉菜……

我个人的生活，离西红柿已经很遥远。在我品尝过后，我认定它们不再是辛劳的农作物的果实，而是工业化的商品。我一直顽固地拒斥。

没有了期待，也就失去了味道。

2014.7

嘉 庆 子

嘉庆子是故乡的一种水果,也叫李子,是一种落叶乔木。每年四五月开花,白色的小花,繁茂覆枝头,很是素雅。成果后为青色,或紫红、深红色。

嘉庆子有些像苹果,但比苹果小,胖嘟嘟肉肉的。我小时候很喜欢吃嘉庆子。不过,那个时候吃的嘉庆子,都是青果,最多有些泛黄,但咬开,里边却带着暗红,味道也是青涩的,甜中带些酸涩。

但在寡淡的岁月里,这嘉庆子是我们的至爱。每年到它上市的时候,我们兄弟总是眼巴巴地期待祖父、父亲能从街上给我们买些回来解馋——我们周边种嘉庆子的很少,小时候吃的嘉庆子,大多是马山(旧属武进,现归无锡)、宜兴、溧阳、湖州过来的。每年应季,多穷,祖父和父亲总会弄些回来给我们兄弟们解馋,出嫁的姑姑们那个季节回家省亲,也总是会给我们带些。

我们村西浜头河边叔公家菜园子里，有一棵野生嘉庆子树，不过结的果子比栽种的小许多，但却被全村的顽童所惦记。从它开白色小花起，到结果，常常果子未熟，就被小子们包括我们弄个精光，每年叔公都会气得跳脚却无可奈何。

旧说"桃养人，杏伤人，李子树下抬死人"，说的是李子，也即嘉庆子不能多吃。我小时候一直认为家里人是吓唬我们，因为买嘉庆子要破费嘛。后来知道，中医说的，不能多吃，多吃伤身。其实，我们那个时候，谁又能多吃几个嘉庆子呢？离"抬死人"隔着十万八千里不止呢。

中医不还说，嘉庆子有好多功效嘛，比如补血，比如美容养颜，等等。反正，我个人现在喝酒之后，喜欢吃嘉庆子，以缓和满嘴的苦涩，解酒。

我一直很好奇，嘉庆子这个名字怎么来的。小时候问大人，大人不知道。我还曾自作聪明认为，是"家青子"，家种的青果嘛，还自以为能自圆其说。《苏州方言志》也写作"加庆子"。及长，读书多了，更有些糊涂了。清朝有个皇帝的年号叫嘉庆，那个"和珅跌倒，嘉庆吃饱"的嘉庆，那个把我们老乡洪亮吉越级上书逆龙鳞被判流放后下罪己诏的嘉庆，这嘉庆子跟他有关吗？不会，哪有敢用皇帝的年号来给水果起名的啊？可是，嘉庆之后有清数朝，嘉庆子有因避讳被禁了吗？再者，读《牡丹亭·寻梦》，有一段就叫《嘉庆子》：

是谁家少俊来近远,敢迤逗这香闺去沁园,话到其间腼腆。他捏这眼,耐烦也天;咱噉这口,待酬言。咱不是前生爱眷,又素乏平生半面。则道来生出现,乍便今生梦见。生就个书生,恰恰生生抱咱去眠。

我犯糊涂了。其实嘉庆子在中国栽种历史非常悠久。《管子·地员》篇谈什么土宜栽种什么时有言,"五沃之土……其梅其杏,其桃其李",可见李子栽种的历史。而李子又名嘉庆子,检索资料,唐时即有。宋人程大昌的《演繁露·嘉庆李》载:

韦述《两京记》:"东都嘉庆坊有李树,其实甘鲜,为京城之美,故称'嘉庆李'。"今人但言"嘉庆子",岂称谓既熟,不加"李"亦可记也。

文中韦述,即开元进士,唐大臣,名史家,著述颇丰,《两京记》即为韦述所著地方志《东西京记》。元人无名氏《百花亭》第三折:"枝头干分利阴阳,嘉庆子调和脏腑。"李时珍《本草纲目·果一·李》:"今人呼干李为嘉庆子。"

原来如此。不过,如今北方都市里的人,知道它叫嘉庆子的,恐怕不多吧。小时候养成的味蕾,从来不会背叛自己。如今吃嘉庆子,也不用像小时候那样了。当然嘉庆子的品种之多,远胜于从前,青的、红的,买回家洗净,总是那么诱人,但期盼,还是逊于小时。但我,在写这篇小文章时,也一直是口舌生津呢。

2016.8

鳜鱼记忆

今天一般饭店的餐桌上，有一种常见的鱼，名为"鳜鱼"。其实这鳜鱼在我故乡早年，另有一个俗称，名为"鲫（音jī）鱼"，也有称为"鲫鳜鱼"。

在我故乡，鲫鱼曾是一种名贵的野生淡水鱼类。故乡早年，对于最有名的淡水鱼排名，口耳相传，"鳊白鲤鲫"。鳊即鳊鱼，被毛泽东一阕"又食武昌鱼"抢了风头；白即白鱼，也称白条，浪里白条；鲤即鲤鱼，故乡乡下通常吃得很少，主要用来炅央祭祖，孝敬神鬼；鲫即鲫鱼，坐镇四大名鱼老末位置。

不过，鲫鱼虽然忝列四大名鱼之末，却向有历史。鲫鱼味道鲜美，《尚书·禹贡》即有载："厥贡惟土五色，羽畎夏翟，峄阳孤桐，泗滨浮磬，淮夷蠙珠暨鱼。厥篚玄纤缟。浮于淮泗，达于河。"（暨鲫鲫鱼）及我年长，离开故乡多年后，第一次在北方吃到松鼠桂鱼，看"桂鱼"那噘嘴的样，那鱼鳍和背上的鱼翅，便一愣，觉得特别熟悉，这不就是我小时候认识的鲫鱼嘛。

当年读汪曾祺老的文字《鳜鱼》，他写鱼里头最好吃的是鳜鱼："鳜鱼刺少、肉厚。蒜瓣肉。肉细、软、鲜。清蒸、干烧、糖醋、做松鼠鱼，皆妙。余汤，汤白如牛乳，浓而不腻，远胜鸡汤鸭汤。"

彼时我还不知道，他老人家笔下的鱼中最好吃的鳜鱼，其实就是我故乡方言中的鯚鱼！

直到我自己吃松鼠桂鱼时，看到桂鱼那模样，然后问故乡朋友，方从方言的语境记忆中跳出来，开始把鳜鱼与鯚鱼联系起来。不过，我记忆中的鯚鱼体量没有松鼠桂鱼中的"桂鱼"那么大。故乡都是小河，大概这小河里生长的鯚鱼体量也就小了吧。我自我解嘲这样理解。

我记忆中的鯚鱼，形象比较可怖。鯚鱼鱼身两侧颜色呈灰暗或淡黄绿，鱼肚是灰白色，鱼身上有不规则的暗灰或褐黑色斑块。因为颜色较为阴沉压抑，所以谈不上可爱漂亮，不过在淡水鱼中，算是少见的另类，总觉得比其他颜色比较齐整的鱼类要有趣得多。

再说鯚鱼形状有些各色。其形体有些像鳊鱼，但比鳊鱼显得长，不如鳊鱼圆，背部隆起；嘴有些像翘嘴白条的嘴，显得有些大，下嘴巴比上嘴巴显得长；鱼牙齿有些锋利，据说是吃小鱼的，钓鱼钓到时，因为有鱼牙袭扰，把鱼钩拿出来往往很费劲。

鳜鱼鱼鳍、鱼背上有刺，扎人很疼。鳜鱼都有钻穴或卧坑的习性，冬天摸鱼佬最怕碰到鳜鱼。若是它躲在暗窠里，手摸到扎手钻心疼。最可怕的是摸鱼佬穿着摸鱼衣，在水里行走时，不小心踩在鳜鱼身上，不仅扎破脚心钻心痛，皮鱼衣被扎破，冰冷的河水借此渗进，那才叫真倒霉。

我的记忆中，鳜鱼过去属野生鱼，不能养殖，数量很少。加之鳜鱼又是食小鱼为生，难免被打击，通常一条河里，没多少条鳜鱼，而且捕捞艰难，加上肉食，自身鱼肉鲜嫩，所以名贵。当然，鳜鱼给我的最深的记忆，既非它难看，亦非它名贵鲜嫩（我小时候很少有机会吃到鳜鱼，家里弄到了，都是舍不得吃的），而是与故乡的一种习俗相关。

故乡旧俗，人丁不旺的人家，都要给自家小孩找一户人家或僧俗寺观寄名，后来衍生为为孩子寻找另一个寄名的父亲或母亲；或者有孩子的父母，觉得只有男孩或女孩，心犹不满足，有儿子的自己再认个"寄女"，有女儿的认个"寄儿子"，称为"寄亲"，也即现在通常所说的"干亲"，认个干爹或干娘的，吴地方言旧称"寄爹""寄娘""寄儿子""寄女女"。比如我家，父母生了我们兄弟仨，很想要女儿，却被计划生育所阻，后来便认了两个"寄女女"。如今我那俩寄妹子都事业有成，在美国定居了。

过去旧俗，寄亲逢年过节都要送礼，孩子的亲生父母逢年过节要备好重礼去探望寄亲，寄爹寄娘也要备上钱物，给寄儿子、寄女儿。请客吃饭,寄亲排位很高。孩子十六岁前这种礼节是必须的,长大成人后也一直存在。

故乡旧俗,认寄亲须寻鳡鱼为确定之礼。鳡鱼名贵,"鳡""寄"同音,讨口彩,取其谐音。每年除夕夜,若寄子女不能到寄爹寄娘家吃年夜饭,寄爹寄娘就要烧好一条鳡鱼,给寄子女送去。

故乡虽是水乡,鳡鱼却也并非容易买到,所以旧称买鳡鱼是"取",在故乡方言中,这"取"有专门特意寻访之意。父亲虽是打鱼的师傅,也很少弄到鳡鱼,但凡弄到,也都送给他的寄亲家去了。故乡旧俗中,能够成为社会生活中标志性物品的鱼,只有鳡鱼和鲤鱼才有此资格。

故乡的鳡鱼过去都是野生的,对水质要求很高。所以,当故乡乡镇工业勃兴,尤其是印染化工起来后,故乡的小河中,第一种消失的鱼类,就是鳡鱼。我后来方知道,鳡鱼早就能够人工养殖了。如今满大街都是,味道很是一般,实在有辱其过去的名头。

"西塞山前白鹭飞,桃花流水鳜鱼肥。青箬笠,绿蓑衣,斜风细雨不须归。"唐时烟波钓叟张志和在《渔歌子》所描述的春钓鳡鱼的场面,永远定格在文字中了。

2014.1

忝占鳌头的鳊鱼

水乡多美味，鳊鱼便是其中一种。

鳊鱼头小，体宽而侧扁，呈菱形，头后背部急剧隆起；背部青灰色，两侧银灰色，整个体侧呈现出一行行紫黑色条纹；腹部通常是银白色，不过，我很晚才知道，鳊鱼也有其他颜色的。鳊鱼喜欢在静水中生活，在淡水河湖中常见，如今养殖产量很高。"鳊白鲤鯮"，在我的故乡，鳊鱼列班四大淡水名鱼之首，可谓忝占鳌头。为何鳊鱼在四大名鱼中能忝占鳌头？

我小时候只知道家里口耳相传鳊白鲤鯮，最多也就是说鳊鱼珍贵，肉质鲜美细腻，街上卖鱼，鳊鱼的价格也属于比较高的一档。故乡过去清蒸鳊鱼很有名，红烧也不错。但这似乎并不能解释鳊鱼为何在四大名鱼中独占鳌头，毕竟，故乡的鱼，过去都很鲜美细腻嫩滑。

但就这样，伴随着对鳊鱼的习惯性尊崇，我们一边钓鳊鱼，一边渐渐长大了。

我小时候在故乡河里钓鱼，尤其是春季，常常钓到鳊鱼。彼时钓鱼，鳊鱼倒不是主要目标，鲫鱼、白条、昂公、窜条等野生鱼才是。生产队的河里，鳊鱼通常是不让钓的。不过，鳊鱼咬上钩了，钓上来后，谁也不会扔回河里去的。

那个时候钓鱼，认真的，会带着竹编的鱼篓，鱼篓头下脖子细、肚子大，一般钓到鳊鱼，因为头小体宽，常塞不进。塞不进去的鳊鱼，便只好折根柳条，把叶子撸掉，穿过鱼鳃、鱼嘴，打个结，把鳊鱼串在上面，或挂在水里，或藏在身边的麦地、蚕豆棵下、桑园里。不过，因为鳊鱼头小嘴小，这一根柳条穿过，鳊鱼也就破相了。钓鱼的大人、小孩可没有这般怜香惜玉。

我每年都能钓到鳊鱼，大小都有。那个时候，除了窜条、鳑鲏、肉鼓浪、泥鳅之外，其他的鱼都是我们希望钓到的，所以每次钓鱼有期待。后来工作之后，又被人请去钓过鱼，养鱼塘的鱼不停地咬你钩，包括鳊鱼，便觉索然无味了。所以，现在我不愿意去池塘钓鱼，毫无期待。

随着年岁渐长，我有一天终于知道了，故乡忝占鳌头的鳊鱼，在外面有个更响亮的名字："武昌鱼。"因为毛泽东的一句诗"才饮长沙水，又食武昌鱼"，让中国许多普通百姓也知道了武昌鱼。但是，故乡人的眼中只有鳊鱼，没有武昌鱼。

上大学时，我曾和同宿舍的湖北同学，还各自为了鳊鱼和武昌鱼的尊严而脸红耳赤地辩论，今天回想起来，觉得幼稚可笑。不过，维护故乡荣光的习惯，倒是至今未丢。我也是很晚才知道，武昌鱼不仅是鳊鱼中的一种，而且武昌鱼在古代即享盛名，远胜我老家口唤的鳊鱼。

北周庾信有诗云，"还思建业水，终忆武昌鱼"；早在三国，吴左丞相陆凯为劝阻孙皓靡费财力迁都武昌，上疏中引用了彼时流行童谣"宁饮建业水，不食武昌鱼"，故武昌鱼其名久著。后来诗人中也常有诗写武昌鱼，毛泽东那两句赫赫有名的"才饮长沙水，又食武昌鱼"，相信很多人都是知道的。

不过，陆凯疏中之童谣，背后倒是也有像我与同学为鳊鱼、武昌鱼争胜般的乡土情结在。

及我后来研读《诗经》，对于鳊鱼何以能在故乡名鱼中独占鳌头，仿佛豁然开朗了。

首先是鳊鱼之高贵，在《诗经》中被用来比兴王室。《诗·周南·汝坟》说，"鲂鱼赪尾，王室如燬"。这鲂鱼，便是鳊鱼。三国吴人陆玑作《毛诗草木鸟兽虫鱼疏》，专释《毛诗》所及动物、植物名称，对古今异名者，详为考证，说"鲂"，江东呼为"鳊"。"鲂鱼赪尾"，即为赤尾的鳊鱼。清皖人马瑞辰释《毛诗》，说有"一种火烧鳊，头尾俱似鲂，而脊骨更隆，上有赤鬣连尾，如蝙蝠之翼，黑质赤章。今江南有鳊鱼，其腹下及尾皆赤，俗称火烧鳊，殆即古之鲂鱼。诗人以鱼尾之赤兴王室之如燬，后人遂以火烧鳊名之"。

我很惭愧，从小到大，从未见过赤尾鳊鱼。不过，马瑞辰所描述的赤尾鳊鱼外形，倒是与我故乡的另一种野生小鱼鳊鲅极为吻合，不过，鳊鲅在故乡很不值钱，也可能是我在故乡时间短，对鳊鱼的识见有限，问打了一辈子鱼的父亲见过红鳊鱼没，父亲摇头，也没见过。

除了鳊鱼之高贵，可以比兴王室之外，鳊鱼自古就有故乡口耳相传般鲜美嫩滑之说。

《诗·陈风·衡门》另有"岂其食鱼，必河之鲂"句，要吃鱼，必吃黄河的鳊鱼；杜甫《观打鱼歌》称"鲂鱼肥美知第一，既饱欢娱亦萧瑟"；宋人陆佃著《埤雅》，内有"洛鲤伊鲂，贵于牛羊"……可见鳊鱼之美味，也是自古相传了。

贵且味美，自然在名鱼中能独占鳌头了。这样想来，我心释然。不过，如今的故乡，与全国各地一样，鳊鱼彻底平民化了，速成，且产量大，已经毫无珍贵之感，其味道，也远不如从前鲜美细腻。

我如今很少吃鳊鱼了。几无监管的水产养殖业，对收入的追求，几乎已经摧毁了我对鳊鱼的美好记忆。

2014.5

鳑鲏鱼

鳑鲏鱼是过去故乡最常见的一种小野生鱼,体型类似鳊鱼,却比鳊鱼要小得多。

不过具体而微之外,鳑鲏鱼最大的特色在于色泽鲜艳漂亮。鳑鲏鱼肚银白,扁饱的肚子里常可见黑色的鱼肠;背面有浅淡绿色或其他颜色,总之泛着彩色光泽;胸鳍、背鳍甚至尾巴处也有色泽,或淡黄,或橘红;眼部也有彩色光泽,常有鳑鲏眼睛是红色的,故有一种即称红眼鳑鲏。而在我老家,红眼鳑鲏几乎就成了全体鳑鲏鱼的代名词。

《诗经》里有"鲂鱼赪尾,王室如燬"句,清皖人马瑞辰释《毛诗》,说"今江南有鳊鱼,其腹下及尾皆赤,俗称火烧鳊,殆即古之鲂鱼。诗人以鱼尾之赤兴王室之如燬,后人遂以火烧鳊名之"。

我每读至此,总认为讲的应该不是鳊鱼,而是鳑鲏鱼,在我故乡,只有鳑鲏鱼才有如此色泽。不过,鳑鲏鱼是登不了大雅之堂的，更不用说能够比兴王室兴衰。故乡的鳑鲏鱼体小性和，常成群结伴嬉戏觅食，偏爱长有水草的清水。小时候，故乡的水还是清的，每条河里，每条有水的沟里，都有鳑鲏。鳑鲏是最常见的野生小鱼，但大人不爱，小孩喜欢。大人不爱，是因为鱼米之乡即便是人民公社时期鱼还算多，河沟里的野生鱼只要不用工具徒手抓到不必上缴，黄梅天到处都有上水鱼抓，而鳑鲏属于最小的一种鱼，很不经济。小孩喜欢，是鳑鲏多，也容易被小孩逮住。小孩抓什么是什么，且觉有收获，乐趣全在这儿。

小时候，淘米洗菜都在河边埠头上，鳑鲏鱼喜欢热闹，总是成群结队在埠头边逡巡。

于是，针对鳑鲏的阴谋展开了。最简单的方法，就是把淘米的筲箕或者细眼的竹篮沉入水中。有时筲箕里有些米粒，竹篮里有几张菜叶，什么也没有也行。人蹲在埠头石阶上，看鳑鲏成群悠哉游过，迅速起篮，水波震荡，鳑鲏受惊，敏感地急速蹿游出去。总有迟钝的，落在筲箕或竹篮中，随着篮中水流干，而在篮底翻着白肚悲凉地扑腾。另一种稍微复杂些。就是做口小扳网：用细竹竿绑成十字或 X 形，四端系上纱布各一角，中间交汇处绑在另一根竹竿上，用根线系好放长，纱布中心沉块小砖头或铁块，放些蚌肉米虫之类的，沉入水中。稍候，突然拉线起网，水从纱布眼流出，鳑鲏却被网在纱布中央。拉上来，没来得及逃走的鳑鲏只能怪自己不幸。

还没长到可以独自到河边钓鱼的年龄时，大人们上埠头洗弄的时候，我们喜欢跟着去钓鳑鲏，这个时候，我们对鳑鲏鱼咬钩只有喜欢，还没有厌烦。用根随便的布线，系在一根细小的竹竿上，一头系着大头针弯成的鱼钩，串着蚯蚓，或者米虫，沉入水中，盯着鸡毛管浮标，专待鳑鲏咬钩。但看浮标沉浮，拉钩即有鳑鲏挂在钩上扑腾却不得而去。小子们总是一阵快意。

鳑鲏傻啊，群中少了一条，不以为然，其他的依然前赴后继，不被钓上不死心。

及我们稍长，鳑鲏依然还是那么大小，仿佛千年不长。我们捉鳑鲏的方法变了。池塘里、河沟里，把水弄浅弄浑之后，鳑鲏最悲催，习惯清水的它们，张着嘴，露出水面，尽力呼吸新鲜空气。这个时候，鳑鲏游动最是迟缓，用网兜、篮子一插，一捞一大群，甚至徒手也能捧住它。

那个年头，每次捉鱼，都要用细杨柳枝条穿过鱼鳃，串上一串串的鳑鲏拎回家。"敲鳑鲏"，也是江南水乡常用的一种捉鳑鲏的方式。当我告诉故乡朋友我要写鳑鲏时，许多人迅速跟我提到了"敲鳑鲏"。

传说中的敲鳑鲏是在小船上，用脚、竹竿或木板敲击船木，声音震入水中，鳑鲏四窜而难逃。"水浅藻荇涩，钩罩无所及。铿如木铎音，势若金钲急。殴之就深处，用以资俯拾。搜罗尔甚微，遁去将何入？"《震泽县志》卷三十二《集诗》记录的就是敲鳑鲏的场景。马山的敲鳑鲏也是这番说法。不过，我没有见过这样的敲鳑鲏,我们没有这样敲过鳑鲏。

在河浜梢头,水草、茭白多,鳑鲏不易捉。用赶网往水里一插,用竹枝击打水面,鳑鲏受惊,四处乱窜,蹿入赶网内,难免成为阶下囚。这样也是一种敲鳑鲏。

回到家,把鳑鲏脑袋一掐,手指一挤肚子,鳑鲏的黑肚肠便从鱼腹下端的排泄口被挤了出来。或者往墙上用手指一摁鳑鲏的尾巴,尾巴上的黏液便把鳑鲏粘在了墙上。那个时候,村里许多墙上都挂着被按在那儿晾晒的鳑鲏。

小时候我几乎很少吃鳑鲏鱼,一来太小,二来油盐酱醋金贵,大多数鳑鲏,都是便宜了家里养的鸭子和猫,鳑鲏是最常见的猫鱼。不过在我们打鱼人家,连猫也不稀罕鳑鲏。偶尔有吃鳑鲏的,掐头洗尽之后,放碗里,放上几粒盐,滴上酒和几滴油,放饭锅上一蒸,主要就是小孩们吃。还有一种情况,鳑鲏多了,掐头弄干净之后,放在筛子里在太阳下晒成鱼干,炒咸菜或酱,倒也是一种味道。

待年纪更大,独自去钓鱼时,最烦鳑鲏和肉鼓浪了。这些小鱼,都是成群结队不怕死的,最费钓饵,如蚯蚓,也最闹心。要是鳑鲏不断咬钩,这次钓鱼必得换地,否则会除了鳑鲏、窜条外,几无所得。这也是大人不爱的原因。

我北上求学工作之后,很少在故乡钓鱼,故乡的水也变得面目皆非了。不知道哪一年起,故乡的河里竟然没了鳑鲏!

去年回家,父亲告诉我,说村后的团团河里,又有鳑鲏了。

这多少让人有些欣慰，不过，我想这肯定不是小时候我喜欢玩弄的鳑鲏，现在的鳑鲏，应该是适应了污染的水土，重金属含量该很高了吧？

2014.10

痴 虎 鱼

"啊，这么大个儿的痴虎，这么齐整！"

8月14日晚，在武进湖塘，永立师兄请回家省亲的我及几位同学吃私家菜，席间端上一大盘鱼，大头，扁嘴，色黑褐，齐整地趴在盘子里，清蒸痴虎鱼！五条，每条大约三两左右。

不唯是我，在座在故乡的同学也有些吃惊——因为环境变化，痴虎鱼在故乡内河很少见了，更何况每条这么大个儿！大家迅速讨论起是野生还是养殖的，不过，大家都知道有养殖的不同，对于痴虎鱼是否有养殖，则莫衷一是。

我已经很久没见过痴虎鱼了，更不用说吃痴虎鱼。有多久？三十年以上了吧。而且，我还从来没见过这么大的痴虎鱼。第二天回家，我把手机里的照片给父亲看，父亲是打鱼的老法师，一看，也是有些吃惊："痴虎啊。这痴虎鱼怎么也得二三两一条吧，这几条大小差不多，很难取啊。应该很贵了吧？"我有些不好意思，我不知道多少钱，反正永立师兄买单，父亲跟他也熟悉。

话题迅速转入了关于痴虎鱼的讨论。我问父亲，这痴虎鱼现在能养殖了吗？但打了一辈子鱼的父亲，有些犹豫，说没听说过痴虎鱼能养的，不过不敢确定，因为现在许多过去不能养殖的鱼都能养了，谁知道呢。

父亲说，照片里的鱼，如果不是养殖的，这么大个儿的，湖里应该有，但几条都这么大，还真不好找，现在尤其不好找，应该会很贵。过去我们内河里捉痴虎，一般虎口长也就很不错了。父亲一边说一边跟我比画。"痴虎炖鸡子，鲜透佬"，母亲在一边插话，母亲讲的是痴虎的传统做法，意即用痴虎炖鸡蛋，鲜美之极。

随着父子间话题的展开，关于痴虎的记忆迅速清晰了起来。痴虎鱼是江南故乡名鱼，也名刺虎、雌虎——常州武进地区，痴、刺、雌音不分，东乡、南乡称痴虎鱼，有时也叫慈姑（吴方言音似），北乡称土步鱼、土婆鱼。这也是五里不同音十里不同俗的体现。

痴虎学名沙塘鳢——父亲作为打鱼的老法师，一辈子都不知道痴虎的大名。我也是读了汪曾祺的《虎头鲨昂嗤鱼》，才知道痴虎鱼大名叫塘鳢鱼——不过，我读《诗经》时，曾很注意里边提到的鱼的种类，《诗经·小雅·鱼丽》里有说："鱼丽于罶，鲂鳢。君子有酒，多且旨。"不过，各种版本解释，这鳢，不是今天说的塘鳢或者痴虎鱼，而是更有名的黑鱼。

汪曾祺的苏北故乡称痴虎鱼为虎头鲨，其实仔细一瞧，这痴虎的脑袋，还真是似鲨似虎的——其头大而阔，稍扁平，嘴也大而扁，形似鲨；其眼虽小，顶在头上，很是显眼突出，似虎；兼之其上下颌牙齿细密，以小鱼虾为食——与虎鲨一般，都是吃荤的货。

当然，这痴虎虽然看上去有些凶恶难看，但其习性却是呆头呆脑的，故名"痴"——我的同学劲松一再跟我强调，不应写成雌或刺，应该是痴，这才合乎痴虎鱼的习性。不过，无论其大名别号，汪曾祺的虎头鲨和我故乡的痴虎，都是一种鱼——痴虎体呈黑褐色，腹部淡黄，体侧有不规则的大块黑色斑纹，各鳍都有淡黄色与黑色相间的条纹——它的鳍很漂亮，张开像蝴蝶翅膀似的，这是我见过的最漂亮的淡水鱼鳍，鱼背摸上去跟黑鱼一样，毛乎乎的。

不过，与黑鱼肉的粗粝相比，痴虎鱼鱼肉鲜美细腻，却是黑鱼肉望尘莫及的。

痴虎生活对水质要求极其高。我一个师弟珉颜对此专门观察过，他跟我说，痴虎和鳑鲏一样，是淡水鱼中对水质要求最高的——它们最喜欢在清水流动的地方，比如桥墩附近，比如码头上——河里水流常因桥墩阻塞在附近形成回水，水更干净些，痴虎最喜在这种地方产卵。而码头上，淘米洗菜也常形成水流动静，也是痴虎喜欢的——痴虎喜欢石头缝，当然还要有水草的。

我小时候故乡每条河里都有痴虎,不过大多数个都很小,尤其是喜欢趴埠头阶的——安静的时候痴虎喜欢待在水下平整光滑的地方。当我还光着屁股跟着祖母去河边埠头上淘米洗菜的时候,埠头隐在水里的石阶上,痴虎傻呆呆地趴在那儿,总是清晰可见,一动不动。用小手探入水中去撩,快近身,这痴虎才受惊似的,一扭一摆,蹿了出去,躲进了埠头石阶间的缝隙。

对于那个时候的我来说,空手捉痴虎,总是屡战屡败,屡败屡战,兴致不减。及长,能够用小网兜或淘米笸箕的时候,这趴在石阶上半天不动窝的小痴虎开始常常遭殃了。不过,这小痴虎太小,也就是小孩抓着玩而已。痴虎对石头缝的喜欢和它呆头呆脑反应慢的这些习性,被人掌握后,最容易给它们带来杀身之祸。

父亲笑着回忆说,当年河里有很多痴虎,钓痴虎最容易。弄双破草鞋、破蒲鞋,里边插上两块瓦片,瓦片对着,形成了一扁圆的窟窿,用根绳子把草鞋或蒲鞋扎好,挂在河边的杨树根桩上——为什么挂杨树根桩?父亲说,杨树根须多,容易形成暗窠,下面水干净啊,泥土也光滑,就像我们摸甲鱼似的,痴虎啊、甲鱼啊这些都喜欢躲下面。然后,把草鞋、蒲鞋、瓦片沉进水里,过不多久起水,便有痴虎躲在里边跑不掉了,无一落空。这时捕到的痴虎,自然要比趴在埠头阶上的个要大许多了。不过,父亲说,也就虎口那么长。

痴虎因为对水质要求高,加上自己吃的又是小鱼、小虾,其肉质鲜美，是淡水鱼中的上上之品。不过，痴虎的做法各异。汪曾祺老在他的文章中说："苏州人做塘鳢鱼有清炒、椒盐多法。我们家乡通常的吃法是氽汤，加醋、胡椒。虎头鲨氽汤，鱼肉极细嫩，松而不散，汤味极鲜，开胃。"

我老家的痴虎做法，跟苏州不同，跟汪老老家高邮不同，红烧、清蒸、炖汤都有，常见用雪菜、水腌菜烧痴虎——这个做法，是淡水鱼都行，太过普通。其实我个人吃鱼，红烧、清蒸、炖汤都可以，唯独不喜欢椒盐，一点都不喜欢。此番回家，吃到的痴虎，是清蒸的，鱼肉细嫩爽口，很是馋人。不过，因为内河里的痴虎不大，清蒸、红烧其实都不适合——杂鱼烧法又太浪费。我们故乡最有名的痴虎吃法，雪菜、水腌菜烧痴虎之外，即如我母亲说的，用一只碗，放两条痴虎（一条也行，不能太多），打进鸡蛋，放饭锅上蒸，俗称痴虎炖鸡子，实际上就是痴虎鸡蛋羹，鱼味入蛋。母亲说，味道"鲜透佬"，比鲫鱼炖鸡子要鲜多了——这鲜美的味道，可惜我已经回想不起了。

这些年故乡经济发展，内河基本全部污染了，内河里痴虎早已绝迹了，附近的太湖、滆湖因为水面盛大，尚有痴虎。而我此番吃到的痴虎，多半是养殖的了，但多少还是有些故乡的味道。

2015.8.30

代 跋：
我们每一个人，其实都是安泰俄斯

> 宽广啊，足够你眺望
> 辽阔啊，足够你走动
> 毫无修饰啊，足够你为人坦诚
> 棘手啊，足够你变得顽强
> 碧绿啊，足够你活下去
> 古老啊，足够你梦想
>
> ——加里·斯奈德《大地诗篇》

关于江南故乡旧景旧俗的点滴回忆和记录，我写了已经有好几年。这些文字，几乎全部与我的生活经历有关，也是江南吴地我这一代人，乃至我的父辈和祖辈的集体记忆。这是我的祖辈居住埋骨的地方，也是生我养我的地方。这块土地上的一草一木，皆关我情；它的每一种变化，也与我相关。而我对于这块土地上的生活及其器物的记录,就是这种情感的投射。

但是,我年轻的时候,想的却是逃离这块土地。因为生活的困苦。尽管这块土地,是真正的造化神秀、物华天宝之地。我后来如愿以偿,逃离了故乡。这也是我的祖辈和父辈的心愿,生活在物华天宝之地的他们,也曾是何等激动而非悲伤地看着自己的子弟抛弃故乡,投奔异乡!这是一个不幸时代的故事。

生活在异乡城市的我,随着年岁渐增,旧时生活的记忆,不停来袭。就算已经逃离,就算已经习惯他乡灯红酒绿的生活,自小养成的味蕾,自小渗进血脉的教育,可以因为讨生活,暂时被掩藏,但永远不会被背叛。甚至,它们一直是我奋斗的潜在的支撑和力量。夜深人静,或者与同学、朋友夹杂着乡音推杯换盏之际,它们就会不经意地冒出来,让我神往,让我神伤。

与父母的交流,让我突然间真正明白了这块土地之于我的意义。

多年前,我第一次请父母来京小住。彼时我住在东直门附近,是一个小两居,自然比不上故乡旧宅的宽大舒适。父亲原本说好小住一月,但三天之后,他跟我提出让我给他买票回家。我当时有些不高兴,但父亲很坚持。我以为父亲不习惯狭小的房间。第二次我请父亲前来,我的居住条件已经大为改观,父母答应来住两个月。父亲来后,故态复萌,三天后再次提出要我买票,后来直接跟我说,若我不给他买,他自己去车站买,并说,你若想我多活几年,赶紧让我回家。我不解。

春节回家，村里人跟我说，父亲是劳碌命，享不得福啊。我跟父母聊天，父亲才告诉我，在北京，无论是在狭小的房间里，还是在大屋里，他什么都无法习惯。电梯、煤气灶、吸烟、厕所、没有朋友……所有这一切，让他极度不自在。父亲说，这样下去，人就很快会变成"偎灶猫"（故乡俗语，懒猫、病猫），然后等死。母亲帮腔说："早年你们孩子小，我帮着带，心里有念想，如今孩子大了，我也不愿意去北京了。"

我突然间明白了父亲的意思。父亲的意思，不就跟希腊神话里大地之子安泰俄斯一样嘛！安泰只要接触大地，他的母亲就会给他力量，让他有不可战胜之力。我的父母也一样，只有在自己熟悉的故园，他们才能有力量，而不会成为"偎灶猫"！如果让他们离开自己熟悉的土地、熟悉的生活，就像安泰被举离了地面，就像大树被斫断了根，再也得不到大地输送的力量。

我又何尝不是！当我身心俱疲时，回到故乡，回到父母身边，尽管自己也早过天命之年，却依然如孩子般，可以在父母的羽翼下安心疗伤，放松身心。也才有生活，而不只是奔忙。所以，我才会如此关切故乡的变化，因为这关乎我的父母及兄弟，关乎我的生活。

如今的故乡，与中国绝大多数地方一样，正在格式化，进入全新的、陌生的时代，我们无力也无权阻挡这种变化的到来，只期待这一变化过程，能够不那么粗暴而残酷。作为一个逃离了故乡，根却永扎这块土地的人，唯有靠回忆、靠文字，构建起自己曾经熟悉的物理和精神上的原乡,构建这种亲密和力量之源的关系,来抚慰自己被切断根须的痛楚,并在愉快而痛苦的回忆中,渐渐老去。

这些关于梦里江南童年记忆的点滴,已由江苏教育出版社出版过两册"江南旧闻录",分为《故乡风物长》和《故乡的味道》两本。这些文字,让我在故乡,赢得了比当知名媒体总编还要高的声望。因为这些文字,还原重构了我们几代人的集体记忆。"我就是这每一篇文章的主人公。"在无锡工作的陈建卓大哥几次这样跟我说,他也自豪地向他的朋友这样推荐我的这些文字。不唯陈大哥,故乡许多新朋旧友每见到我,都会忍不住问:"过去这些事尤其细节你怎么就记得那么清楚?要不是你提醒,我们都想不起来了,一读你的文章,全想起来了。"一位我前黄中学的老学长冯再焕先生,如今退休了,读了我的前两册江南旧闻,把自己对我写的旧闻的补遗校正,都写在了书上,并把书寄给我,与我讨论细节疏漏。我故乡的朋友张培忠、刘毅、张骏诸兄,甚至专门建了一个群,经常给我写江南旧闻提供素材。我幼时的玩伴,现居无锡的潘立群兄,帮我回忆起了小时候诸多细节。我曾经的学生也是我的好朋友浙江诸暨郭建欢君,读了我的文字,给我的文字配了一些小画,这些小画,形象地还原了我们曾经的生活场景。而这一切的开始,源自我的同乡老大哥王亦农君的建议,当年他在驻北京任上,读了我随心所欲写的故乡往事,建议我系统记录下记忆中的故乡,于是有了这些文字。亦农君也是我尊敬的书家,他为我的前两本《江南旧闻录》题写了书名,也为这本《江南旧闻录》题写了书名。我的朋友老愚兄,一句话,深得我心:"这些江南旧闻,是你情感寄托的一翼。"诚然。"珍惜黄昏的村庄,珍惜雨水的村庄,万里无云如同我永恒的悲伤。"

感谢生我养我的故乡,江苏省常州市武进县(区),感谢前黄乡(礼嘉乡),没有这块土地,便没有我的一切。感谢我的父母兄弟,没有他们,也就没有我的江南旧闻;感谢我的太太和女儿,在我人生重大转折时,她们坚定不移地站在我一起,支持鼓励我。这个系列,某种意义上也是为我出生在北京的女儿所写。我们每一个人,其实都是安泰俄斯。感谢我的同学老友潘建岳、马志良、丁学兵、盛志峰、眭怀福、徐卫东、卞浩、周永强、邹忠伟、管建新、王其涵、郭小明、王凌、陈文伟、羌礫国、陈卫、王昊、恽玉娟、陈秋良、蒋国锋、王岷颜、姚青松、陶峰、朱永贞诸君。感谢陆秋明、江建文、顾芳、苏萍、孙泽新、沈向阳、路锦、张军、何嫄、蔡卫成等故乡的朋友。感谢《龙城春秋》《江南心》《最龙城》编辑部,以及"今日头条"等传播平台。